晒土地

尹文武 著

花山文艺出版社

图书在版编目（CIP）数据

晒土地 / 尹文武著.—石家庄：花山文艺出版社，2018.3（2021.1重印）
ISBN 978-7-5511-3846-8

Ⅰ．①晒… Ⅱ．①尹… Ⅲ．①小说集－中国－当代 Ⅳ．①I247

中国版本图书馆CIP数据核字(2018)第041417号

书　　名：	晒土地
著　　者：	尹文武
责任编辑：	梁东方
责任校对：	温学蕾
美术编辑：	胡彤亮
出版发行：	花山文艺出版社（邮政编码：050061）
	（河北省石家庄市友谊北大街330号）
销售热线：	0311-88643221/29/31/32/26
传　　真：	0311-88643225
印　　刷：	三河市华东印刷有限公司
经　　销：	新华书店
开　　本：	650×940　1/16
印　　张：	17.25
字　　数：	220千字
版　　次：	2018年4月第1版
	2021年1月第2次印刷
书　　号：	ISBN 978-7-5511-3846-8
定　　价：	38.00元

（版权所有　翻印必究·印装有误　负责调换）

序

谢 挺

一

尹文武（都叫他小尹）是我的朋友，也可以说是《山花》所有人的朋友，我们大家的朋友。能和所有人做朋友，自然得益于这个人的能力和魅力，热情的尹文武没有什么私心，他对《山花》的热爱纯粹得就像本能……

我印象中，这两年，尹文武做了不少事，比如对我，他牵线请我去为安顺文学爱好者上课，又在安顺为我的新书组织了一次很成功的签售。对《山花》，他一度打算找一个投资方来设一个山花奖，而且几乎就要成功……没有人怀疑他的诚意，况且他的小说写得不错。于是，他可以和大家走得很近，所有人都喜欢他。

不过，等小尹把他的作品汇集成册，准备出一本书，又嘱我为他写序，我才明白对这个朋友了解得不多。

这十多万字的中短篇，并不是按时间排列的，有些看过，有些没有——我问他，哪个是你的处女作？他说最早写的是《爱你一生一世》，发的最早的是《玩石头的人》。

我都看了，发现前者其实是2013、1、4的谐音，我很奇怪，问他："你是2013年开始写小说的？"他说是！

"这些稿子都是你这两年写的，这十多万字？"

他又说是。

我摇头，这是我没想到的，就像我不记得小尹是什么时候出现在我们中间，我一直以为我们认识很久了，是多年的朋友，他的小说，我也以为写了很久了，至少是个熟手。

但他说他是2013年开始的，这之前他一直写诗，不太成功，于是决定转型。

我看了他的简历：小尹是1972年生人，这个年纪写小说自然谈不上早慧，不过，两年里能写出十多万字，并悉数发表，且都在省市一级的文学刊物上，这就不简单了。

二

因为前面那个错觉，我决定把小尹的小说通读一遍。这种集束的阅读对有些人来说会像灾难：重复、单调——大到主题的设置，小到一个细节、一个词语偏执的使用，缺点会被无情地放大——作品单看差强人意，放在一起却像不堪入目的明星素颜照！

不过，还好，尹文武的作品意外地超出了我的预期，无论他的题材遴选、情节设计、语言的丰富与运用，都让我看到了新意。这并不容易，而且，他作品中我一直以为是他最近写的《晒土地》最棒，但显然他有更出彩的作品隐藏着，不为人所知。当然对目前的尹文武来说，这种忽略无伤大雅。

尹文武的小说大致可划分两个部分，也许这与他的人生经历暗合。农村是他挥之不去的生活背景、精神家园，能感觉他的爱和恨，明显能感觉它对作者本人的控制，他是动了感情的。

和尹文武的交往中，有几次他谈到自己的父亲，当时他已在一个小城市，立足扎根，小有所成，很愿意他的父母亲来分享，但老人们只在他的新房住了一小段时间，就以爬楼辛苦为由申请回家——小尹对他父亲的想法看得很清楚，寂寞只是一方面，关键是他父亲这种生活是没有人欣赏的，不像在农村家里来个客都是展示，而在儿子家，每天的爬楼没有为他挣到面子，所以他更愿意回到那种相互捧场的乡土生活！

《石房子》中尹文武把农村这种自满、好斗的面子之争推到了极致："三套房子怎么住？一套住几天？"小说从农村人对"财富"的质疑开始，荒唐的逻辑拉开了小说调侃的序幕：扒岩香人王山民和王培林因为选举而结怨，他们是一辈子的对手和仇敌，世上所有的一切不过是他们较量的方式：房子、子女，再到他们的安息地，都成了他们高对手一头的垫脚，结果呢，自然人算不如天算，这场斗争没有诞生胜利者。

我疑心这些人物都是尹文武老家那些乡亲的缩影，至少是有原型的。我听说他是在农村长大的，上面有三个姐姐，他也是读书后留在城里。农村的改变是他从城里看到的，并没有他想象的大，但农民对土地的依赖又远远超出了他的理解。甚至，直到现在，尹文武说他家里还给他留着块地，每次回家，母亲总会带着他去看界碑，这个细节化在《会走的石头》里，借方明花的嘴反复告诫儿子，不要被人占了便宜！

在尹文武的小说中，农民对自己的土地乃至家乡是一往情深的，他们为此煞费苦心，大动干戈。

小说《晒土地》是仅有的一部中篇，两位女人是两块土地、两种不同品质生活的化身，她们的较量都着力在一个男人身上，而男人面前，一个是嫂子，一个是邻居，也不知离谁更近更远更值得？钻探在小说中本身就有性的暗喻，尹文武自己也用一种挖掘的方式，寻找着土地与人的那一层牢不可分的关系中衍生的新意，这既让两个女人的斗争触目惊心，又让人读罢嗟叹不已。

此外，可以看出，基层村干部也是尹文武的小说爱摹写的。这些人贪婪而愚蠢，为了一点儿蝇头小利、女色，甚至一点儿酒水，就将手里一点权力运用得风生水起（《王二喜喝酒》中的王二喜）。尹文武用诙谐的笔调对这些人极尽调侃、嘲讽之能事，末了又能忍住，不下杀手，也许这种人性的灰暗也是这个时代在所难免的，作者到此心生悲悯。

三

尹文武的另一部分小说或许可以划入都市题材，主人公有着和他相同的经历，大学毕业后留在城市，他们都是农村来的，在城市都像无根之浮萍，苦苦挣扎，目的只是为了较对手更先一步趋向成功。当然比起农村生活的丰富多彩，这类城市小说似乎更多地局限于职场。

尹文武的小说可以说是功夫小说，属于那种"勤能补拙"的类型，他对生活的理解和阅历，以及前期的诗歌创作，对他的这两年拔地而起的小说创作不无裨益。当然，这也不能说尹文武没有才华，他的能力很均衡，你能感到他的尺度、平衡能力，只是和比他年轻，却早一步冲向全国，同样在写农村的贵州作家曹永比较来说，他似乎没有后者那种突兀的性格特征，这也让他的小说有点平缓，比较温吞，当然，我也不认为这一定就是缺点。

还好，我在这集稿子中看到了《少年时代的算式》《连理枝》，这是我喜欢的干净纯粹的作品，主题更隐讳，也更自然，有一气呵成的效果，后者也更洗练，算是这本集子的压卷之作。

目录

晒土地 / 001

会走的石头 / 043

怪　病 / 064

王二喜喝酒 / 078

苏打水 / 089

少年时代的算式 / 104

长裤子　短裤子 / 120

连理枝 / 133

爱你一生一世 / 143

断　桥 / 157

厨师带个长 / 175

玩石头的人 / 190

仕　途 / 206

钗头凤 / 218

石房子 / 231

龙凤图 / 246

目录

晒土地

1

  一共四根长钢管。一根与地面垂直,一根斜着,与地面一起形成一个直角三角形。同样的,另外两根长钢管也和地面搭成一模一样的三角形。两个三角形的底端用四截短钢管连接,用螺丝、螺帽固定好,两个顶角并在一起——打井的塔就搭好了。

  王二在靠墙根的地方坐下来,中午的太阳像个红柿子,很辣,明晃晃地在头顶烧烤,稀稀疏疏的火辣从松树的针叶中间洒下来,平地上的蒿草被王二的一双大脚粗暴地压在地上。

  "打井有球用?!"王二说。

  打井是地质工作的专业术语,说明白了就是地勘,通过打井看地里有什么。有找矿的,有找水的,有检测地质状况的……这个打水井的工地就是今天中午王大选好的,在松林坡脚的一块平地上。王大在外面打井有好几年了。

王二骂骂咧咧的时候，李银花正把蛇皮口袋里的东西拿出来，很薄的一床棉絮、一床蚕丝被、一些换洗衣服、一把面条、一瓶油辣椒、一瓶猪油、一包洗衣粉，除此之外，还有两支香烛、一把香、一叠草纸、一串鞭炮。李银花把香烛点上，唱了起来：

　　土可发千祥，
　　地能生万物。
　　晒土地咯……

王大跟在李银花后面，点着草纸绕工地一周，鞭炮噼里啪啦炸了一地的红花。

晒土地是李山坡人祭祀土地的活动，从李银花记事起，一直沿用，最隆重的是"六月六"和腊月初六。"六月六"是李山坡人的节日，祭祀是为了感谢土地一年来的恩赐，腊月初六是因为冬季的板土板田可以耕挖了，搞完祭祀，一寨的男人女人就下地了，从秋季开始闲下来的一块块板泥翻转过来，春天就要来了。

"六月六"和腊月初六是要杀猪宰羊的，这种祭祀又称为"献牲祭祀"，具体到是杀猪或者宰羊，不是哪个人说了算的，得由占卦决定，那是土地的旨意。祭祀时要在祭祀地点摆上八仙桌，上位放一张坐凳，虽然空着，那也表示土地神已经到位，撸着白胡子，桌上的香烛飘着袅袅仙气。猪或者羊，或白或黑，毛色纯一，但去毛洗净后，一律白生生地趴在八仙桌上，耳朝苍天，嘴对大地。

李山坡的祭祀地点就在李银花家的院坝里，这也是李山坡人不成文的规矩，只有德高望重的祭祀师家的院坝才配得上祭祀土地。祭祀手艺传男不传女，传子不传婿，活动是不允许女性参加的。李银花好奇，站在木楼梯上，看着老爹身穿道服，双手合十，沿八仙桌念念有词。

王二说，打井也兴这个？

"别拿土地爷不当神仙。"李银花说，"祭了神，祭了土地，事事才会平平安安。"

2

李银花嫁给王大正是秋天，那时王家坝的苞谷掰了，稻谷打了，李银花坐在迎亲的农用车上。临结婚的前几天，李山坡的本家嫂子给李银花传授结婚经验：头得低着，什么都不要看。那是一个即将成为女人的村姑必需的一种羞答答的体面。李山坡和王家坝同属法那乡，在法那这一带，结婚是不时兴红盖头的，所以新娘的头低着也是有些遮挡的意思，如果一张脸缩进衣服领子里，再被一头茂盛的黑发盖住是最理想不过了。迎亲的队伍刚踏进王家坝的土地，本家嫂子传授的经验就被李银花当成了耳边风，她扬起头，先看到了王家坝前涓涓流淌的王家河，看到了满寨的水泥院坝上晒着的黄的、白的、金色的谷子和苞谷棒子，看到了在谷堆和苞谷堆上偷食的麻雀。李银花当时还竖起了耳朵，她要在王家坝的土地上听一听山的声音、水的声音、人的声音，但迎亲的唢呐声以及比唢呐更响的农用车的声音限制了她的听觉。李银花就这样把一张胖脸第一时间暴露在王家坝人的面前，小孩子们跑到李银花前面仰视，觉得新娘子胖得好可爱，而寨上的女人就不这么看了，站在王大家院坝的四周三五成群地交头接耳：这个女人怕是非凡得很哟。但不管怎么说，李银花当时的心情是以前没有过的，是清澈的，饱满的。

就在女人们议论纷纷的时候，李银花看到了朱华英。看到了朱华英的与众不同。

女人们都是来帮忙的，这也是法那这一带的习惯，寨里哪家有了红白喜事，一寨的人都来帮衬着，平时都忙，走得近的可以有机会把心里话吐出来，平常很少走动的也可以凑在一起说点家长里短，拉近关系。朱华英站在靠近牛圈的那口大黑锅旁边，她没有戴围腰，鲜红的衣服和白净的裤子在一群蓝蓝黑黑的围腰中间独树一帜，更独树一帜的是她嘴里叼着烟。和大家一起洗碗，她没有参与议论，甚至没有看李银花一眼，因为顺着朱华英的目光，李银花看到了两只站在电线上的麻雀，这两只麻雀一定是吃饱了谷子或者苞谷棒子或者王大家酒席中洒落的汤汤水水，相互啄着对方的羽毛。李银花一直看到朱华英把嘴里的烟慢慢吐出，心想，这才是个非凡的女人呢。在李山坡的时候，就算朴素地走在村道上，也会迎来一道道瞩目的光，而在王家坝，平生第一次打扮得这么漂漂亮亮也没有得到朱华英的一个眼光，祭祀师的女儿在王家坝的第一天就遇到了前所未有的挑战。

结婚毕竟是件大事，王家坝的女人们早早穿上了清一色的绿色解放鞋，戴上蓝色的黑色的围腰，拿着盆盆罐罐，瓢瓢铲铲。这一天是属于王大家的，寨上的所有女人都准备在王大家甩开膀子。朱华英是随后到达王大家的，住在王大家隔壁，有地理上的优势。但朱华英的到来更多的是表明一种态度，她的穿着打扮，在李银花还没有进王大家门之前，是被王家坝的女人们当成新娘子看的，一个话多的女人就说了，华英怕是来走人户的哟。本来个子就高，再配一双高跟鞋，朱华英看人就多了些居高临下。

心理上的变化是从李银花走进王家坝的土地开始的，吹吹打打的迎亲队伍聚焦了全寨人的目光。朱华英没有看，有什么看头呢？村东头的支书家不久前娶媳妇，人们不都是用这种眼光期盼吗？待走近了一看还不是麻子姑娘一个。朱华英当时还想，莫非王大家还比支书家能耐？

就李银花和朱华英的外表来看，两人没有多少可比性，李银花胖，朱华英瘦，李银花和所有王家坝的媳妇一样，矮，皮肤偏黑，而朱华英高挑，肤色白净。要说对朱华英有点压力的话，是李银花不可一世张扬的脸以及不可一世挺起的胸。在李银花看到朱华英之前，朱华英还是自觉或不自觉地看了李银花的，全寨的女人啧啧称赞的时候，朱华英才把脸扭到了另一边。女人都是自私的，都是自尊心很强的，以前寨子里的啧啧声是自己独享的，现在多了一个女人分享，朱华英心里还是有些不乐意。

李银花的自尊心也受到了极大的伤害，当晚的客人散尽后，在大红喜字的里屋里，王大踱来踱去，李银花知道王大想干什么，拉灭电灯的时候，李银花问王大那个女人是谁？王大说哪个女人？王大现在不关心别的女人，他只关心眼前的这个女人，他抓住李银花胀鼓鼓的胸，说："花花，哦花花。"李银花却怎么也进入不了状态，先是一股钻心的疼，她忍住了，没有叫出来，然后脑子里嗡嗡嗡的。白晃晃的月亮就像人的一双眼睛从窗户里探过头来，李银花用手推趴在她身上的王大，不推还好，一推王大更来劲了。就这样，王大在东屋把李银花折腾了大半夜，也把住在西屋的王二折腾了大半夜，家里凭空多了个人，多了些奇奇怪怪的声音，王二翻来覆去都睡不着，王二不是那种瞌睡轻的人，以前和王大同睡东屋的时候，王大鼾声如雷，王二照样睡得如死猪一样。现在王二是不可能再住东屋了，被赶到了西屋，和老爹一壁之隔，老爹住外间，王二住里间。虽然东屋和西屋中间还隔着祭祖的堂屋，天地君亲师位阻隔不了东屋源源不断传来的响动，加之老爹同样源源不断的咳嗽声，王二的痛苦在夜色深处越陷越深，有好几次，王二起来揍老爹一顿的想法都有了，深更半夜的咳什么咳呢？以前老爹也咳嗽，但王二没有这样烦躁过。

邻居朱华英也早忘掉了白天的不适，早已入睡，王大结婚，又不是自己男人娶二房，这个李银花说到底对自己没什么妨碍的。

按照法那一带对好女人的评价，李银花的各项指标均在优等之列。"屁股大，好生娃；胸口大，好养娃。"最关键的两项指标，如果说李银花在王家坝算是第二的话，就没有人敢充当老大。所以李银花嫁给了王家坝最穷的王大不能不说是一个奇迹。并不是没有人给李银花牵线搭桥，和李银花同寨的就有两个，一个还是村小学的老师，人也长得不错，祭祀师的女儿还是婉拒了。媒人的话没有假，说王大家在当地是穷了点，但嫁到王家坝，大田大土的，怎么着也比李山坡强。李山坡虽然离王家坝并不远，在山上，山是石山，地就是石旮旯里东一溜西一溜的不成块的地，这种地长不出好庄稼不说，关键是限制了开垦的激情。

第二天一早，李银花还是延续做姑娘时早起的习惯。东屋的李银花起床，西屋的王二也睡不着了。"吱嘎"一声，李银花打开了东屋外间的木门，差不多同时，西屋外间的木门也"吱嘎"一声，李银花和王二的目光就对上了，也就是一瞬的时间，两人又不约而同地把放出去的目光收了回来。王二收回目光的同时，还收回了即将在清晨中绽放的慵懒的笑容，一下子蹿到寨中去了。李银花觉得王二的目光就像昨晚穿过窗棂的月光，一个冷噤，李银花的脸反而烫了，做姑娘的时候就知道，脸烫的时候总伴着心跳和慌张。

李银花嫁到王家坝之前到过王大家一次，这还是开了先河的。法那一带，媒婆牵线的婚配有点谱后，会带上男方到女方家见上一面，女方在未过门之前是不会踏进男方家门的，这按常理就有点解释不通。又不是招上门女婿，男方家境才是最终决定日子质量的关键。李银花在家里见到媒婆带来的王大，不自觉地和李山坡的小学老师比较了一下，心一咯噔，马上又想到了王家坝的大田大土。王大的表现和他矮胖的身材一样中规中矩，几乎是祭祀师问一句，他答一句，惜言如金。就连媒婆都从祭祀师和李银花的脸上看出了端倪,所以原打算住一夜的媒婆提前打了退堂鼓,但媒婆和王大刚跨出李银花家门槛的时候,李银花在堂屋发了话,我和你们到王家坝走一趟。要求是离谱了点,但媒婆还是爽快地答应了。媒婆当时最先想到的是,王大家春夏两个季节都舍不得吃的那块黑油油的有点儿哈喇味儿的腊肉也许就不用退回去了。晚饭又用去了王大家另一块也是家里现在唯一的一块腊肉,李银花一直没有说话,直到脸色和天色一起黑了下来,王二回来了,这不能怪王二,因为李银花的到来,家里的晚饭时间比以前提前了一个小时。起初,李银花还以为王二是哪个城里的亲戚来串门的。高大,白净,怎么看都不像是生长在王家坝的人。媒婆知道王大家送给她的那块腊肉最终保不住了,心境反而静了下来,对李银花说,姑娘就算不同意这门婚事,天都暗了,还是住一夜再回去吧。李银花走过院坝,回头对媒婆说:"叫王大家看好日子吧。"

李银花怎么也想不明白,当初怎么就义无反顾地答应这门婚事了呢?李银花还想不明白的是,同一个父母生出来两个儿子居然朝着相反的方向生长。不仅身高和肤色,就连相貌也都是两个极端。

刚结婚那几天,王大总恋着那事,李银花还是像新婚之夜那样进入不了状态,王大动作越来越大,李银花只能偷偷地咬牙,闭上眼睛,任由王大摆布,但一闭眼,就出现高大白净的王二的身影。李银花为此很不安,尤其是遇着王二的时候,脸都会不自觉地红了。时间长了,王大对那事淡了,日子也就这么过着了。

农闲总是很快就过去了。李银花决定在王家河边上的那块一亩多的水田里栽培油菜,为此李银花早早地把水田里的水放干了。王大爽快地答应,刚新婚不久,女人用肥沃的身体赢得了话语权。王大的老爹虽然阻止,但是已经无能为力,因为早几天,王大两口子已经和老爹分了家。

"种了油菜的田水稻就出得不好了。"老爹的阻止软弱得像商量一样。但李银花的口气没有商量的余地:"都分出去了,还有什么资格指手画脚的?"

分家的原因很简单,李银花看不惯家里的几块肥地冬闲着,老爹说这也看不惯那也看不惯分出去就没有人管你们了。李银花无所谓。

开挖土地的那天,李银花把潜移默化学来的祭祀仪式用上了。就从这一天开始,她丢掉了笼罩在自己头上的祭祀师父亲的光环,翻开了女人祭祀土地的崭新的一页。

春天说来就来了,没有前兆,一阵风吹过,树就冒芽了,草就吐绿了。然后就是桃花、李花和樱桃花,红一阵,白一阵,之后就是黄一统天下。一遍遍的金黄就是从李银花家的那一亩水田里开始的,王家坝的人都看到了,说:"李银花家的油菜花开了呢。"他们没有说是王大家,这就意味深长了,因为王大以前也和他们一样,把王家河里的水引进水田里,泡冬,说这样呢水田的营养就储好了,第二年的水稻就长势喜人。王大把泡冬的道理给李银花讲了的,李银花说,那就怪了,好好的一块肥地闲着反而好了?才两三个月的时间,就长出了让王家坝人耀眼也妒眼的黄。所以一寨的人说的时候,有艳羡,也有酸酸的味道。这样呢,李银花家的那一亩油菜花,在一片水汪汪之间,就有了一些孤独。这种酸酸的味道没有持续几天,当看到自己家的地里也变得金黄的时候,王家坝的人才不再觉得李银花家的油菜花有什么了不起。但李银花很骄傲,她骄傲的是她家水田里的油菜秆明显比寨上其他人家在山地里的粗大,王大对李银花的这一发现不置一词。

"都一样的嘛。"王大说。

李银花说:"一样?你再睁大眼睛看看。"

王大已经把李银花这块土地翻熟了,所以说话也不像新婚那几天那样百依百顺。"不就是粗大点嘛。"王大说得漫不经心。李银花生气了,在李山坡做姑娘的时候,一直就梦想着有一块属于自己的地,她要在地里种苞谷棒子,种四季豆,种白菜青菜,她要种自己想种的一切。虽然在李山坡也确实有自己家的地。"但在石旮旯里种出来,出一天大太阳,种出来的东西就蔫巴了。"那晚王大正在李银花的身上耕耘的时候,李银花说出了在那块水田里栽种油菜的想法。当时王大答应得干干脆脆,现在这么好的油菜花,王大却连赞一下的表示都没有。

李银花买了四头猪,她说等油菜成熟后,就打成菜油,油饼喂猪,猪的膘长得快呢。但现在李银花是未雨绸缪,四头猪毕竟有不小的食量,粮食还不是问题,乡下的猪和城市里的猪终究是不一样的,城市里的猪要吃好的喝好的,乡下猪的肚子贱,得吃猪草。李银花还打了比喻,说天天吃肉你腻不腻?这样一来呢,王大就得每天和李银花一起去打猪草。猪草是有的,就在那块油菜地里,沿着一沟一沟的油菜花,长满了嫩油油的挖耳草、车前草、灰灰菜,都是猪最爱吃的食物。王大和李银花一人负责一沟,一会儿就各打好了一大背篼,王大坐在油菜花之间的沟里抽烟,李银花也坐在沟里,解开衣服扣子散热,王大好像得到提示,顺势把李银花放倒在油菜花之间的土沟里,李银花说:"粗大点不稀奇,你怎么就粗大了?"王大顾不了这么多了,在李银花的身上挖来犁去。那天王家坝的人倒是没有注意,那群在王大和李银花头上"嗡嗡嗡"飞着的蜜蜂看到李银花家的油菜地里像发生了龙卷风一样,地中间的油菜花摇来摆去。

王家坝的人是不喂猪的,说猪吃的粮食比卖猪的钱还多,不划算。王大也把账算给了李银花听,李银花说,放狗屁,怎么不划算,算算猪制造的农家肥,没有了这些农家肥,庄稼怎么生长?李银花本来是骂全寨的懒汉,但王大不敢接话。"连猪都不喂一头,女人还叫不叫女人。"这次王大听明白了，李银花是骂隔壁的朱华英。当初李银花在王家河边栽种油菜的时候，风凉话就是最先从朱华英的嘴巴里说出来的。你看，在坡上穷惯了，在坝子里好日子都不会过了。朱华英把李山坡总说成坡上，把王家坝说成坝子上。别看这"一坡一坝"的，口气里是不屑，是貌视。朱华英男人以前是砖瓦匠，现在在城市里提砖刀修高楼大厦去了，每月寄回来的钱可以让朱华英坐在院坝里养尊处优，所以当王家坝的那些女人对李银花家的那一亩油菜表露出点羡慕的时候，朱华英总会说，栽得再多，卖得了几个钱？好话不出门，坏话传千里，这种话在王家坝传得很快，像王家河面上的风一样，嗖地一下就进了李银花的耳朵。李银花每天到油菜地里去打理，完了会在河里洗手和洗脚，从春天到秋天，李银花都不穿袜子，鞋一脱，双脚就伸进河里，河面上的风好像就是这个时候吹来的，及时，凉飕飕的，拂遍全身，很舒服。但朱华英的话不舒服，不舒服了就总有一股气在肚子里，气鼓气胀，一天要打几个响屁才能把心境理顺。有那么一天，李银花正好迎着早晨的太阳向地里走去，朱华英早坐在院坝里的躺椅上了，晒太阳，抽烟，两人都看到了对方，李银花本来想打个招呼的，但在招呼还没有打之前，李银花看到了朱华英吐出来的"烟圈"，在早晨的微风里向李银花这边飘过来，一个圆慢慢变大，最后扭成了麻花样，散了。李银花把这个应该属于地里劳动时间出现的"烟圈"视为挑衅，李银花没有发表抗议，直接在心里予以还击：狗×的卖×样。就是心里的这句话，李银花的心一下子顺了，在王家坝再也没有放过响屁了。

　　李银花的心顺了，朱华英的心又堵了。

　　李银花喂猪采取圈养和放养相结合，圈养两三天，要放养一天，李银花说这样的猪肉才好吃，具体为什么好吃，李银花也说不出个一二三，只是打了个比方，说野的总比家的香。这又说到人的身上去了，意思是说砖瓦匠进城了，寨子上的男人的目光都是想打朱华英这个野食的，而寨子上的女人的目光呢都是监督自己男人的。李银花有天把猪放出来，也许是在圈里憋得太久了，四头猪像发情了一样"哼哼哼"就往朱华英家那边跑，李银花一人难挡二手，拦了这头，拦不住那头，有两头不顾一切地在朱华英家的院坝横冲直撞，把躺椅上的朱华英吓得冒了冷汗，朱华英费了好大劲才从躺椅上爬起来。"有人养却没有人教。"朱华英说得战战兢兢，朱华英家那只同样高大的黄狗护主心切，将两头侵略主人领土的猪"汪"了回去，同时还不忘对着李银花"汪"几声。惊魂未定的朱华英在大黄狗的助威声中骂开了，狗×的太欺负人了。声音很小，但狗一定是听到了，跟在朱华英的屁股后面，好像凯旋了一样，摇起了尾巴。那天过后，朱华英高高在上的形象就在李银花这里打了折扣，所以李银花把猪赶进猪圈的时候，对着猪说，你以为隔壁的穿得花枝招展是为了你们啊。猪们"吭哧吭哧"地好像表示赞同。

　　油菜花谢了，长出了嫩绿的果实，一条一条的像可爱的小虫子，李银花每天都要去地里一趟，一来是去打猪草，二来呢，她要去看看她亲手种下的油菜，她得听听油菜籽努力地想蹦出来的声音。

　　就在油菜快成熟的时候，一队人马开进了王家坝，先是拿着测量仪器测来测去。后来乡里的和村里的大来了，说王家坝的土地收储了。李银花不知道收储是什么意思。来的人讲了，收储就是不属于你们的了。李银花不明白自己的怎么说没有一下子就没有了。来的人又说了，土地和青苗款政府都会赔你们的。李银花说，我不要钱，钱又不会下崽。来的人反问李银花，地会下崽？今天一亩明天就成了两亩？李银花说，地上什么东西都能长出来。来的人和李银花说不清，看了眼村支书，村支书心领神会地批评李银花："你哪有什么土地？土地都是国家的。"村支书想就此打住，来的人的目光还在支书身上,支书对李银花的批评就不能停下来:"况且,话又说回来,工业园区建起来了,还不是你们受益,以后恐怕卖菜都会致富呢!"李银花说,地都没有了,拿什么种菜。

3

李银花有了上当受骗的感觉。

当一个个黄色的"长颈鹿"气吞山河地把李银花家那亩水田里的油菜连根拔起的时候,李银花再次反问自己,当初怎么就义无反顾地答应这门婚事了呢?王家坝人把挖掘机说成是"长颈鹿",说没有见过这么厉害的"长颈鹿",一抬头一弯腰的工夫,土地就变成工地了。

如果连地都没有了还看中王大什么呢?李银花心想。没有地了就闲得慌,农忙的时候,她会回到李山坡,帮祭祀师干些农活。但祭祀师不感谢,这怪谁呢?老师都看不上,偏偏看中的是王家坝又矮又黑的丑鬼。祭祀师把最后两字加重了语气。李银花也觉得当初自己是鬼迷心窍。她还暗暗庆幸前不久怀上的孩子一忙就忙漏了,如果生个孩子也像王大那样,不就是扁担挑钢钵——两头都滑脱?

土地收走了后,活动范围从王家坝的周围的山岭一下子缩小到房前屋后,和朱华英碰面的时候自然就多了。朱华英对土地收储没有什么感觉,还是固执、自信地仰在院坝躺椅上,烟抽得更勤了。以村主任为首的王家坝人在"长颈鹿"一步一个脚印地稳步推进中,看到了绚丽多彩的未来。村主任说,在我们王家坝这块平地上建个大都市没有一点问题,到时衣服给老子穿光鲜点,哪个还敢把我们当农民看?说着批评了几个邋遢的村民。一群人紧紧围绕在村主任周围,对即将到来的全新的王家坝翘首企盼。

王大和寨里的男人想到一块去了，先去城里打工，等待时机杀回王家坝。王大的踌躇满志迎来了李银花的一盆冷水。你等着吧，等到竹子开花骡子下崽时再回来。李银花家有个亲戚以前在地质队，地质队破落后出来买了设备打井。"打井终究离土地近些。"李银花对王大说。王大和李银花成了亲戚打井队伍里的工人。

　　土地和青苗补偿款到手后，王二决定考虑婚姻了。王二已经二十五六岁，老大不小了。钱既然是用在刀刃上，王二的老爹没有异议。王家坝是不缺少媒婆的，老是老点，但身板还算硬朗，办事也踏实。王二的老爹一下子买了三份糖食果品作为媒人的见面礼。三个老态龙钟的老太婆第二天一早就兵分三路同时出发了。王家坝人没有见过同时请三个媒婆的。王二老爹有自己的打算，不求全面开花，但求有所突破。王二是谈过恋爱的，不过那都是七八年的老皇历了，别家姑娘早就进了城，据说小孩都生了三个。王二仗着自己长得帅气，没太在乎婚姻的事，光阴一晃就溜走了，王大娶李银花的时候，虽说办得简单了些，但也把本来就很薄的家底耗尽，王二再谈婚姻的事就是客观现实摆在那里——条件不允许了。

　　媒婆走之前对前景一致看好，说王家坝马上都是城镇了，怕姑娘们都会堆起来呢。王二和老爹本来对这事也没有很大的把握，媒婆一说信心就满满的了。其实媒婆也有媒婆的打算，一是介绍的姑娘多是后家的亲戚，沾亲带故的，这样的婚事做成了，其实是亲上加亲。二是对媒婆来说，做成一门亲事，就相当于提携一个女人，这和提拔个干部的意思差不多，对于一个媒婆来说，没有比这个更能体现价值和成就的了。三是毕竟拿了男方家的东西，听说城市里有收了礼不办事的，王家坝人觉得城里人也太不地道了。

　　王二和老爹都洋溢在成功即将到来的喜悦之中。等待媒婆的到来，相当于等待好消息的到来，爷儿俩甚至做好了好中选好优中选优的准备。第一个媒婆的到来没有带来好消息，她已经在后家把适龄姑娘家都走遍了，一共三家。第一家听说王二还没有出门打过工，直接免谈了，说这个年头连工都没有打过，怕憨得很哟。第二家倒是给姑娘打了电话，那边先问王二是不是乡村老师，又问是不是乡里的干部，媒婆回答两个"不是"后，那边就挂了电话。第三家问得更离奇，问王二家买车了没有，媒婆说他哥王大倒有一辆摩托车，女方家连说，不是的，不是的，是小轿车。媒婆问买一辆要多少钱，女方家也搞不清楚，说估计好几万吧。媒婆一合计，看到了希望，刚刚得到的补偿款，说王二家买一辆也是买得起的。女方家又问王二在城里买了房没有。媒婆问在城里买房做什么。女方家说了，闺女说要结就结在城市里。

第一个媒婆在王大家的堂屋里，连声说"对不起"，说大大他妈死得早，按理我们这些挨临处近的要多关心才是，唉，你看办这么点事都没有给大大他爹办好。第二个媒婆一进王二家大门，就开始骂后家的不是。这个媒婆也是走了三家，但哪一家的口气都一样，说王家坝连地都没有了，闺女去了不就往火坑里推啊。第三个就是以前撮合王大和李银花的那个媒婆，因为有成功的经验，王二和老爹把最后的宝都押在她的身上了，这次王二没有王大那种运气，媒婆直接气得倒在了床，晚上叫老伴把王二家的糖食果品送了回来，王二和他爹连话都没有得到一句。

那些天王二情绪比较低落，情绪低落的王二就去娱乐室打麻将。朱华英也爱在娱乐室打麻将，这样一来呢，两人在一起说话的时间就多了。在王二看来，朱华英各个方面都比大嫂李银花略胜一筹，就连食指和中指夹烟的动作都优雅得不行，王二就是这样学抽烟的。

王大和李银花出门打井不久，朱华英家的砖瓦匠出事了。据后来王家坝的几个和朱华英一起去城里处理后事的老者讲，说老板总是拖欠工资，临近寄钱的那几天砖瓦匠老是走神，最后从五楼一个倒栽葱落在了地上。待朱华英他们赶到的时候，那幢楼短短一天已经升到了七层，朱华英怎么也想不清楚砖瓦匠是从五楼的什么地方掉下去的。朱华英问了几个她男人的工友，工友说你不知道城市有多大？面对面站着都不知道对方是谁，砖瓦匠究竟是怎样掉下去的几个也是一问三不知。但砖瓦匠的一摊血确确实实洒在城市的这个工地上，从红到乌再到黑，朱华英从老板那里拿回四万块钱抚恤金的时候，那摊变黑了的血早被城市吸收得干干净净。

　　王二又一次看到了婚姻的希望。在朱华英悲痛的那几天时间里，王二做了一个邻居该做的帮衬，比如帮朱华英家挑挑水。王家坝人吃的是地下水，水井的位置比寨子住的地方要低，每次朱华英挑着水上石梯的时候，瘦削的身体像根豆芽菜，风一吹，随时都有可能倒下去。王二给朱华英家挑了十来天水后，与朱华英商量，两家各出五六千块钱在两家房屋中间修个水池，安装上水泵，就可以吃上自来水了。王二认为朱华英现在有钱了，肯定会答应的，哪知刚一开口，朱华英就来气了，我没有叫你帮我挑。然后把王二连桶带人一起推出了家门。

　　王二想不明白，砖瓦匠出事后，朱华英好像就变了个人，让人琢磨不透。

　　工业园区开始建设后，王家坝多了一个行当，就是挑水工，来工业园区做工的农民工，他们八小时上班，其他的时间帮王家坝的那些留守妇女老人挑水，五块钱一挑，用水量大的人家，四块半一挑也行。砖瓦匠在的时候，朱华英就是最先买水吃的。砖瓦匠一走，本来得了一大笔钱的，反而她自己开始挑水吃了。好长一段时间，王家坝那条通往水井的唯一石梯路上，每天都能见到朱华英偏偏倒倒的身影。转机是朱华英家三岁的女儿小菊子发高烧时出现的，那时已是黄昏，王二二话不说背起小菊子就往法那卫生院跑，打了针吃了退烧药后，朱华英才气喘吁吁地赶到。医生骂："没有像你们这种当父母的，都咳嗽两三天了，还不看医生！如果今天再晚来五分钟，恐怕脑壳就烧坏了。"头天朱华英是背着小菊子去看病的，就要出村寨的时候，小菊子说她已经好了。当时也是大意，也有侥幸心理。心想既然好了，何必还要背个人走七八里的冤枉路？谁能想到差点就误了大事。

回去的路上三人都无语，小菊子趴在王二光脊背上睡着了，王二把身上唯一的一件单衣搭在了小姑娘的身上，朱华英走在后面，想着没有男人的种种艰辛，眼睛里就有了些朦朦胧胧的东西。那晚，王二和朱华英一直陪在小菊子的床前，王二再给朱华英家挑水的时候，朱华英没有表示赞成，也没有表示反对，甚至连道谢都没有一声。王二倒干得愉快，每天把朱华英家的水缸挑满后，也不说什么，自己就回家了，只是高兴的时候，会长声甩上一嗓子：嫂子——嫂子——借你一副身板——挡一挡太阳——我们好打胜仗。这时候，朱华英这边会在心里说，王二啊王二。然后轻轻地叹一口气。

王二有次把朱华英家的水缸挑满后对着里屋说："我想和你婚姻了。"王家坝人把结婚和婚姻两个词等同了，说出来像唱歌一样。王二和朱华英隔着一层木板，说出话来自信了很多。

好一会儿，里屋里才传来朱华英的声音："你要想好了，我现在是有点钱，但我一分也不能动，我得存着。"

王二说："我想和你婚姻，又不是想和你的钱婚姻。"

小菊子痊愈能够到寨子中玩耍的时候，王二已经在朱华英家住下了。应了王家坝女人的判断，这么漂亮的女人，一个人在家里怕是守不住哟。光阴就这样走着，日子就这样过着。小菊子没有再去过卫生院，除了挑水，朱华英没有发现王二更大的作用。王二似乎预料到了这点，对朱华英说想去城里打工。朱华英生气地说，想找死啊。说完就和当初与王二做了那事一样,后悔了。

王二隔三岔五地会提醒朱华英什么时候把手续办了。朱华英说不急。王二说你不急王二急。朱华英说,有什么急的,虽然我们没有履行婚姻的手续,但却有了婚姻之实。朱华英不再在早晨的院坝里晒太阳了,烟还是继续抽,但不在院坝里,收敛到坎子上。两家中间的碎石隔断推倒了,这个隔断有了些年头,石头上长了一层青苔,但一推倒,石头又露出了该有的白色,新鲜极了。王二偷偷穿过杂乱无章的石头堆子,然后走进朱华英的里屋。就这样偷偷摸摸了三年,朱华英的女儿上小学了,王二觉得再这样下去总不是办法,再次谈到婚姻的事。朱华英的口气是完事后的懒散,说现在我和你都没有土地了,如果成一家,以后怕要喝西北风咯。又扯到××土地。王二绝望中还是想抓住最后一根稻草:"不履婚姻的手续,还做婚姻之事不?"朱华英很快就用摆着的事实回答了王二,她托人把自己嫁给了工业园区水泥厂的一名工人,据说这名工人是扛水泥包子的,工资高得很。

王二的土地赔偿款用得所剩无几了,他给王大打了电话。

4

李银花祭祀完土地,继续清理她的蛇皮口袋,腰杆一弯一伸的当口,胸前面的东西在王二眼里忽明忽暗,王二喉结夸张地滚动了一下,把一泡口水吞进肚里。天气实在闷热,王二又骂了句。

"打井有球用?!"他的这句话是骂自己的,也是骂王大的,他打电话给王大。王大说想通了?王二说,我就是想通过打井找个婆娘。王大说隔壁家的那个不是也不错嘛。王二说已经嫁人了。王大从声音里听出了王二的沮丧,坐在王二旁边的老爹吧嗒完叶子烟,烟巴斗往鞋尖上一搕,说:"是该出门了,人不出门身不贵嘛。"老爹有支气管炎，说一句话要干咳好几次，很费劲的样子。咳嗽完又说："现在在王家坝，媒婆都不好请了。"说完有一丝不易察觉的笑容在满脸皱纹中舒展开来。王大在电话那头说："出去了机会多得多呢。"

王二第二次骂脏话的时候，王大也冒火了，说好吃懒做的，哪个姑娘会看上你？王二说，毛毛人都没有一个，我还以为一打井，女人就来了呢。王大说，就是堆起来也没有一个会看上你。王大懒得理王二，和老婆李银花搭帐篷，这顶帐篷跟着王大两口子已经三年多了，好多地方都沾上了泥巴。在野外作业，这是他们临时的家，他们必须赶在黑夜到来之前把这个临时的家建好。

王二确实后悔来到这荒山野地。如果在王家坝，今天麻将都搞两"锅"了。王二心想。他的后悔还不只这些，日头渐渐挂西了，他得从老家的回忆中回到现在而今眼目下，回到即将到来的对这个黑夜的打算。帐篷肯定是不属于他的，只能属于王大和李银花，他甚至想到了王大和李银花今晚可能在帐篷里做的一切。李银花说王家坝没有地了，打井总算离土地近点。王二在心里骂，王大怕是舍不得你这块肥地。

王二和王大、李银花是坐一辆摩托来到工地的，摩托也跟着王大李银花几年了。跑起来"突突突"的声音比喇叭的叫声还大，没有牌照，屁股上"立马"两个红色的大字在车身的泥泞中挣扎着，探头探脑。其实这辆"立马"摩托车跑起来并没有像它的牌子那么迅速，从王家坝到这个工地不过一百多公里的距离，跑了三个多小时。

之前，工地需要的钢管、柴油机、抽水机、液化气罐等是老板从家里用农用车拉过来的。钢管、柴油机、抽水机经过王大、王二两兄弟一下午的劳动已经派上了用场。王二在土埂上睡了一个多钟头，说是睡，其实并没有睡着，他看着王大和李银花在忙碌，也看到了斜躺着的摩托车。以前，王二是看不起王大骑的这辆车的。自从那次请媒婆提亲后，王二心里就想，如果以后学会开车了就买小包车。王二对李银花没有什么好印象，主要是太胖，王二怀疑，王大和胖子李银花每次回王家坝不是骑摩托来的，而是骑着李银花滚回来的。

看了李银花，看了斜躺着的摩托车，就想起了早上一起坐摩托车的情景。王大在前面开车，李银花坐中间，王二坐最后面。关于李银花坐什么位置的问题，王大是纠结了一小会儿的。王大本来想叫李银花坐最后面，这样一来呢，李银花和王大中间隔了个王二，就有点被人横插一杠的感觉。摩托车实在太小，李银花又胖，占据了不少地盘，王二只好后仰着用右手拉住货物架上的不锈钢环，但不锈钢环上有装得满满的蛇皮口袋，车一旦减速和加速，王二就拉不住了，拉不住了就摇摇晃晃地要掉下去，于是为了防止掉下来，就不自觉地抱住了李银花，有次急刹的时候，整个身体都扑在了李银花身上，就是这一次，王二的下面就不老实了。一路上王二都在想，胖嘟嘟的其实也蛮好的。

中午来过的那位茶厂的领导模样的人好像知道王二晚上没有地方住似的。

"晚上怎么睡呢？"领导就是领导，一下子就看出了两男一女和一个帐篷不相匹配的问题。

"还不知道呢。"王二抢在王大、李银花的前面回答了。王二确实不知道，早上和王大、李银花一起走时就没有想过这个问题。现在王大、李银花的帐篷已经搭好了，但是自己不可能和王大李银花睡在一起。

跟在领导后面的那个人说话了："你们骑车进来的路口有一个棚子，比帐篷还舒服些。"

领导模样的看了王二的腰圆背阔，指了指工地上面的垭口："顺便看管一下茶场，一个月三千块。"不是商量的口气，倒像是命令似的。

王二想再问问是一人三千块，还是三人一共三千块，王大抢先回答了，要得，要得。王大在外面打井多年了，棱角已经打磨得没有了，什么事都不轻易说出个"不"字。领导模样的人好像很满意王大的回答，补充到，如果抓到偷摘茶叶的，抓到一人再奖励三千块。王二说当真？跟在领导模样后面的人说了，那还有假！一言既出驷马难追。

黑暗总是扑面而来。太阳白天还明晃晃的，一翻山，雾气就来了，把松林坡包裹得严严实实。

分工非常合理，王大和李银花去山顶的垭口睡，因为王二不会骑车。王二就睡在工地上王大和李银花搭的帐篷里。山上是一望无际的静，只有虫鸣和鸟的叫声，还有就是风来来去去的沙沙声。

这一夜，王大和李银花没有闲着。王大说他要在茶山上碰碰运气。李银花说你就想着那三千块钱的奖励。王大"嘿嘿"干笑两声，就在一丛丛的茶树之间消失了。

从家里出发的时候没有拿枕头，好像王大和李银花在外面从来就没有用过枕头。没有枕头王二不习惯，他把王大李银花的换洗衣服垫在头下，夜晚静得让人无法入睡，王二坐起来，把垫在头下的换洗衣服一件件拿起来抖了抖，根据长短分开，重新叠好，然后再放在头下。长的一定是王大的，他放在最下面，短的就是李银花的，他放在上面，他仰着睡，心事乱七八糟，又卧着睡，整张脸全部陷进李银花的衣服里，王二闻到了一股洗衣粉的香味，他固执地认为这就是李银花身上的味道。高山上早晚温差大，王二翻了个身，顺手在头底下拿了件李银花的衣服搭在赤裸的身上，这又让王二想起在摩托车上抱起李银花的那种感觉。开始有些燥热，然后就迷迷糊糊，当王二从迷糊中醒过来的时候，已经有了尿意，中午和晚上都是一海碗面条，吃了面条就是尿多。王二站在工地边的坎坎上，掏出家伙，一股水沿四十五度的抛物线，飙出去好远。

刚开始，王二还以为窸窸窣窣的声音来自自己的那泡冲劲十足的尿，确认不是后，他想到了风走动的响声以及小动物出来觅食。用排除法一一否定后，兴奋油然而生，窸窸窣窣的响动是三千块钱，是黄昏时茶场领导模样的人一言既出驷马难追的奖励。王二轻手轻脚地朝声音走去，就在发出声音的家伙有所察觉准备溜走的时候，王二一个箭步冲了过去，就是这一箭步，他才发觉自己还没有穿衣裳，对方提篮上的竹条刺进了他的大腿，一股钻心的痛冲了进来。但王二没有太多的顾虑了，三千块，这可不是个小数目，他在王家坝可以打多久的麻将？王二和对手争夺的焦点在提篮上，这点王二没有含糊，这是物证，时代进步了，什么都得讲证据的。对方也不含糊，也是拉着提篮不放，一拉一拽的，王二先拉到了对方的衣服，接着就死死把对方整个抱住了。王二心想，这下人证物证都到手了，也就是三千块奖励到手了。也就一瞬间，他就知道自己抱着的是一个女人，一个胖乎乎的女人。

你是谁？王二像煞有介事地问。

对方不回答。

为什么要来偷茶叶？

对方还是不回答。

再不说我就把你交给茶场的领导了。

王二见到最大的领导是乡长，经常见到的领导是王家坝的村支书，但王二的思路很清晰，什么事最后都得由领导处理。

对方不但不回答，还将头扭到侧面去了。双手不得闲，王二把头伸过去，想用自己的头把对方的头扭回来，结果没有按想象的方向走，两人的嘴巴咬上了，咬着咬着，王二干脆把对方扛在肩上，后又放倒在帐篷里。对方的头就枕在李银花的衣服上，在做的过程中，汰渍洗衣粉的香味一直在帐篷里弥漫。

完事后,女人走了,王二反复用手揪大腿,很痛,说明不是做梦,但不是梦又是什么？女人是个什么样子也没有看清楚,女人叫什么名字也不晓得。女人走后,王二想起了朱华英,她家的砖瓦匠死了后,王家坝的人都叫她朱寡妇,王二不这么叫,一直叫着她的学名。

第二天的事情很多,一个人专门守着钻机,一个人挖水池。钻机必须要水去冷却的。王二好像换了个人似的,一整天埋头苦干,连中午吃面条都是三下五除二后就消灭掉,预计两天的活,王二一天就干完了。王大和李银花不知道,王二不敢休息,一停下活儿,他就想起昨晚的事。心里装着事的时候,除了拼命干活,王二没有更好的办法。

昨晚的事是两情相悦还是霸王硬上弓？王二判断不清楚。心想,要是严打的时候,犯这样的事是要掉脑袋的。李银花叫吃晚饭了,李银花没有叫谁的名字,"吃饭了"三个字短平快地突然蹦出来,把王二吓了一大跳。一直到了晚上都没有什么事,王二忘记了白天的恐惧和不安,心中又开始期待。一直等到后半夜,他出去撒尿,月亮从云雾里探出了头,除了透明的月光,还有哀鸣的夜鸟。昨晚的事情没有延续发生,这样过了好长一段时间,这种事情都没再发生。王二突然就想回王家坝看看,也没有个理由,王大说正事都干不完,回去干什么？王二就把老人搬出来,说就不能回家看看老爹？王大还能说什么呢？王二不会骑车,李银花就对王大说,你陪王二去吧。这么一说,王大又不放心李银花一个人在荒山野岭的,但工地得有人看。王大权衡再三,还是你们两个去吧,看看老人都是应该的。

这是李银花第一次单独和王二在一起。王二坐在摩托车的后面,特意与李银花保持一点点距离。山路坑坑洼洼,李银花深一脚浅一脚地对付油门和刹车，惯性让两人碰碰撞撞。下一个大坡的时候，李银花说，抓好了。王二也不知道怎么个抓法，一双大手就抱紧了李银花的腰，这样一直到家里，李银花再也没有踩过大油门，也没有踩过急刹车，王二的手也没有从李银花的腰间放下来。到了自己家的院坝，李银花连按了三声喇叭，最先有反应的是朱华英家的那条大黄狗，对着摩托车这边就"汪"开了。然后朱华英才出来，看到李银花和王二，一扫把打在黄狗的身上，汪什么汪？不要破坏别人的好事。王二尴尬地站在自己家的院坝里，打招呼不是，不打招呼也不是。李银花反而不生气，非常得意地做晚饭去了。唯一让李银花不高兴的是朱华英回到自己家屋里的时候，王二还站在院坝里，东张西望，心神不定的样子。

晚饭过后，天就黑尽了。李银花收拾碗筷的时候，王二又去娱乐室，李银花站在王二老爹面前说，又不是磁铁，一张桌子怎么就把几个人吸着不走了呢？王二老爹叫李银花把王二叫回来，说都快三十的人了，就恋着赌，还有什么出息？李银花关心的是王二究竟和哪些人在一起打，在最大的那家娱乐室，李银花找到了王二，朱华英坐王二对面，每出一张牌，就昂起头吐一个"烟圈"，王二的更大的一个"烟圈"在上家还未摸牌之前已经把朱华英的小"烟圈"套住了。一桌人笑得稀里哗啦，比和麻将的声音还响。李银花一扭头，领着一股怨气一起回到家。不是回家看老人嘛？怎么成了看麻将了，我看麻将比他爹还亲。王二老爹不言语，把叶子烟吧嗒成一声声的叹息。

李银花对自己的肚子起了疑问，都停药一个多月了，每月按时到来的东西还是按时来了。疑问之前王大也有过，在春风吹又生的季节里，王大触景生情，问李银花，还没有吗？法那一带的人说这方面的事总是很简洁。李银花谎说看过医生了，说漏过一次就漏滑刷了。还说要上北京上海才医得好。

王二在茶山上再次等到那个女人是一个多月后，几乎和第一次一模一样，在差不多相同的位置，先是窸窸窣窣的声音传来，接着王二就看到了模模糊糊的身影。这次没有拉拽，王二直接把女人扛到帐篷里。日子就这样变得有些神秘，也有些盼头了。但是时间一久，王二就不满足这样偷偷摸摸的了，心想，这与朱华英有什么区别？他还是不知道女人的模样，还不知道女人的名字。就算等待也是守株待兔似的等待，没有主动权。王二再次想到了婚姻，当初他和朱华英起起落落三年多，婚姻还不是说不来就不来了！王二觉得，一个男人的开始是起于婚姻的。

5

除了打井，王二多了一份工作，就是要找到晚上和他做事的那个女人。

离工地最近的这个寨子叫三股水，王二觉得名字怪怪的。三股水是一个小山寨，二十来户人家。一问才知道这个村寨有三口水井，差不多六七家就享有一口，寨前的一弯弯田坝就靠这三股水滋润的吧。王二觉得稀奇，才两三公里的路程，就不同天了，这边水资源富足，那边打了一个多月了都还没有见到有水的迹象。三股水离工地很近，隔着一个小山包，山遮着，树挡着，在工地上看不到，但走过去就是十来分钟的路程。王二认为晚上的那个女人一定就是这个寨子里的。黄昏到来的时候，王二出发了，他努力回忆一些女人身上的蛛丝马迹，他要顺藤摸瓜。王大见王二每天都往三股水跑，就问："你去哪里？"口气中有审问的味道。王二顺口就答："我要破案。"王大丈二和尚摸不着头脑，"破——案？破什么案啊？"王二发觉自己说漏了嘴，说："破土地案，为什么就隔个小山包，那边有三股水，这边却没有水。"

到寨子里晃荡总是要找个理由的，遇到了寨里的人问，他就说，看一看有什么青菜白菜的，买点回工地吃。案子真要破起来也是不容易的，和许许多多的农村一样，三股水的男人也都出门打工去了，留在家的都是老人、小孩和三四十岁左右的妇女。按照留在自己记忆中的丝丝缕缕，女人应该是胖的，屁股应该是滚圆的。就这点特征，王二排除了一两人后，其他十多位妇女都在嫌疑的范围。王二要破的案子没有任何进展。

井打了八十多米后，先打到了煤，在山区煤炭是很珍贵的。每天都来看看打井情况的茶场的那位领导模样的人来了，只是这次又多了一个人，站在领导模样的那位前面，肚子大得好像装了一桶水，一大根金黄色的项链在阳光下闪着光。

又打了二十来天，打到水的确切位置是一百三十米。大肚子第二次来到工地，王大、王二以及李银花才知道大肚子才是茶场的老板。老板就是老板，站在王二经常撒尿的那个位置指点江山。

"蓄水工程和煤炭开挖一起干。"大肚子说。他没有闻到王二浸入土地中的尿骚味，一股水从钻机的钻杆上爬上来，兴奋地射入空中，比王二从膀胱里射出来的那股水要高、要远。

茶场的水池修在松林坡上，每天可以从打的井里抽到一百多吨水，在这种山坡上，水量不算少了。但这边开始抽水后，三股水寨子里的三口井就枯了。寨里的几个老者找到了王二，说他们打井破坏了风水，得罪了土地神，土地神就把水收走了。

李银花觉得老者说得有道理，晚上睡觉的时候对王大说："打完这次井我们该收手了。"

王大说："破坏个屁的风水，都是地下水，我们打的井就像个漏斗，这边一抽，所有的水都往这边来了。"

打到了水，王大和李银花在这个工地的工作可以画上句号了。但因为小煤窑要开工，王大、王二和李银花就留了下来。

以多年打井的经验，王大对煤层的位置，煤层的走势是最有发言权的。李银花虽然有不同的意见，但这次李银花听了王大的。按照和茶场的协议，挖出来的煤按两股账进行分配，也就是茶场占百分之五十，其他的百分之五十属于王大、王二、李银花三人。王二确实也不想走，一方面挖煤能挣大钱，更主要的是还可以留下来寻找那位神秘的女人。

王二经常到寨子里去买菜，所以三股水的人都认识他，每次三股水的人来找说法都抓住王二不放，王二说关我什么事，我们是帮茶场打的井。三股水的人说我们不管这些，我们只知道是你们拿着钻机破坏的风水。纠缠得实在没有办法，王二找到了领导模样的人，也找了大肚子，但问题迟迟没有得到解决，王二就打算离开松林坡了。但王二要走，一时半会就找不到挖煤的青壮年顶替，茶场的小煤窑就开不成了。就像一个连环套，解铃还须系铃人，茶场同意为三股水接通自来水。

从初春来到松林坡，一转眼就到了冬季。挖煤不像打井，需要的也不是三月两月的时间，李银花把那块工地上的土翻了，种了蔬菜，有白菜、青菜、芹菜、香菜和萝卜。李银花希望下一场大雪，她说一场大雪后，青菜白菜就脆了，就甜了。自从嫁到王家坝以后，李银花就没有见到过雪了。

王大和王二下煤窑的时候，李银花还自己搭了窝棚，她说冬天了帐篷睡起冷得很。王大说煤窑里热，我们都只穿一件背心。

在自来水还没有接通之前，三股水人每天都要到李银花的菜地上来挑水，三股水人挑水喜欢选在早上或黄昏，也就是王二下窑前和上窑后，这样一来呢，王二就把寨里的妇女看遍了，哪家会不喝水呢？王二仔细观察每一个挑水的妇女，虽然收效甚微，但王二是从长计议，他在盼望来年，盼望茶叶上市的季节。王二心想，再来茶山上，我一定会逮住你们的。有段时间，他怀疑上三股水的一个女人，女人除了身材矮胖外，挑水的样子和朱华英差不多，偏偏倒倒的，有了给朱华英挑水的经验，王二也给女人挑了很长时间的水，王二每次把女人家的水缸挑满后，除了得到女人煮熟的几个鸡蛋，其他的什么也没有得到。

每天下窑之前，李银花都不忘祭祀土地。王大和王二有明确的分工，王大负责挖煤，王大对地质情况熟，不会挖偏，花冤枉劲。王二负责拉煤，王二蛮力好，拉煤呢比挖煤更费力气一些。煤车很简陋，是用竹条编织的，像条小船一样，王二走在煤车的前面，一条牛皮绳套在肩上和胯下，上上下下的过程中，竹船底端钉上的两条钢条，被王二拉磨成两条白亮亮的光。今天祭祀土地的时候，一丝杂念在李银花心头一闪而过。

天空雾蒙蒙的，好像要下雨了，李银花对王大王二说："今天就不要去挖煤了。"

王大说："怕什么？进了煤窑，外面打雷下雨都不晓得。"

王大不怕，但李银花怕。祭祀土地时心里头不知怎么的突然起了一个可怕的念头，如果王大在煤窑出事了，以后日子会是什么样的呢？念头的可怕还在于李银花把自己的一些行为理清了。我爱过王大吗？李银花拷问自己。以前李银花不是没有往坏处想过，她想如果王大出事会是怎么样？如果是王二出事又会怎么样？还想过如果王大、王二都出事了会是怎么样？不过那只是晚上和王大睡在一起后的胡思乱想，想过后，一觉醒来，新的一天开始，想法就走了，像风一样，无影无踪。

不就是胡思乱想嘛。李银花安慰自己。王大、王二下窑后，李银花心里就不踏实了，东一锄西一锄的除草，竟把两棵长得最好的白菜挖断了。

煤窑在李银花菜地的左下方，王二拉煤出来的时候，李银花正弯着腰，屁股被裤子绷成两个鼓圆的球，王二突然感到口干舌燥。

也是一个念头在王二的脑海里一闪而过。

　　王二把一根支撑木头放进煤车里,窑比地面要低,王二从后面拉着煤车慢慢滑进去。煤窑是要用木头作支撑的,头一天王二就看到了有根青枫木头松动了,王二记着要去加固一下。进到一大半的时候,就是支撑木头松动的那地方有一大块泥土掉了下来。在蚕豆大的蜡烛灯下,王大的铁钎撬下一大块砖煤。对于卖煤人来说,砖煤比沙煤的价格高许多。马上就要塌方了。王二想叫王大,同时也想起了朱华英和砖瓦匠,砖瓦匠活着的时候,王二并没有得到任何好处,砖瓦匠死后差点就和朱华英婚姻了。蜡烛火苗被掉下来的砖煤弄得左右摇晃,重新归正后,王二的心和蜡烛上的火苗一起静了下来。死个人有什么了不起?王二心想,一个人拉着空煤车出来了。走到地面的一刹那,他听到了煤窑里的一声闷响。

　　李银花像是昏睡了一场,昏过去几次,又醒过来几次,李银花全然不知,每次醒来,她就跪在地上,点着香纸左右摇晃。

　　三天后王二刨出王大。王大其实是窒息死的,眼睛一直盯着王二,王二抹了三次,王大眼睛就是不闭,看得王二心里发毛。李银花哭过一阵后,巴掌左左右右拍在自己的脸上:是我害死王大的。然后一排密密麻麻的小拳头砸在王二的身上,为什么你出来了王大却没有出来?那些天李银花的一双眼睛就像三股水的几口水井,先是水汪汪的,然后就干枯了,只剩下两个迷茫的空洞。

　　大肚子那几天一直没有出现,手机也关了。事情的处理超乎想象的顺利。王大最后埋在松林坡。这是李银花的主意,人都死了,不要再折腾来折腾去的了。

6

清明前的一场细雨,茶场的茶树又吐芽了。

白的、紫红的、鲜红的映山红在茶场两边的山上率先开放。自从安装好自来水后,三股水的人就几乎不来松林坡了。一到晚上,王二就心慌,松林坡夜晚的每一个响动都好像是王大在土里弄出来的。有天晚上,王二从帐篷走到了窝棚,站了好一会儿后,敲响了窝棚的门。窝棚的门其实就是几块立着的木板,人进人出只需将木板移开就行。先是没有什么声响,王二再次敲响的时候,李银花就在窝棚里"吭吭吭"咳开了。王二对敲门有些心得的,那次慌慌张张说出了想和朱华英婚姻没几天,还是把朱华英家的水缸挑满后,王二试着敲响了朱华英家里屋的门,朱华英说,门又没有拴上,敲什么敲呢?朱华英愠怒的口气背后的内容,王二用紧接着的行动理解了。李银花假意的三声咳嗽,王二也理解了,就是提醒止步的意思。王二灰溜溜地回到了帐篷里。

王二嚷着要离开松林坡,李银花不回答王二,有次王二已经把东西都收好了,快走到垭口的时候,回头看到李银花在点香烛,西边一团乌云正向松林坡飘来。雨下起来的时候,王二站在李银花面前,香烛已经被雨水淋熄了。

王二双手搭在李银花肩上,说:"我们回王家坝吧。"

李银花肩膀顺时针一甩:"你想回就回吧。"

"要回我们一起回。"王二又说。

"你回不回关我什么事?他是我的男人,他死了,我得守着他上路。"

事情的发展完全没有按王二的想法走。当初不知自己是怎么被鬼迷糊了，如果当时叫上王大，那么日子又会是怎么样的呢？王二心想。所有的过去都不会给王二再次选择的机会，而所有的未来王二又不知道怎么去把握。

王二对一切都了无兴趣，李银花的不冷不热让他很难受。有天晚上王二在帐篷这边对窝棚那边说："大嫂，你该考虑下重新婚姻的事了。"从李银花嫁给王大的第一天开始，王二从没有叫过一声"大嫂"，真有什么需要询问的时候，都是用"你"来代替。窝棚那边好一会儿才回了声："结了又怎样呢？"李银花对一切也了无兴趣，她想好了，为王大守完灵后，就出门，走得远远的，不再回王家坝，甚至不再回李山坡。

王二有个疑问，一直想找的晚上来偷茶叶的那个女人究竟是谁呢？有一天他忍不住问了李银花，但问出来的话却是："你和大哥怎么就没有要个孩子呢？"李银花的眼睛汪起了一团雾，这段时间王二就怕李银花眼睛里的那股水，一旦冒出来了，就没有个停息，自己也会手足无措。李银花确实非常后悔，她觉得王大出事是因为自己祭祀土地的时候心境不净，她还后悔当初为什么没有给王大生个一娃半崽？李银花和王大出来打井后一直偷偷吃避孕药，也许就是祭祀师父亲的那一句"丑鬼"让她放弃了生孩子的想法。

那晚，李银花窝棚的几块门板一直敞开着。天热了，风也止了。王二热得睡不着，起了床，到茶树林去撒尿。现在和以前不同了，李银花睡在自己不远的地方，不能拿起家伙乱撒了。王二撒完提裤子的时候，他听到了窸窸窣窣的声音。他条件反射地从后面抓住了女人。如果是以往，王二准会把女人扛起，放倒在帐篷里，但帐篷旁边就是睡在窝棚里的李银花。

女人没有拉拽，王二顺利地把女人放倒在地的时候，女人转过头来，一张胖脸暴露在王二面前。月光明亮，松林坡的夜晚薄如蝉翼。王二拼命地忙活，几朵云彩在一片蔚蓝中闲游。女人仰身在茶树沟里，她想起了和王大在王家坝的油菜花地里的情景，时已过，境相同。那晚，四仰八叉睡在茶树林里的女人看到了天的高远，感受到了地的博大，觉得自己越来越渺小，越来越渺小，最后竟然和泥土融为一体，一股暖流从心里涌出，潮湿和坚硬好像就来自大地，她情不自禁："二二，啊二二。"王二说："我要在你的身上种下王家的种子。"女人两滴眼泪从眼角滚出来，哽咽着："一定要长出王家最好的庄稼！"

王二从帐篷搬到了窝棚，门板重新移了过来，门遮上了。

"王大说挖煤找了钱就要陪我去北京上海看病，现在他不用找钱，我也不用看病了。"李银花靠在王二粗壮的肩膀上，在晨曦的浓雾中自言自语，好像是在回答之前王二的问话。

远处的鸟鸣把松林坡的又一天叫醒。

7

端午前后，松林坡下了几场大雨。三股水的男人陆陆续续回来了，这是雷打不动的规矩，就算出门再远，端午之前都是要回到家的，他们要把寨前那一弯弯肥田耙了，把人畜制造的农家肥挑进田中，插上秧苗。虽然回来做这些农活并不见得比城里务工的收入多，但这是农民的本分。

煤窑已经让政府查封了，虽然查封了，但煤炭的黑还是融进黄泥深处。杂七乱八的煤荒石散落在煤窑前的地里。雨水从松林坡顶流下来，带有泥巴的浑浊颜色，经过小煤窑前的平地，最后流到三股水前面的田地里。这些雨水经过小煤窑后变成了金黄色和淡红色，有一股铁锈味。

田地里的庄稼长不出来了。

三股水的人不知道，煤炭中含有的大量硫、磷、氟、氯和砷等有害成分，影响了庄稼的生长。

王二和李银花在松林坡为王大守了七七四十九天之后，回到了王家坝。

8

一踏上王家坝的土地，就听到寨上的人都在讲述朱华英发迹的故事。讲的人有为王二后悔的意思，如果当初和朱华英婚姻了，不也就成富人了吗？

朱华英富起来可不是靠麻将运气赢来的，她做起了生意。她把家里的钱取出了三万借给那些打牌输干了的人，然后按每天百分之一的息收取资本费。刚开始的时候王家坝的赌鬼们都打得小，输赢也不大，后来麻将打大了就下不来了。朱华英就是这个时候开始放钱的。

工业园区建起后，王家坝终于热闹起来，临马路边的那些房子的一楼开了餐馆，二楼全成了娱乐室，最先的几家娱乐室规模更大了。所有的娱乐室都统称为"精武馆"，以麻会友，各显神通的意思。园区里那些工人晚上在王家坝酒足饭饱后，再到娱乐室把用劳力换成的票子进行二次分配，这种分配方式可不是"打土豪分田地"，而是钱都往热火的地方跑，这样一来呢，有的人就富了，有的人就穷了。

当然，致富之路不止一条，村支书就在一楼开了餐馆，称作"正宗野生鱼火锅"，二楼娱乐室则挂满了红灯笼，夜幕降临，紫色的、暗红色、粉色的灯光从灯笼的缝隙中穿出来，把那些吃完了野生鱼后，不想玩牌，而是准备吃"美人鱼"的人拉上去，那些人多半是工业园区的工人，也有来工业园区的货车司机。

没有人问他们为什么要回来，也没有人问到王大，就像王大天生不存在，而王二和李银花才是正经夫妻似的，他们走在一起再自然不过。王二和李银花一路这么走着，多少有些恍惚，虽然他们也没商量过，但心里答案总是有的，已经无数次默念过这个问题，如果有人问就说王大去了广东帮人挖金矿，再不就说给哪个亲戚搞工程，要等一段时间再回补他的死讯，这样比较好。但没人问。

李银花回来后一直咳嗽，一直不适应，她好像还没从王家坝的变化中缓过来。这个王家坝已经不是她刚嫁来时的样子了，甚至不是她回来那天的样子，它每天都在变化，乱哄哄，气势汹汹，不要说那些每天都在生长的楼房，就是好好一座山，最初可是绿树成荫，现在已经开膛破肚，裸露着灰白的底色。也许最让她不舒服的还是院坝下面那条已经硬化的泥巴路，路上积着一层厚厚的水泥灰，拉水泥的货车竟也学着洒水车的样子——那些腾起的灰土总让她有种灰头土脸的感觉。她在院坝四处打量，想找出点熟悉的东西，却意外地看到了朱华英。朱华英不知道什么时候出现在院坝，安静地睡在一张躺椅上，表情仿佛前面是蓝天白云，是海水沙滩。显然她也注意到李银花回来了。

两人居然打了招呼。

朱华英说："回来了？"

李银花说："回来了。"

"没见王大嘛……"

"他呀——死了——"

那边一阵躺椅要翻的动静，终于没翻，半天才嘤嘤地传来了句，"咋个整了嘞？"

"煤洞垮了……"

李银花也没想到首先问起王大的人居然是朱华英，其实她不想说的，关这女人什么事呢？而且她知道了除了高兴还能有什么反应?但她还是说了,就是想看看,这个背时女人是怎么夸张地显摆她的幸灾乐祸的,但她等了很久都没听到反应,抬头才发现那边的躺椅已经空了,朱华英已不知去向。

王家坝很快就有了关于王大矿难的传闻,只是其中藏着不由分说的抱怨,王家坝的人已经认定李银花得了一笔不小的赔偿才带着王二回来。至于他们的关系,也被人理直气壮地涂抹成各种花样,什么叔嫂恋、亲上加亲啊,好像王二和李银花非如此不可了,没有第二条路可选。

不久,村支书和乡派出所的警官来找李银花和王二,分别向他们了解王大矿难的详情,顺便也帮王大销了户籍。但这一调查却变成——李银花和王二奸情在先,他们把王大逼死了,王大其实是气的……

传闻回到李银花这儿,自然让她勃然大怒,她回想这谣言的源头多半就是对面的朱华英,于是拉了张条凳,跨在院坝就开始冲着隔壁骂。当然这种骂是指桑骂槐的,是指东打西的,她首先检讨自己是如何倒了八辈子霉,如何对不起祖宗——但嫁到王家坝就和个扫帚星挨着,坏了她的命,坏了她家业,坏了她的男人。李银花把朱华英说成灾星、祸根,有她在一天王家坝都不会得到安生……

只是这一天碰巧朱华英外出了,她把一串腊肉挂在一根枣树上晾晒,引得她家那条大黄狗不停地扑腾,才让李银花有过朱华英在家的错觉。结果呢,她大部分的抱怨都被那条黄狗听去了,听到一个段落,它还嗷嗷地回应几声,因此后面李银花连这条狗也骂上了。"再喊,再喊,看不把你炖了吃噢!"

王二赶上了尾声,看到李银花跨着条凳骂街,又听那边没有动静,忙压低喉咙让她少说两句,累不累?

李银花正嫌没对手,火气一下移到王二身上,"哟,心痛啊?我都不嫌累,你累个啥?去嘛,那母货架起等到的,去嘛——我还不知道,这个隔断,哪点是拦你噢,你那个轻飘飘的身子一押——就过去了。"

王二闹了个大红脸,忙说不是这样。

李银花哂笑道:"你以为瞒得了我?这母狗的气气满院坝都是——昨晚算你老实,前天晚上嘞,你翻隔断不得,墙角的那排葱是你踩的吧?"

王二家和朱华英家之间已经砌上了隔断。这当然是李银花的主意,不过施工的却是王二,王二觉得这简直是在为难自己。砌隔断前是有段对话的,李银花说:"砌吧,把隔断砌起来,才有个家的样子。"

"那你会像待我哥那样对我?"

"你哥才走多久?"道理很简单,但其中是含着允诺的。

王二砌隔断的那两天,朱华英在家里一直没出来,就连拉屎撒尿都是从后门再转到猪圈。朱华英家不喂猪,猪圈完全失去了它的主要功能,仅仅当成一个富余的厕所。隔断砌好后,朱华英才出来,站在堂屋前的坎子上,不阴不阳地说,王二啊,你看我要弥补你家一些砖不?这话自然是说给李银花听的。

王二正在愧疚,不知道如何答。李银花从屋里出来,靠在门框上,说砖就不用弥补了,但家你得自己看好了,我家王二既然砌得了墙,也是翻得了墙的。

噢,那还砌它做哪样?这样不是更方便?总比亲上加亲好嘛。

亲上加亲有啥不好?只要他愿意……

王二脸红筋涨地骑在隔断上,一会儿看看墙的这边,一会儿看看墙的那边,不敢接话,只是想,隔断砌好后,从自己家到朱华英家就要再从院坝外面绕了,一条直线变成了半个椭圆,距离就远多了。

9

朱华英的生意越来越大。短短半年的时间，从当初的三万块变成了后来的六万块，当然，这也成了她的财富顶峰，很快她就会落回谷底啦。有人帮朱华英算了账，说本钱再大些的话，赚得更多。这点朱华英也是明白的，她在心里对自己说，存折上剩下的四万怎么也不能动的，那是砖瓦匠用血换回来的，存着就有了念想，心里就踏实了。

也幸亏是这样，朱华英才没从悬崖上掉下去。

工业园区的开发也给王家坝带来一种畸形繁荣，它好像能让人相信，一切都可能成真的，这无形中也在改变着王家坝人的想法和信念。

白天是属于王家坝人的，因为没有了农事，去"精武馆"成了他们必做的事情，时间不论，大小不等。这样，王家坝的天空就更昏暗了，从"精武馆"出来，赢了钱的揉揉眼睛，输了钱的也揉揉眼睛，都像没有睡醒似的。

自然，疯狂后的代价是沉重的，先是村小学的几个老师被县里开除留用，原因是语文老师的课天天是作文，数学老师是天天预习，课前几分钟布置完就进"精武馆"了。县教育局的走进村小学后没有听到琅琅的读书声，倒听到了从王家坝马路两边房屋二楼传来的麻将声。后来是一个铁合金厂的工人熬夜后，左手被机器卷了去。这个工人正好是左撇子，从医院出来后，麻将打不成了，要死要活。接着，园区里经常输钱的几个工人一齐来了个"马拉松"，结果这一下，朱华英放出去的钱也全部跑光。

朱华英计算过，三万半年变成了六万，利滚利，一年之后就成了十二万。朱华英还计算过，钱要是赚足了，她就要把最初的三万存回去，但什么才叫赚足呢？这是说不清楚的，一山看着一山高，人心都是不足的。钱打了水漂后，先是急，急也没有用，就哭，哭还是没有用，就骂自己，打自己。后悔当初怎么就鬼迷心窍？怎么就想出了放钱的鬼主意？

李银花问王二："朱寡妇的钱下了多少崽？"

王二无话可说。

"都是数字游戏，"李银花说，又瞄了王二一眼，"有了这些数字，她就把自己当回事儿，没了这些数字，你看她把自己当什么？"

谁也想不到，李银花和王二的婚事，竟然是朱华英放的高利贷跑路的那几天决定的。原因很简单，就因为现在朱华英什么都不是了，她没了钱，只剩下人，这种人能屈能伸——

王二去挑水的时候，偷偷地把朱华英家的水缸也挑满了，李银花看个清楚，只是不说。第二天等王二再次晃晃悠悠地挑着水回来，李银花才跳出来拦住他——当时家里的水缸已经满了，王二这两桶水明摆着给朱华英挑的，但他又不好承认，骑虎难下，只能又把水挑回自己家里，满满的两桶水放在水缸边，等于不打自招。李银花说，挑过去吧。李银花当然指的是朱华英家，王二的脸就红了，傻呆呆地站着。

"挑吧，挑一两次不算本事，有本事就挑一辈子！"

结果，这个想一辈子的是她李银花，她已经想好了，要和王二亲上加亲，别人说什么让他们去说吧，她自己喜欢就好。

晚上李银花对王二说，把婚姻办了，王二点点头，李银花又补充了条件，办婚姻的时候，她是要在王家坝盖上红盖头的。婚礼很快就举行了，因为不可能再到李山坡去接亲，最后是由王二领着迎亲队，敲锣打鼓，吹着唢呐在工业园区绕了一圈，然后重新回到王家坝。

走在工业园区的水泥路上，王二在前面，李银花牵着王二的手跟在后面，红盖头艳过头顶上火辣辣的日头。李银花看不到王家坝看热闹的人群，但听得到他们站在马路边的嘀咕：这样办二婚的，怕在王家坝找不到第二家哟！有人接着辩解，王二还是头婚呢！李银花就喜欢听到王家坝人对自己生活的艳羡，当初在王家河边栽培油菜的那种感觉又来了。

唢呐在身后一个劲地响。咿咿呀呀从唢呐匠的腮帮子一鼓一瘪中淌出来，王家坝的上空是嘹亮的喜庆。吹的是《抬花轿》，虽然吹的是曲，但李银花把歌词都听出来了：

　　找的婆娘俏，
　　说的话儿妙，
　　选的日子好，
　　抬的花轿妖。
　　……

那天，朱华英自始至终都躺在她家院坝上，朱华英嘴里叼着烟，嘴上骂骂咧咧，朱华英没有骂李银花，是骂王家坝的人："老子还以为看西洋镜呢！"

之后，朱华英就爬了起来，几天后，她在水泥厂门口开了间早餐店，以前这块地就是朱华英家的，现在她得把她家地里的这间小平房租回来。早餐点生意出奇好，可能因为老板娘生得漂亮，来吃的人就多。水泥厂干的是重活儿，所以来的人都能吃，吃完了用手往嘴巴上一抹，再往帆布衣服上一搓，在灰尘弥漫的厂区路上，响起一串轻佻的笑声。

有一天，李银花和朱华英还隔着面前那道隔断有场对话。

当时李银花很想把隔断撤了，朱华英靠在她家猪圈的墙上，李银花越过隔断望到了一个憔悴的身影，一张梧桐叶在初夏的阳光中晃晃悠悠地飘了下来。李银花想起了刚嫁到王家坝的第一天，朱华英站在王大家靠近牛圈的那口大黑锅旁，血红色衬衫，银白色牛仔裤，深黑色高跟鞋，那时的朱华英是万众景仰的，仅仅几年时间，像过了几十年上百年，一切都不再是当初的模样。快嫁到王家坝的时候，做祭祀师的父亲讲，人是三节草，不晓得哪节好。祭祀师是希望即将为人妻的女儿对未来的生活淡定一些，那时李银花还没有完全理解这句话。在日子面前，谁能保证永远光鲜呢？

李银花叫了朱华英，一人站在隔断的这边，一人站在隔断的那边，就像当年她们第一次逢面一样。

李银花说："婚姻的事想好了没有？"

这句话竟然一下子把朱华英略显呆滞的目光重新点亮。李银花走后，朱华英在心里说："我怕不离开王家坝就活不下去了不是？"

也就是那天，王二挑着水朝她家走过来时，被朱华英拒绝了，朱华英说，以后就不麻烦你了。说这话几天后，朱华英离开了王家坝，她是永远地离开了，再也没有回来过。

与土地有关的话题（创作谈）

农民和土地的关系——是我创作《晒土地》的初衷，而这篇小说的创作灵感则是来源于我在农村的生活经历。

我喜欢小说里的李银花，她对土地的热爱和坚守很像我母亲，我的母亲不知书，但达理。我从小生活的那个叫尹家坝的地方在乌江河边，上游流下来的河水在这里向外凸着拐了个半圆，年深月久，成就了尹家坝的万亩良田。

在我的记忆里，一把土灰就能长出又大又长的玉米棒子，不像现在我们周边的这些土地，没有化肥就长不出庄稼了。土地刚下户的时候父母经常"文攻武斗",原因是母亲总喜欢刨地,而父亲懒惰、好赌,一次父亲对母亲动武后,我问母亲,你怎么会嫁给他呢?"还不是你外婆说尹家坝大田大土的好得很。"母亲居然没有被打后的悲痛和沮丧,眼神和脸色都表明了外婆的话说到了母亲的心坎坎上了。

后来我们离开了尹家坝,那是下游修了乌江水电站,关闸蓄水后尹家坝一夜之间消失了。我家和我伯伯家搬到了另一个寨子,屋基紧挨着。一个搬迁户免不了是要被常住户欺负的,寨里把最差的石旮旯地分给了我家和我伯伯家。胳膊拧不过大腿,我伯伯家是知道这个常识的,但胳膊与胳膊还是可以较较劲的。我家和我伯伯家的地界用现栽的石桩划分,堂哥总在月黑风高的夜晚悄然行动,把石桩挖起来向我家这边移动,我不知道父亲会不会也像堂哥那样如法炮制,但我知道父亲和堂哥用拳头据理力争,两家为土地进行的战斗旷日持久。

我就是从这一天开始对父亲另眼相看的,既然思想统一到一致对外上,父母之间的内部矛盾暂时束之高阁,我们也得到了相当长一段时间的喘息和安宁。多年以后,我把父母接到城里,我们单位集资房后面的一块本来还是用来建设职工住房的地,因为这样那样的原因房屋没有建成,成了小区"列强"瓜分的"殖民地",父母以农民的勤劳"先占",实现了对这块土地的一大部分的实际控制和管理。每天我们去上班,父母就下地,我们下班,父母也收工,小区上空飘荡的是父母谈论蔬菜瓜果的笑声和泥土的味道。

去我岳父家的路上有一条小河,河的上游有一个水库,河四周的山峦绿树成荫,那是周末休闲的好去处。那时,我的妻子还只是我的女朋友,在县医院上班,周末我会从我所在的城市骑三轮摩托去她那里,经过这条河的时候,坐在河边休息片刻,洗把脸,也把三轮摩托抹干净。

也不知是哪一年，在这条河边的一个 U 字形的旮旯里建起了一个化工厂，再从这条河边经过的时候，看到的是厂周围白茫茫的一片，像冬日某一个早晨打开家门突然看到的大雪，山峦从此寸草不生。在我的老家，有一个很大的磷化工基地，那是从临县搬迁过来的，从基地刚刚建设直到 2007 年 4 月，从县领导到普通平民百姓着实兴奋了一阵。2007 年 4 月 16 日，这个磷化工基地二氧化硫废气处理装置一个自吸泵跳闸，造成二氧化硫气体外排，附近居民和学校师生出现头疼、呕吐、流鼻血等症状。据后来的新闻报道，入院观察人数一度攀升到 450 多人，14 名重症患者被紧急送往省城接受治疗。事故被中央电视台"焦点访谈"节目曝光后，我的父老乡亲才知道家门口建个工厂不一定是什么好事。事情还没有结束，工厂附近一带的土地一征再征，一位亲戚年前说到他的担忧："还以为我们这地方离工厂远没有事，现在都来勘探测量了，以后不知道要搬哪里呢？"

如今，农民对土地的坚守已经愈发脆弱。我的伯伯一家都知道胳膊拧不过大腿的道理，或者又如我母亲，对土地如痴如狂，当乌江大坝关闸蓄水，母亲也只能举家搬走，因为母亲不可能成为宛在水中央的一条鱼。

新中国的诞生和发展都是伴随着农村土地权益"分"与"合"的变化的，换句话说，就是伴随着农民和土地的关系的变化而变化的——从地主的"合"到农民的"分"；农民的"分"到生产队的"合"；生产队的"合"到家庭联产承包的"分"；现在的农民再次面临着土地被征用的"合"。其实《晒土地》不是探讨这种宏大主题，它关心的是工业化、城镇化的今天，失去土地的农民的生存问题和工业污染问题——这种污染有时候并不是仅仅体现在环境上，在人与人之间，在更为广阔、柔软且脆弱的心灵深处，从环境向内心蔓延的污染，或许更应该得到关注。

最后再说一下最近思考的一个问题——工业化、城镇化后的农民职业转型问题。当农民不再拥有土地，以卖"力气"为特点的农民工是不是农民职业转型的唯一？我相信每个人都有着自己的想法和见解，或许，你的想法和见解，到最后就能成为解决问题的答案。

会走的石头

队长王大权和会计王友乾参加公社的会议回来传达精神。流传了半年多的土地下户终于要搞了。王大权在会上说,都是摸着石头过河,谁都不是专家,在操作中遇到问题,再分析问题,解决问题。

散会的时候,方明花主动拖了后,和王大权走在一起。

"这次好像动真格的了?"方明花问。

"鬼晓得。"王大权说。

说完两人都没有话了,方明花本来对土地下户抱有期望,想说不要像前次那样虎头蛇尾,搞了个半截烂。见王大权不悦的样子,就没有再说下去。前面的王友乾还在和社员激烈地讨论,大都是对这个浩大的工程在操作上的担心。王友乾说,你们怕哪样,土地下户了,各家做各家的,还怕没有那两碗饭吃!

年初的时候生产队分过土地的,分了一大半,被上面纠正了。社员不乐意了,发了牢骚,做儿戏啊。王大权说,有什么办法,上面叫怎么做就怎么做。王大权心里笑了,他是不赞成分地的,社员吵着要分,既然纠正了,说明自己的思想和上面是高度一致的。

会是在生产队的晒坝上开的，晒坝离王大权家不远，三步两步就到了。王大权拐进去自己家的小路上，方明花跟着去了，也不管王大权欢迎不欢迎。小路两边是王大权家的自留地，用黄荆条木围了围栏，南瓜藤好像不知道季节的变化，在围栏上欣欣向荣地攀爬，四季豆早早地在秋季的凉风中败下阵来，几张枯黄的叶片在藤架上奄奄一息。

王大权划燃火柴，点了灯，灯是高潮墨水瓶改做的，像得了感冒似的"噗噗噗"地叫，一明一暗，好像随时都有可能断气，王大权以为是没有煤油了，拿起煤油灯看了看，又重重放回炉盘上。方明花顺手在火塘屋的一床不用的旧棉絮上揪了一小坨棉花，捻了一根崭新的灯芯换上，煤油灯重新容光焕发。

那根旧灯芯被方明花抽出来丢在北京牌火炉子的灰箱里，说："灯芯都烧板结了，抽不出油了。"那根灯芯还是方明花三个月前给队长家换的，那天，方明花不是特意来队长家换灯芯，她是来要救济粮的。方明花说，早揭不开锅了，两个老的要吃饭，两个小的也要吃饭。队长家的灯还是一明一暗的，方明花就给队长换了灯芯，重新点上后，一股凉风穿过窗户，灯就熄了。第二天，方明花得到了两百斤救济苞谷。

王大权说："是该换一换了。"

王大权说的时候没有看方明花，也不知他说的是换灯芯还是换其他的东西。秋季了，上坪坝却没有几天秋高气爽的好天气，好像日子本来就没有秋天似的，从夏天直达冬天。十来天前，大家都还在收拾队里的苞谷和稻谷，然后又分给了各家各户，那都是费大力出大汗的事。一闲下来，风就来了，温度一下子就降下来了。火塘屋里的北京炉冷冰冰的，炉盖上是亮晶晶的油腻。方明花搓了搓手，说恐怕要生火了。方明花一说，王大权的火果然来了，我看他王友乾以为搞到事了，土地下户了还要他会计干哪样？

说实话，方明花觉得队长王大权是不错的，王大权婆娘几年前死了，两个儿子成家后也分出去了，一个人单过，没有续弦的意思。虽然队长管着生产队七八百号人，其实队长也是蛮可怜的。所以那晚方明花也有救济一下队长的意思，但就是有点对不住她家的木匠。刘伦贵长年在外面做木工活儿，他的木工活儿以不上铁钉却固如磐石而远近闻名，原因是刘木匠对木活儿接头处的计算准确无误，处理得恰到好处。看一个木匠的水平，讲究就在这里。有的木匠做出来的椅子坐上几天就成摇椅了，做出来的婚床睡上几天就会吱吱嘎嘎地唱歌。刘伦贵还会雕工，比如给老人做的躺椅他雕上仙鹤，给新郎新娘做的婚床他雕上鸳鸯，家具上就透出些喜气。

刘木匠是今天才回到家的，方明花前几天听到土地下户的风声后给他捎了话，大意是要分轻重缓急，木匠就加班把主人家的家具做好了。

方明花看了王大权几次，王大权今天没有进一步的表示。方明花只好把话说了。

方明花说："我们搬迁户怕在分地的时候要受些气的。"方明花是担心王会计在分地的时候做手脚，其实全队的社员都有这个担心。

王大权说："他怕要翻天哟。"

夜深了，天气更凉了。那些风呼啦啦地直往胸口里钻，流里流气的，方明花双手抱紧了。此时的会计王友乾家还是灯火通明，方明花踩着冷冷的月色回家，一路上还能听到高高低低的狗吠声从王友乾家传来，伴随着高高低低欢快的谈话声。

生产队的名字叫上坪，这是个外延很宽泛的名字。上坪生产队又管着上坪和下坪两个寨子，说起来都很拗口。刘伦贵和刘伦富两家住在下坪，离上坪寨子有三里路程。刘伦富和刘伦贵是亲兄弟，以前两家都住河边生产队，国家在下游的乌江把水堵了后，河边成了水淹区，两家就搬到了下坪。那时做什么都讲政治任务，上边一号召，下边就行动，至于搬哪里得自己联系。不像现在移民房修好了都不去，还要谈条件讲价钱，弄不好还要上访。时代在前进，人们的觉悟却一天不如一天。移民是件很伤脑筋的事情，虽说接受搬迁户会根据接受的人口相应减少上缴的公粮，但还是没有多少生产队愿意做这事，谁都知道多一事不如少一事。那段时间刘伦贵正好在上坪寨王大权家打陪嫁家具，队长家的幺姑娘要嫁人了。说起这事，王大权就同意接受刘伦贵家，刘伦贵免费给王大权家又做了两个凳子后，才又小心翼翼地提了要求，就是接收他家的同时也接收他哥刘伦富家，两兄弟在一起能有个照应。王大权家沉浸在即将办喜酒的喜悦中，人一高兴，答应什么都爽快了。就这样，刘伦富和刘伦贵家搬到下坪，屋基建在下坪那块坝子土上面的坡地里。

　　家里热闹得很，吵闹声一浪高过一浪。刘伦富吵着要分老人。老爷爷和老太太一直都和刘伦贵住在一起的。农村有句俗语，皇帝宠长子，百姓爱幺儿，老百姓老了，基本上都和幺儿子一起住。老爷子六十多岁了，还健硕，虽然不做生产队的农活了，但家里的大事小情都能顶上，老太太就不行了，三天两头痛，药罐罐一年到头不离身。吵闹的原因无非是分与不分和怎么分的问题，都在等方明花回来，脸对脸鼻子对鼻子地敲定。

　　房屋的位置要高一些，方明花回家得上一个小坡，刘伦富家的大黄站在高处对着方明花狂吠，大黄是一只很凶恶的狗，上坪寨子有好几个人的腿就吃过亏。大黄狗不知道两家的血缘关系，更不会看方明花的脸色，当然夜晚确实也看不清，咆哮起来就没完没了。汪——汪汪——汪汪汪，层层递进，这就让方明花很生气，又不是去你家，吠什么呢。所以听到大哥刘伦富要分老人后，方明花是气上加气，说：“一说要分地了，就来要人头了，之前你们为什么不主动把老人养起来？"

　　刘伦富望着方明花，他早料到这个结果的，说：“也不能这么讲，父亲可也不是吃闲饭的。"

"皮球"就这样踢来踢去，老奶奶从病床上撑起来，说话了："我哪里都不去，就住这里。"

老奶奶一说，老爷子也闲不住了，对着老太太就是一通吼："有你什么事，要死又不快点死，死了两眼一闭，眼不见心不烦。"

老太太说："现在晓得心烦了，心烦就滚那边去。"

老太太说的"那边"就是刘伦富家，其实这也是刘伦富所希望的，心想，要个病人过去，恐怕多的那个人的土地还赚不回那两罐罐草药钱。之前商量了几种方案，得到两弟兄认可的是抓阄，抓到谁算谁——抓到老爷子算运气好，抓到老太太算倒霉。每个人都把脸拉长了扭到一头，老太太不知什么时候下了床。

"我就住明花这儿。"老太太说，然后又走到方明花跟前，"明花你不会不要我这个老太婆吧。"

方明花一直和老太太处得不错，男人在外面做木工活的时候，一直是老太太带翠菊和二刚两个孩子。二刚现在还在读书，翠菊从河边搬到上坪的时候耽误了上学，后来就辍学了。小时候翠菊一直和奶奶一起睡，现在大了，到了谈婚论嫁的年龄。年前方明花选中了一家，都提了亲也认了亲，就等方明花家答应男方家"送日子"了，日子一送，酒一办，养了二十来年的姑娘就成泼出去的水，成了别人家的人。上礼拜男方家又来探消息，方明花对媒人说，她爹还在外面做活儿，总得要当家的定。

大家都还在沉默着，老奶奶又走到翠菊跟前，你要奶奶不？哪知翠菊喉咙一干，眼泪就滚了出来，然后紧紧地抱着奶奶。

方明花的眼珠子这时也在一片汪洋中靠不了岸，说老太太和我们过，老爷子要和我们过我不反对，要去那边过我也不反对。说着出了火塘门，这时月亮已经掉进山里了，外面是一望无际的静。

刘伦富家那边早已经把床铺好了，一床垫底的棉絮，一床棉毯，上边再铺上床单,这些本来都是给儿媳妇准备的,儿媳妇肚子已经挺起来好高了,像个要爆炸的皮球。棉被是用旧被子重新弹的,虽然摸起来缺少了弹性,但盖上去还是很暖和的。

老爷子在夜色中匆匆搬了过去。

翠菊对母亲方明花说要陈老三家送日子,方明花眼泪又在眼睛里汪起了。

方明花说,家里就这个情况,你也要过河拆桥啊。

翠菊说,就招上门女婿,叫陈老三来我们家过。

方明花汪在眼睛里的水就流下来了。

翠菊是个懂事的姑娘。男方家在陈家寨,弟兄四人,小伙子排行第三,都叫他陈老三,陈家寨和上坪坝同属于一个公社,前不久传土地下户后,陈老三家就三天两头来试探,如果赶到时间娶过去,就能多了一个人的土地。

方明花感动归感动,但心还没有乱,说,上门女婿?陈老三家愿意?

他家弟兄多,有什么不愿意的。翠菊说。见她妈方明花不言语,又说,不同意就把婚事退了。

正如方明花预料的,陈老三家果然不同意,但又不好明说,就叫媒婆反反复复地和方明花家沟通,翠菊没好气地对媒婆说,你叫陈老三过来。陈老三来了,翠菊对着他就骂,还说读过中学,我看书读到牛屁眼里去了。陈老三老老实实地坐在火塘屋里,一动不动,脸上尽是委屈。翠菊把一杯茶放在陈老三面前,陈老三也不敢喝,耷拉的眼皮向上翘了翘,小心翼翼地看了翠菊一眼。翠菊看陈老三惶惶恐恐的样子,心里已经笑了。农村人都说嫁人前要在气势上把男的降服,否则嫁过去了就是他的下饭菜。但翠菊的脸还是强拉着,当几个月的上门女婿会掉你几斤肉?陈老三听明白了,站起来,迈出了方明花家院坝，翠菊这时才有了心疼的表情，跟出来，对着渐渐远去的背影说，老三你茶都还没有喝呢。

  日子定在农历十月二十八，那是本月的最后一个黄道吉日。不算热闹也不算冷清，办酒的肉是陈老三家出的，家具是老爹刘伦贵连夜加班赶出来的。彩礼钱被方明花用作办酒的其他开支。和其他人家嫁姑娘不同的是多了进洞房的程序，在那一带，闹洞房都很粗野，因为新娘是一个生产队的，而且刘伦贵和方明花就在眼皮底下，闹洞房的人都手下留情，没有出格的动作。按理结婚的事已经结束，但第二天的陈家寨，同样敲锣、打鼓、吹唢呐，欢天喜地，刘伦贵和方明花亲自把女儿翠菊送到陈老三家，按照结婚的仪式又过了一遍。

  王友乾是十月三十那晚才反应过来的。因为公社通知从农历冬月初一起开始分地，王友乾这晚把生产队参与分地的人的名单又复核了一遍，按要求，人数以农历十月底的在册数确定，当了多年的会计了，哪家多少人，叫什么名字，都全在会计王友乾的脑海里。所以复核也只是长时间的职业习惯罢了，但王友乾翻到最后一页的时候，看到了用碳素墨水改过的数字，无精打采的王友乾才振作精神，王友乾没有改数字的习惯，但笔迹分明是自己的不会错。王友乾一拍脑袋，记起来了，刘伦贵家原来六口人，老爷子、老太太，刘伦贵和方明花，还有两个小孩，分了老人后就变成五个人了。刘伦富家以前也是六口人，刘伦富两口子，儿子、儿媳，还有两个孙子，分了老人后就变成七口人了。当时好像是刘伦富来说的情况，王友乾就把一个"6"改成了"5"，一个"6"改成了"7"。在王友乾看来不是什么大事，都是你家两弟兄的事，只要全队的总人口没有增减，与全队是没有多大关系的。可能就是没有太当回事，所以老爷子的名字还没有落到刘伦富名下。有错就改，这也是多年当会计的良好习惯。改好后把本子一合准备睡觉，突然想起什么似的，具体是什么又记不起，躺在床上睡不着，眼睛睁得大大的看着天花板。房子是木架房，两层，一层住人，二层堆放粮食和杂物，刚分回家的谷子和苞谷就堆在楼上，耗子在这个季节开始活跃，在上面弄得叽叽吱吱的，声音一阵高过一阵，就如新婚男女在床上玩耍时发出的那种声音，王友乾一骨碌爬起来，把本子打开，少算了，少算了。摘花生的婆娘问什么少算了。王友乾说，刘伦贵家不是前天招上门女婿吗？婆娘说是啊。王友乾说，那他家不就多了一口人。婆娘说多一人有什么大惊小怪的。王友乾说多一人就多分一份地啊，之前定的人均数就不对了。

王大权梦见方明花在河里洗澡，河是乌江河，又宽又蓝，方明花一会儿钻进水里，一会儿又冒出头来，看到肩膀了，再想继续往下看，听到了急促的敲门声，开门看是王友乾，抬头就骂："有哪样事不可以明天说？"

王友乾急切地说："全队的人数弄错了。"

"弄错了是你会计的事关我什么事。"王大权说。

王友乾说那天不是大家一起定的吗，现在不是来和你商量嘛。王大权和王友乾关系其实不错，只是这几天王友乾出尽风头让王大权有些不高兴，既然还能摆正位置请示汇报，王大权态度也缓和下来了，"呲"一声划燃火柴，煤油灯重新开始加班加点。"你说嘛。"王大权的态度有了明显改善，然后起来倒了碗苞谷烧，喝了一口后递给王友乾。王友乾接过碗，嘴巴在沾到那口"猫尿"前把他的顾虑说了。王大权说有人弄虚作假的话就查呗，查个山穷水尽、水落石出。一咕噜搞了一大口，王友乾用衣袖在嘴上一横，说早不结晚不结，一要分地了就结婚，如果人人都这么想，这个活儿还怎么干得下去。

"你说什么？"王大权说，碗又传到了他的手里，在嘴和胸中间的位置僵硬地停了下来。

王友乾又说了一遍。

王大权说："结婚都有假？"

王友乾说："不光是结婚的时间蹊跷，刘伦贵有儿子，怎么会招上门女婿？"

煤油灯燃得欣欣向荣，发出白晃晃的光，王大权想起了刚才的梦，白晃晃的身子在水里漂啊漂，可怎么都看不到关键的地方。王大权把最后的酒整了个底朝天，说我们管他家真结婚假结婚，其实这不是我们说了算的，得公社说了算。王友乾说要去公社核实不？王大权说核实个屁，你又不是没有去吃酒，那还有假！

回家的路上，王友乾嘀咕，总该问一问翠菊和那个陈老三领结婚证了没有。

一根棕绳，一把卷尺。绳子拉直了是二十米，卷尺拉直了是两米。这是丈量土地最基本的两样工具。还有三个最重要的人，两个拉绳的，另一个是会计王友乾。当然，王友乾手中的几样东西也很重要，一个本子，一支笔，还有一把算盘。队长王大权基本不参与这档子事。

生产队在公社要求的基础上根据可操作性又制订了一些原则，比如"快刀斩乱麻原则""就近原则""先易后难原则"等等。"先易后难原则"主要是针对农民不太重视的山林制订的，生产队的林木在大炼钢铁的时候已经砍光了，林地经过多年水土流失基本也种不出庄稼了，所以这一条基本成了摆设。"快刀斩乱麻原则"后来叫成"短平快原则"，听起来书面了一些，其实都是一个意思，既然都是摸着石头过河，那就只能边做边改，逐步完善，不可能今天推倒昨天的，明天推倒今天的，吃二道饭。生产队开动员会的时候讲这叫错的也要执行。"就近原则"主要针对刘伦富家和刘伦贵家，生产队的土地集中在上坪和下坪两块坝子，无论分哪里的地，对住上坪的住户来说距离都没有多大区别。所以刘伦富家和刘伦贵家的地基本都分在下坪，也算是人性化分地。这个原则在操作中就成了都先分刘伦富家和刘伦贵家，其他人家再抓阄决定。

土地分为三个等级，先从最差的三级土地开始分。刘伦贵家和刘伦富家在一个水平线上，中间有400来米的距离。刘伦贵家住右边，刘伦富家住左边。虽说住在一个水平线上，但地的等次是不同的，靠刘伦贵家的这边是石旮旯地，等级是三级，靠刘伦富家那一侧以及两家之间的那块地相对来说土层厚一些，石头少一些，算成二级地。按照几个分地原则，最先从刘伦贵家右侧的三等地开始分，刘伦贵家出去了一个老人，新招了一个上门女婿，人口还是原来的六人，地都不是规则的，就以最上面的高土埂和屋基对齐的旱田为界往右划分。按三级土地的总亩数除以生产队总人口得出的人均数，再乘上各家各户的人口数得到应得土地。在理论上这都是没有问题的。刘伦富把眼睛盯在两个拉绳的人身上，他在这方面有些经验，说拉绳的人用劲一些，绳子拉得直一些，得到的实际土地就会多一些。两家的地分好后，王友乾和拉绳的就开始分住上坪坝的其他人家的了。刘伦富没有跟着去。分地是两个拉绳的和一个会计的事，影响的只是分到地的这一家。看的人还是很多，多半是看热闹，也有监督的意思。分地的人走了后，刘伦富和儿子刘裕也用绳子把分到的地重新丈量了一遍。量完了自己家的，又去量刘伦贵家的，因为地不规则，不好计算面积，量去量来，也不得个要领，说不出个子丑寅卯，最后只好站在刘伦贵家右边的田埂上看，完全是凭感觉。自己家因为之前分了个老人，人口变成了七人，但看来看去，总觉得自己家的地和兄弟刘伦贵家的比起来差不多一样多。刘裕说，爹，你该去找王会计算算。刘伦富本来还在犹豫，经儿子怂恿，拔腿就去了。

刘伦富找王友乾确实不是时候。分完刘伦富家和刘伦贵家的三级土地后，其他的三级土地抓阄决定，张寡妇家真是走背时运了，抓到的地严格来说算不上三级，说四级都只是勉强，但分地的时候有宁粗不宜细的原则，所以土地只划分成三个等级，王友乾也动了恻隐之心，对她抓到的那块地少算了些亩分，这样也算是一点补偿，但张寡妇不知道这些，先是骂自己闯了霉运，说着说着就说到了自己的种种不易，眼泪就像眼前的乌江河水，滔滔不绝了。张寡妇一哭，分土地的那股热闹劲短暂地静了下来。

刘伦富没有注意到这些变化，走到王友乾的面前，说："王会计，麻烦你对我家的土地重新算算？"其实当时刘伦富想表达的原意是要拉绳子的重新量一量，刘伦富一直认为一松一紧是问题的关键。

王友乾没好气地说："算什么？"

刘伦富说："我家的地好像不对，好像还没有伦贵家的多。"

可以说拉绳子的报数不对，哪能说会计算得不对。王会计自尊心受到了挑衅，把手中的算盘往张寡妇家新分的地上一砸，手中的记账本往刘伦富胸前一送，说："刘伦富，你能干得很是不是？我不会算，你来算，从现在开始你来给全队分地。"

算盘是那种上边两个算盘珠、下边五个算盘珠的大算盘，那块石头多于泥土的土地也达到了王会计想要的效果，算盘珠从一块石头弹到另一块石头，叮叮当当落了满地。

张寡妇这时不哭了，都是这样，既然大家的注意力转移到了别处，哭有什么用呢。张寡妇把一颗一颗的算盘珠捡起来，说，这种地连庄稼都长不出，莫非撒一把算盘珠会长出几把算盘不是。张寡妇确实是幽了一默，那些看分地的人忍不住了，"噗噗噗"的笑成一片，这种笑声是火上浇油，王会计扭头就走，边走边骂："狗×的搬迁户，还挑三拣四的，有本事就不要到老子们上坪来，滚回你们河中间去。"那时，乌江坝已经关闸蓄水了，河边生产队早消失在河水深处。

没有了算盘，地是分不成了，那些刚才还哈哈大笑的人发觉问题的严重性，现在又回过头来责怪刘伦富。

算盘的骨架已经断了，好在算盘珠还完好无损。刘伦贵发挥了巧木匠的作用，几块在柴堆里的小木方，经他推推刨刨，月亮出来的时候，一把崭新的算盘也出来了。

方明花掂在手里，说，扎实。

刘伦富说，再砸也未必砸得坏。

方明花连夜把算盘送到王友乾家，外带了十斤苞谷酒。三斤苞谷烤一斤酒，在粮食还很紧张的那个年代，算是不小的礼了。几声狗吠，王友乾婆娘出来，把狗唤到坎子上，方明花从侧边进了王友乾家的灶房，灶房里早摆了两张凳子，会计婆娘招呼方明花坐下，灶房角落里已经有了好多的烟酒和糖食果品，方明花把塑料壶递过去，会计婆娘很矜持地一推，明花你做什么呢？方明花说今天不是我哥不晓事，让会计丢了算盘吗？伦贵连夜做了一把，我现在送过来了，会计哪能离开算盘的。说完把装了十斤苞谷酒的塑料壶放在了那堆礼品堆里。堂屋里的人听到了灶房里的说话声，起身告辞，会计婆娘示意方明花可以过去了。到了家里，王会计还是蛮客气的，方明花把刚才和会计婆娘说的话又说了一遍。王会计说，都怪自己冲动了，刘伦富说的是对的，有疑问就应该提出来，摸着石头过河，哪有十全十美的。外面又有了狗吠声，狗吠声从牛圈那头往坎子这边走，是会计婆娘在吼住狗，方明花起身要走，王友乾也没有留，只是方明花跨出门的时候，王友乾说，麻烦你家伦贵了。方明花说，都出在手上，没有什么的。王友乾一笑，说，过几天就要分二级土地和一级土地了。这句话让方明花想得意味深长。

从王友乾家出来，要过王大权家朝门，门里有依稀的煤油灯光，方明花站了那么一下，还是径直朝家去了。

第二天会计王友乾心情好多了，说群众提出的要求是要办的，而且能马上办的就要马上办，办不到的要有个说明。说着就要给刘伦富家复查土地的亩分，还是老办法，沿着土埂左一绳子右一绳子，噼里啪啦地算盘珠一拨，亩分数就出来了。结果出乎意料，刘伦富家的地不是少了，而是多了。方明花也纳闷。自己家昨天分到的地似乎要多一些，今天肉眼看起来确实少了。刘伦富家多出来的土地补给了刘伦贵家。

刘伦富吃了哑巴亏，有苦说不出，他真的想不到王友乾有这么一着棋。昨晚，刘伦富趁着夜色，把两家地界上的石桩移动了。那时，分了地后就栽个石桩为界，当时移得也是心狠了一些。心想王友乾这狗×的算盘珠一上一下的还真他妈的算得准呢。

这次王友乾算是达到了杀鸡儆猴的效果。几天后分二级的地，还是先从刘伦富和刘伦贵两家分起，最先分的是两家之间的那块地，原来是块旱田，地还是很肥的，紧接着又分刘伦富家左边的那块地，还是二级地。二级地分下来，自己家的明显少了，他知道是王会计打击报复。现在他不敢叫王会计复查，上次确实也怪自己，如果不把石桩往刘伦贵家这边移，也许复查下来补一点也是有可能的，偷鸡不成蚀把米的教训很深刻，但现在已经没有其他路可走了，他下定决心，一条路走到黑。

二级地分了后，方明花暗自感激王会计，也许是那十斤苞谷酒起了作用，也许是自己男人的那把算盘起了作用。但方明花的心事又多了起来，晚上总是睡不着，有点风吹草动的都感觉是有人在挖地界上的石桩，每天起床，方明花都要到地界上看一看，还是不放心，在石桩边又栽了棵柏木树。

都有防不胜防的时候，有一天起床，两幢房子之间的那个石桩还是往方明花家这边移动了，那棵柏木树也移过来了。石桩右边的地还挖了部分，泥土翻转过来，湿漉漉的，方明花仔细查看了，正好挖到最先的石桩的位置，显然是毁灭证据。方明花找刘伦富理论，刘伦富不承认，说你不要乱污蔑人，你看到我挖了吗？方明花说天地良心，地界的位置我是知道的。说着就赌起了咒，如果有人挖了出门被石头撞死。刘伦富不信这些迷信的东西，真也赌起了咒，如果我家没有挖，污蔑人的人要被石头撞死。刘伦贵怕婆娘吃亏，过来帮忙。刘伦富婆娘也怕男人吃亏，也过来帮忙，她是有名的泼妇，现在正是发挥特长的时候，又跳又骂，谁做亏心事谁清楚，是哪个做新算盘讨好人？又是哪个拿着十斤苞谷酒去溜须拍马？方明花和刘伦富两个人的战争变成了四个人的战争，两兄弟吵，两妯娌吵，煞是热闹。

王友乾分地的哨子响了，两家暂时停止了口水仗。

又一天的到来，刘伦富和刘伦贵家变成了混战。原来是头一晚，刘伦贵想心不过，趁着夜深人静，把移动过的石桩又移回了原来的位置，刘伦贵移完后，也把石桩那边的地挖了，刘伦贵心里说，既然你帮我家把这边地挖了，我也帮你家把那边地挖了，两不欠了。刘伦富在天刚刚冒白的时候开始骂的，这次刘伦富骂得理直气壮，说昨晚谁挖了石桩谁就不得好死，刘伦贵说不做亏心事，不怕鬼敲门，石桩是我挖的，我只是把它挖回原位。刘裕挽起了袖子，握紧的拳头，正式向叔叔宣布开战。抡圆了的拳头在空中划了一个半圆停住了，好久就下不了床的老太太不知什么时候站在孙子刘裕和儿子刘伦贵之间，说我反正活不了几天了，一拳打死我倒落个清静。说着一屁股坐在石桩上。每一个人的出场都像演戏，老爷爷出来了，还是那句话，要死就快点死，眼不见心不烦。老奶奶的犟劲来了，你巴不得我早死，我偏不死。说着一把鼻涕一把泪，方明花去拉她，心想如果老太太真一下子起不来就更添乱了。老太太不起来，刘伦贵又去拉。老太太还是不起来，说要我起来也可以，你们就在石桩这里把我的"老家"挖好，我满意了我就起来。"老家"是这一带的人对坟地的别称，都忌讳说出那些不吉利的词汇。

老奶奶的犟脾气大家都知道，只好依了她。"老家"挖好了，刘伦富家的人都回家去了，老太太站起来，对着刘伦富家那边骂，老奶奶说话一急，支气管炎就加重了，咳咳喘喘，一口痰一口话的，把我埋在这里我不相信你们还会挖起来不成。分了几个段落才把这句话说全。

吃过夜饭，王友乾婆娘收拾碗筷，王友乾把算盘拿起来，噼里啪拉地扒拉起来。婆娘洗了碗，又去喂猪，喂完猪又给哞哞叫的黄牛丢草，回来见男人还在扒拉，就有气了，说集体的时候你是会计，现在你还是会计？王友乾不搭腔，土地分完后静下来确实有些说不出的滋味。见男人不说话，婆娘更生气，那你帮我算算，今天我做了多少事情？你又做了多少事情？你也应该拿个本本记记。以前婆娘哪敢这样和王友乾说话，本来就失落，这是在痛处撒盐，王友乾一生气，说我算好了，算好今天我该揍你了。当然王友乾也只是说说，然后从里屋的塑料壶里倒了碗酒，

酒还没有来得及喝，王大权进来了。

王友乾说："真是稀客啊，太阳从西边出来了。"

"想和你说个事。"王大权说。一段时间没有喊"出工"了，声音没有以前洪亮。

王友乾说："有什么事，队长召唤一声就是了，还用得着你亲自来。"

王大权以前确实很少到王友乾家来，有什么事或者商量点什么都是王友乾到队长家。王大权也不和王友乾客气，伸手就把王友乾的碗端了过来，使劲灌了一口，说公社这次咋个就没有人出来纠正？

王友乾说："这次恐怕是铁板钉钉了，你看不光是我们上坪，周

边哪个生产队没有搞？再纠正怕没有那么容易。"

天气一天比一天冷了，风急巴巴地跑着，跑出呼啦啦的声音，王大权又灌了一口酒，然后扒在王友乾家的火炉上，说我和你的想法一样，那你觉得搞好还是不搞好？王友乾觉得王大权说话的口气也变了，变得客气了。

"你不是说都是摸着石头过河嘛，好和不好也不好判断。"王友乾回答，说完又扒拉了一下算盘，一阵噼里啪啦后，王友乾把算盘挂在身后的柱头上。

王大权把话直截了当地说了："我还是比较赞成定产到组、超产奖励的做法，如果都单干，问题还是很多的，比如会造成很多的浪费。以前只要有一半以上人家喂牛，基本上就能确保全队土地的耕犁，现在得家家户户都养牛，是不是？"

王友乾还是非常留恋过去当会计的岁月的，因为比较起来，除了队长之外，当会计是最自在的，一人之下万人之上的感觉还是很好的，至少不用在田地上使蛮力，只需翻翻记记，就当是玩儿，还有一点是别人都不晓得的好处，就是想整人了，在本本上记一记，想帮人了，也在本本上记一记。就一瞬间，想法改变了，要失落也是你队长比我失落得厉害。就像摔跤一样，站得高的摔得就重一些。所以王友乾说，如果还是定产到组，不是五十步笑百步吗？

王大权在寒风中悻悻回家，在大路上就骂开了，骂来骂去还是那句话，下户了还要你会计做哪样！

几乎是在王大权骂的同时，王友乾在火炉旁笑开了："有些人以前把人当牛使，吆喝去吆喝来的，现在自己倒要去买耕牛喽。"

刘裕家媳妇生了，村人问生的是什么？刘裕说，割猪草的。脸上满是笑容，其实全家人都挂满了笑容。最高兴的事情莫过于想什么就得什么了，刘裕生了两个儿子后，都盼个女儿，如愿以偿了。

刘伦富去找王友乾，问孙女能否补些土地。王友乾说你是真糊涂还是装糊涂，冬月生的也想要土地？见刘伦富还在眼睁睁地望着，没有走的意思。王友乾又说，十月最后一天是根杠杠，之后的生不补、死不收，又不是没有给你们讲过，况且地都分完了，我又不会造地。

刘伦富找王友乾有两层意思，说完第一层后，抬头看到已经下岗了的算盘，在王友乾身后的柱头上锃亮锃亮，两个算盘珠的那一边写着"王友乾专用"，五个算盘珠这边写着"刘伦贵赠送"，字也是王友乾专用的会计体，龙飞凤舞。刘伦富把想表达的第二层意思压回肚子里了。

王大权在他家门口的大路上吹了三声哨子，还是两短一长。他已经个把月没有吹哨子了，以前他吹完第三声长哨子后，十五分钟之内，全队的劳动力就要到大路上集中，然后一起下地。所以哨子是时时不离身的，只是在分土地期间短暂的借给王友乾过。有次生了病，社员们一整天没有听到哨子声，集体放假一天。今天他等了十多分钟后，有几个社员扛着锄头过来，但没有等王大权喊"出工"两字，就各自朝自己家刚分的地里去了。王大权又等了十五分钟，再没见一个人影，气鼓鼓地回家了。

刘伦富从王友乾家出来，径直朝王大权家去了。刘伦富找王大权一是要地，二是要举报刘伦贵家在分地期间弄虚作假。王大权还在气头上，对来找他的刘伦富说，吹了半天哨子你不来，我就是要找你的，公社要求各生产队抓好计划生育，生三胎还想要土地？劝你赶快叫你儿媳妇到卫生院把手续办了，否则的话，等上面的下来，就被动了，一刀下去重得很，和骟猪一样。

刘伦富见要土地的事没有指望了，就举报刘伦贵家女婿陈老三在上坪分了地后又在陈家寨参与分地的事。王大权说，刘伦贵招上门女婿在先，要弄假也是在陈家寨弄的假，你可以去陈家寨举报。刘伦富灰溜溜回到家。刘伦富走后，王大权也在骂，地都分了，还叫哪样生产队？吹哨子都不灵了。

刘伦富把受到的委屈发在儿媳妇身上，早不生晚不生，偏偏分完土地才生。媳妇的委屈又发在刘裕身上，猴急地天天往我身上爬，现在好了，爬个娃娃出来别人嫌弃了。刘裕和老子刘伦富干开了。

土地分完后，方明花想可以缓一口气了，老太太没有了耐性，从床上搬到堂屋的一张竹席上，小儿子刘伦贵扶着，老太太最后的话要对媳妇方明花说，方明花把耳朵凑过去，大儿子刘伦富也来到了堂屋，老太太脸一扭，不说了。方明花心想老太太气性也太大了，土地分完后，刘伦富和刘伦贵家土地的边界上都垒了石头，工程繁杂，石桩是移不走的了。刘伦富出去后，老奶奶又扬手示意方明花过去，老奶奶断断续续地说，他们以前嫌弃我是个负担，媳妇，他们错了。说完，眼一闭，头就偏倒下去了。方明花知道老奶奶说的"他们"是指大哥刘伦富家，老奶奶其实早就不行了，土地还未分完，就一直硬撑着，现在土地分好了，不给子女添负担。方明花心一酸，泣不成声。寨上有人说，做儿媳妇的比做儿子的还伤心，老太太有这么个儿媳妇，死也值得了。

老太太就埋在两个儿子家之间的石桩边，方明花对刘伦贵说，给老太太打块石碑吧。那时，这一带的坟墓还很少有石碑，哪一家的坟都靠一代代的口传，几代过后都不知道谁是谁了。

土地下户后，刘伦贵很少在外面接木工活了，原因是寨上一百多户人家的锄把和犁耙被他包了，整天忙得不亦乐乎，从做家具改做农具，也没有完全脱离老本行。最先来找刘伦贵的是王大权，以前的队长出工只带哨子，现在地划归个人了，得带锄头和犁耙。第二个来找刘伦贵的是王友乾，他的情况和王大权差不多，以前王友乾家是两个劳动力，婆娘有农具，自己没有，得补上。方明花对刘伦贵强调再三，刘伦贵精雕细琢，算是投桃报李。王大权的锄头和犁耙做好后，方明花要刘伦贵又做了一个木火盘，她亲自给王大权送去，方明花也不知道自己在想什么，反正就想看看王大权，王大权没有表示感谢，也没有表示不感谢。木火盘其实很简单，就是一个"回"字形的木架，只是在"回"字里面的口里的四角钉上铁片。方明花把木火盘架在火炉上，很巴适，火炉盘有了桌子的样子。因为木火盘是新做的，还有木头的清香。方明花想说点什么，王大权头耷拉着，双手趴在木火盘上，说今后帮不了你了。方明花说我来不是要你帮什么的。

寨上的人陆陆续续来找刘伦贵。因为大家的农具在集体的时候尚能囫囵吞枣地用，现在一用力，不是犁耙脱了，就是锄把断了，顾此失彼。巧木匠改行做农具本来就是小菜一碟，刘伦贵还虚心琢磨，精益求精，比如他根据挖锄的特点，把锄把和锄头之间的夹角做得大一些，挖起地来又深又省力。如果是铲锄，锄头与锄把之间的夹角就做小一些，既能铲草除根，又能提高效率。当然刘伦贵不是白帮忙的，虽然方明花一再强调不收钱，但来找的人过意不去，一升米、两把面条或者一二十个鸡蛋，总是要有所表示的。刘伦贵忙着做农具，反而找他做家具的人越来越多，大岩头一家娶新媳妇的来催了三次了，还以为刘木匠嫌工钱少，婚期临近，把工钱提高了一倍。把推刨、锯子、煤斗等家什往背上一甩，说，做农具是关系到吃饭的事，做结婚家具是娱乐的事，哪个重要嘛！刘伦贵的知识水平还上升不到物质精神的高度，但说出来是个理。水涨船高，后来每家请刘伦贵出山都按照这个价格支付工钱。本来六个人的土地，现在家里只有刘伦贵、方明花和儿子二刚三人端碗，加上做木工活源源不断的进项，刘伦贵家的日子越来越滋润。

老爷子搬到刘伦富家后日子并没有想象的好过，本来七个人的土地，多了个小尾巴，别看是小孩，用度却是很大的，说起来是四世同堂，其实每一代的想法都不一样，没有多久，一家人又分成了三家，刘裕两口子和三个子女一家，刘伦富和婆娘一家，老爷子被分出来一个人单过。

老爷子到王大权家去告儿孙不孝道，王大权倒了碗苞谷酒给他后说，老哥哥你是比我大十好几岁，但你看看我，比你年轻不到哪里去。土地分完后，王大权头发花白了，稀少了，看起来确实苍老了很多。王大权说，你是一个人过，我也是一个人过。两人你一嘴我一嘴地喝着酒，竟然有些同病相怜。老爷子回去后提出的分家条件是要挨着老太太坟地的这块地。农活做得累了的时候，他会坐在老太太的坟前，抽一袋烟，有天脚一滑，头就撞在了坟边的石头上，就是那块划分地界的桩石，当时血流不止，老爷子还算清醒，对来看他的方明花说，这是报应啊。方明花说，都过去了，爹怎么还老惦记这些。老爷子好像难以启齿似的，闷了好一会儿说，以前的石桩就是我挖的，你们赌咒说谁挖的谁被石头撞死，这不是报应是什么。老爷子因为血流过多，加上年纪大了抵抗力下降了，还没有到卫生院就走了，走之前他要求把他埋在老太太旁。春天来了，野草疯长，把两个坟之间的石桩盖住了，两块石碑并排立着，中间有一米左右的距离，正好是那块桩石的宽度。

方明花有了心病，每当独子二刚放假的时候，她会带着他到地里转悠，到了地的边界，她对儿子说，看清楚了，我家的地从哪里到哪里。但二刚记不住这些，他只记住课本上的。二刚学习越来越好，方明花犯愁了，有时候和刘伦贵谈起这事唉声叹气，不知道这是好事还是坏事。倒是伯父一家对二刚在学习上的进步在精神上给予最大的支持，所以每到假期都会对二刚问长问短，当听到二刚说到某门功课又考了好成绩的时候，伯父和伯母的喜悦洋溢在脸上——真诚，而且毫不回避。

刘伦富夫妇的喜悦是对未来期盼的提前表现，用现在的眼光来看，已经有了战略的高度。四年后，二刚考上学校进了城，又过了几年后，刘伦贵和方明花也随儿子进了城，刘伦贵不做木匠活了，带小孩的水平有了长足进步。刘伦贵家的房子由大哥刘伦富照看，其实是无偿让其住着，土地完全让给刘伦富家栽种，两家土地之间的碎石隔断挖开了，零零碎碎的土地重新有了长长宽宽的气势。方明花有些不甘，坐上去城市的车后还在埋怨刘伦贵，这么一走，不是便宜了他家。男人的心态要好得多，说怎么讲也是两弟兄，不给他莫非给外人？

距离终究不是由亲情决定的，城乡之间的差距才是刘伦贵和刘伦富两兄弟的真实距离，两家联系少了，后来几乎就没有了音信。有一天二刚正在单位得过且过，突然接到了老家的电话，是堂哥刘裕打来的，声音很大，说城里的电话好难打啊，是不是城市大了电话就像车一样经常堵了。刘裕去过他的两个儿子那里，他俩也在城市，是打工。堂哥火急火燎地说要叔刘伦贵赶快回趟下坪，还说这里已经规划成"乌江十里画廊"景区了，爷爷和奶奶的坟必须近期迁走。

刘伦贵把锈迹斑斑的家什磨亮后重操旧业，他做了两个精制的木箱，一个雕了条龙，一个雕了只凤，子子孙孙们七手八脚把老爷子和老太太的骨头分别放进了龙箱和凤箱，刘伦富和婆娘抱着龙箱，刘伦贵和方明花抱着凤箱，敲敲打打，声势浩大地走向新规划的坟山，打算把老爷子和老太太合葬在一起，风水先生掐指一算，说二老八字不合，埋在一起，在天堂那边也会经常吵架。说着用罗盘东测一下西测一下，最后一个埋在了坟山的东头，一个埋在坟山的西头，两块石碑本来认为可以并在一起的，现在也是各奔东西。

怪 病

村头高干子弟家总有一种医院才有的咸不咸淡不淡的味道，十分难闻，但这丝毫也不影响他的医疗生意。仿佛，寒冬腊月了，农活少了，村里的老人们可以歇口气咳嗽几口了，也可以悠闲地跑跑茅厕拉拉肚子。那些细娃嫩崽呢，也好像跟在大人屁股后头学模样——大人一咳嗽，小孩也咳嗽；大人跑肚拉稀，小孩也跑肚拉稀；大人吊盐水，小孩也吊盐水。

王山民就是吃过夜饭才带着孙子在高干子弟家后屋里输液的，那个像衣架的专用输液杆拴着一老一少，像树上拴的一头老牛和一头牛崽。少的也就五六岁，从针头扎进手背时起就一直哭，全身扭来动去。王山民怕小孩把输液管挣脱，用劲抱住，一用劲，小孩连在输液杆上的输液管倒没有事，他自己的却脱了。王山民就喊汤医师。高干子弟先丢下前屋里打针的、抓药的、号脉的，迅速地走到后屋，把输液管里的空气挤出来重新接好，然后骂，王老者，连根管管都管不好，以后怎么管好你的几块板板哦。

王山民以前是扒岩香大队的大队长，现在赋闲了，就在家带孙子了。王老者嘿嘿嘿地笑，说哪能像你们年轻人，年纪不饶人呢，身子骨都不利索了呢。高干子弟没有搭王老者的话，高干子弟没有搭话的原因是王山树家的老二王小鹏叽里呱啦地在和高干子弟说话，高干子弟分不开身。王小鹏说话表达不清，得借助肢体语言补充，听的人比说的人还费劲。

高干子弟"听"了半天，猜出个大概。王小鹏说的是他嫂嫂方明花病了，王小鹏双手合十靠在右脸上，又用手摸摸肚子，意思说痛的部位是肚子那个地方，痛得还不轻呢，在床上起不来了。

王小鹏从小到大一共到高干子弟家来过两次，两次都发生了大事情。第一次是他爹睡在床上起不来了，叫高干子弟去把把脉。高干子弟把手搭在王山树手腕上的时候，王山树的脉搏已经停止跳动了。高干子弟一阵心酸，说王支书啊，你活着的时候不让我给你看病，死了却让我来把脉，老子能把活人的脉，但从没有把过死人的脉啊，老子就算是神仙也不会起死回生啊。王山树不接话，就连王大鹏和媳妇方明花哭天抢地的时候，王山树也还是一律沉默。老二王小鹏还不知道面前的这两个人哭个啥，一会儿看看哥哥，一会儿又看看嫂嫂，好像明白了什么，又好像什么都不明白，于是跟着哭。

王山树从70年代到80年代初一命呜呼的时候，一直是扒岩香大队的支书，一个老党员了，死的那天不知是谁找来面党旗盖在他的尸体上，后来公社的领导来了，觉得过于隆重，才将党旗取走。但公社给王山树最后的评价恐怕比党旗盖在身上还隆重，公社说王山树是久经考验的老党员，人民群众的好干部，兢兢业业，积劳成疾，最后牺牲在革命的道路上。

其实高干子弟非常清楚，王支书是死在床上的，究竟得了什么怪病而死就搞不清楚了。反正王支书从来就不来高干子弟的小诊所看病，不仅王支书不来，就连他的老婆、子女、媳妇也不来。为什么王支书一家都不到高干子弟的小诊所看病呢？原因大概有三个版本：一个就是因为小诊所的"小"，一个支书去一个小诊所看病是不是有点那个——究竟是哪个？好像又说不太清。但话从王支书嘴里说出来是这样的：一个赤脚医生，怕牛马羊牲都医不好哟！队员们是听出来了的，像支书这么大的官是看不上小诊所的。这么说吧，如果官再升几级吃饭是不是就要去京西宾馆，休闲是不是要去北戴河，最后就是死了也应该去八宝山？

另一个原因呢，就是有天晚上王支书不知又到哪家抓革命去了，结果就那天晚上老二王小鹏感冒了，发了高烧。王小鹏的妈是有些经验的，让儿子捂在被子里睡，说捂出一身汗就好了。后来汗是捂出来了，但是体温没有捂下来，反而又高了一点。这时王小鹏的妈倒果断了，背起王小鹏就往公社卫生院跑，但还是晚了，王小鹏的小脑就烧出问题了。王二喜总结得很到位，说一步晚，步步晚嘛。当然王小鹏的问题是又过了很长时间扒岩香的人才看出来的，当你和王小鹏说话的时候，王小鹏总要呆呆地看你好一会儿，再傻笑一阵，半天才反应过来——反正说话做事都比同龄人慢半拍。这让王支书对所有医院都有了反感，救个屁的死，扶个屁的伤，还不是看上别人包里的两个钱？！不过这种说法好像站不住脚，哪家没有个三病两痛的，又没有哪个是神仙，王小鹏脑子烧坏了也得去公社的卫生院开药。

王小鹏的脑子反应慢了，但扒岩香的人反应却不慢，说狗×的小鹏好像成憨包了呢。这时又有人补充说，看倒起憨，心里精着呢。王小鹏的目光被高烧烧呆滞后，他的爹王支书的眼睛反而变得贼亮贼亮的了。那时正是夏天苞谷棒子成熟的季节，大队为了防止队员晚上偷队上的粮食，就在苞谷地里搭上简易棚子，让队员轮流看守，看守队员晚上就睡在棚子里，待第二天队里吹哨出工才许回来，这叫不让挖社会主义墙脚的人有半点机会。

队员们晚上睡在苞谷地里，家里的自然会有意见，王支书是有领导经验的人，这时就走村串寨做妇女们的工作，说男的晚上睡在苞谷地里是为了促生产，你们妇道人家在家睡好觉也是抓革命。这抓的时间长了，妇女的思想工作也做通了，就顺理成章地上了队员家的床。王小鹏的妈心里明镜一样，男人当了这么大的官，能管生产大队的好几千人，哪会管不了几个小媳妇的裤子？所以夜深人静的时候，她会对王小鹏说，你爹累了，叫他回家睡了。每次王小鹏都会准确无误地找到他爹所在的位置，王小鹏从不直接敲门叫爹，而是坐在院坝里，一边看天上的月亮在云朵上飞跑，一边听一串串的狗吠声在寨子里流窜。这时他爹在的这一家的狗就矛盾了，是跟着全寨的狗跑呢，还是看好眼前的这个人？王小鹏不理狗，只拿眼睛盯着狗，狗反被看得心里发毛了。这很伤狗的自尊，但狗没有办法，心想到底是支书家的公子，惹不起还躲不起？慢慢地就跑在牛圈的谷草上，无声无息了。这时女主人一定是完事了，起了床，去茅厕里撒了尿，见到王小鹏，也不招呼，就又走进屋里，王支书跟着出来，憨包儿子立马跟上他，朝家的方向走。看守苞谷的社员多了，需要去做思想工作的妇女就多，这样一来，王支书有时候晚上就忙不过来，就要不断地提高效率。王支书提高效率的方法就是游击战术，打一枪换一个地方，而每次他打完最后一枪出来，王小鹏都会准确坐在外面，这一点王支书都不得不服。王小鹏用的是战略，不被他的爹牵着鼻子走。王支书觉得儿子王小鹏就像一把鼻涕，一坨屎，沾上了就再也甩不掉。这让王支书很气馁，骂道，你狗×的是老子上辈子欠下的。

扒岩香人认为王支书不去高干子弟家的小诊所打针抓药是因为王支书前些年整过高干子弟，那是扒岩香革命委员会成立以来处理的一件大事，说它大，是因为它有趣，在扒岩香人看来，比吊着殴打地主好玩得多。兼任革委会主任和副主任的王山树和王山民也是通过这件事总结出了革委会的大有可为。吊着殴打地主是惩处政治上的破坏分子，而揪出高干子弟后就揪出了道德上的破坏分子——两手抓，两手硬，不可偏废。

　　高干子弟刚从贵阳市郊的大关冲到扒岩香当民办老师，方明花也是扒岩香小学的民办老师，因为家都离得远，就都住学校里。有天晚上，方明花喊肚子疼，本来这是一个很小的事，但大队支书王山树觉得问题不小，说汤老师和方老师两个孤男寡女的住在一个学校里，怕会出事的。所以方明花喊肚子痛的时候，王支书觉得当初他的担心并不多余，一连几天，由支书王山树和大队长王山民分别带两个组对"肚子事件"进行调查。一调查果然就发现问题，汤老师喜欢方老师已经很久了，王支书问为什么不好好教革命的书，育革命的后代，却老想腐朽的事情。晚上两个组轮流拷问。小学紧挨着扒岩香河，河小，但流到小学这一段的时候因为平缓河面就宽了，河水清澈，山峦和山上树枝在河里倒着生长，最深远的地方长出了星星和月亮，挨着两岸的地方墨黑墨黑，河面的中央白白亮亮。五年级教室里同样黝黑昏暗，高潮牌墨水瓶做成的煤油灯仅能照亮课桌前灰暗的几张脸。

　　在王支书的引导下，高干子弟头一低，招了。

　　王支书说：是心里想，就没有干点别的？

　　高干子弟的声音比煤油灯影里蚊子的叫声还要微弱，王支书一拍桌子，抬起头来给老子大声点。

　　高干子弟说：我还请方老师吃了两次饭。

　　光吃饭？就没有干点别的？王支书在两个问题之间停顿了几秒钟，又像是在引导。

　　高干子弟说：吃了饭我就给方老师吹笛子。

　　王支书把桌子拍得更响了：在哪里？

　　高干子弟答：河边。

　　吹的是什么东西？

高干子弟答：《莫斯科郊外的晚上》。

王支书和所有审问高干子弟的人都不知道《莫斯科郊外的晚上》究竟是什么，也许是莫斯科郊外的晚上和扒岩香小河边的晚上都差不多吧，都是静悄悄的。有人小声嘀咕，为什么不吹《大海航行靠舵手》呢，有人就补充了，吹《北京的金山上》也行啊。那时在扒岩香，喇叭里经常播放的就是《北京的金山上》，人人都会那句"巴扎嘿"。

白天两个组在一起又对前一晚上的事进行核实，看有没有漏洞。又有妇女会的帮着方老师回忆汤老师有没有对她图谋不轨，一核实就核出了汤老师的假话，方老师说她和汤老师在学校里吃了三次饭，但汤老师说的是两次。究竟是谁说了假话，没有人说得清楚，最后生产大队一致认为是汤老师说了假话，因为方老师把"那次"说得有鼻子有眼的，并且有人证物证。那天是汤老师在宿舍里做的饭菜，方老师进来后因为有一个学生家长请去他们家吃饭就走了，在农村，虽然"臭老九"喊得不响，但老师能被学生家长喊到家里吃饭还是很荣耀的。正是多出来的这一次，汤老师破坏了社会主义道德品质。

真是不见棺材不掉泪呢。王支书很生气。在强大的政策攻心下，高干子弟说出了他破坏社会主义道德品质的经过。那天方老师走后，汤老师很惆怅，后来在被窝里，老想着方老师的花格子衬衣和长长的头发，手淫了。真相终于大白，王支书和王大队长长地舒了一口气，跟着审问的社员也大大地舒了一口气，怪不得方老师的肚子会痛呢。有人说苍蝇不叮无缝蛋，建议也要对方老师好好审审，但王支书一摆手说，算了，这不关方老师的事，方老师是受害者。

那时的办事效率真是很高，一个星期后，扒岩香生产大队就以革处（75）01号下发了对汤老师的处理意见，据说文件还是到县城的印刷厂印出来的。如下：

关于开除汤耀华公职的决定

　　汤耀华，男，二十三岁，汉族，家庭出身小土地出租，贵阳市白云公社大关冲人，现为法那人民公社扒岩香小学民办教师。

　　汤耀华虽然生在新社会，长在红旗下，在学校和工作岗位受到不少的教育，本应好好地读马克思列宁的书和毛主席的书，加强思想改造，兢兢业业为人民服务，但该同志辜负了党和人民的培养教育及革命同志的帮助，放松了思想改造，受到了资产阶级思想的腐蚀，堕落腐化。1975年×月×日在扒岩香小学他自己的宿舍里偷偷玩弄生殖器一次。

　　汤耀华身为国家工作人员，生活腐化，破坏了社会主义道德品质，在学校和社员之间造成了严重不良影响，经扒岩香革命委员会研究，决定对其给予开除公职处分。

扒岩香革命委员会

1975年×月×日

　　文件是由大队长王山民传达的，王大队长传达完后还补充了一句，革命队伍里是容不得败类的。那些天，扒岩香的社员看汤老师的眼光是犀利的，恨不得把汤老师捶成文件头上"扒岩香革命委员会文件"的红色大字，再把他像大字报那样挂起来。有人就骂，大老远地跑到我们这里来，原来是来干龌龊事的。王支书说你们以为"大官"冲出来的就以为是高干子弟啊，都是坏人，都是革命的破坏分子！王支书非常愤慨地说。

从此汤老师就不叫汤老师了，也没有人叫他的学名汤耀华，都叫他"高干子弟"，一叫就叫出名了。好在人家高干子弟对生活也没有气馁，在挨着学校的地方修了间土墙房，开了间小诊所，自学成才，治病救人。好在大队也没有把高干子弟往死里整，对高干子弟独占公家土地修房子的事也睁只眼闭只眼。

高干子弟刚开始生意并不好，周围的姑娘和媳妇肯定不会找他看病的，连看见他都绕着走，因为在她们的眼里，高干子弟就是一个头上长角周身长刺的无恶不作的恶人。一直到了80年代中后期，来找高干子弟看病的人才多了。高干子弟也就是在方老师结婚好几年后才在村里找了个"过婚嫂"。"过婚嫂"是扒岩香人对结二次婚的称呼，"过婚嫂"嫁给高干子弟的时候都三十好几岁了，后来给高干子弟生了个宝贝女儿。

高干子弟结婚生子后，村里人渐渐忘了高干子弟以前的事情。那些年轻人还以为汤医师姓高呢，开口闭口"高医师"地喊。高干子弟也不生气，认为喊"高医师"是无心的，但对于那些故意喊"高干子弟"的人，汤医师自有他的办法，他会打针的时候故意打重点，或者故意多打几次，被打针的人几天了，屁股都挨不得凳子。

开除汤老师后留下的职位空缺是由王大鹏顶替的。王大鹏是支书王山树家的老大，自从老二王小鹏脑子烧坏后，王大鹏更深得父母的宠爱，他十多岁时就会抽烟，朝阳桥牌的，全大队抽纸烟的那时几乎只抽"蓝燕"。王大鹏包里经常揣着水果糖，据说这小子吃糖上瘾了，没有糖吃就不吃饭。

王大鹏教语文经常认错字，关于这一点，学生家长是可以原谅的，王二麻子读成了李二麻子又有什么关系呢，姓王姓李都不是问题，只要坚持姓社不姓资就行了。但是王大鹏教算术爱算错数家长就不能原谅了，社员说还指望娃儿上完学去当会计呢。那时当个会计是家长望子女成龙成凤的唯一梦想，还有什么比当会计更神气的呢？想整谁了就在会计本本上动动手脚，想帮谁了，也在会计本本上动动手脚。学生说王老师没有汤老师教得好，学生给家长说了，家长向生产队汇报了，生产队就反映到了大队，王支书火翻了，说"文化大革命"究竟是革哪个的命？还不是革文化的命，革知识的命。被骂的人灰溜溜地走了，王支书气还没有消，毛主席号召我们要学工、学农、学军，有没有号召我们学算术？但王大鹏没有上几节课，还是被王支书调去敲铃了，这个工作简单，王大鹏也喜欢。

王大鹏铃敲得好，学生对王老师敲铃这件事，有一半喜欢，有一半不喜欢。不喜欢的是王老师上课铃敲得太准时，总玩得不尽兴，高兴的是王老师下课铃也敲得准时。王老师当了敲铃校工后，王支书特意给他买了块上海牌手表，在当时是非常昂贵的奢侈品了。王老师总在操场上炫耀他的手表，无时无刻不在看，上课和下课的铃声和学校规定的上下课时间基本上丝毫不差。王老师敲了四年铃，把方老师也敲进家了。社员们恍然大悟，当初王支书要求不处理方老师原来是留有一手啊。

方老师嫁给王大鹏的时候，"四人帮"已经被粉碎了，但王支书还是王支书，只是以前的大队撤了，设了村，大队支书成了村支书。

王大鹏家住村西头，虽然离高干子弟家还是有几百米的路程，但一个村住着还是抬头不见低头见的，有人见了方明花从高干子弟身边走过时就给高干子弟打抱不平，说当初你是被王山树整了呢，否则方老师应该是去村东头而不是村西头了。高干子弟倒很平静，话也说得很低调，方老师选择对的嘛，王老师才是高干子弟呢。话说到这份上，打抱不平的也只是跟着笑笑。

王大鹏的道路没有完全按照王支书的设计走，王大鹏结婚后，就和着全寨的"南下干部"去了广东了，听说在一家化工厂上班，一个月工资就有七八百块。但王支书不稀罕，王支书稀罕的是抱孙子。又过了四五年，王山树和王山民都退了，王山民干起了带孙子的活，喜欢带着孙子走村串寨的。王山树见了，就自言自语地骂，狗×的，周围的人都不知道他在骂哪个。其实只有王山树清楚，他一是骂王山民，你狗×的在老子面前炫耀个屁！二是骂狗×的王大鹏，整天在广东找钱、找钱，妈的娃儿会从天上掉下来？

王小鹏第二次去高干子弟家的时候，王大鹏已经病入膏肓了。王大鹏拉着高干子弟的手就不放，说汤老师啊。一句汤老师就把高干子弟的眼睛叫得汪汪的了。因为方老师在，高干子弟转过身去揉了揉眼睛，感觉好多了，才回过身来说话。王大鹏接着说，当初我家对不起你啊，我哪是教书的料啊，都是我害了你啊。高干子弟说，都是些陈芝麻烂谷子的事了。

高干子弟还是没有救得了王大鹏，王大鹏被送去县医院确诊为癌症晚期。高干子弟说长期在化工厂里上班，内脏都被污染了。王二喜大感不解，说听到过胡扯，但没有听到过像你这样胡扯的，庄稼会被污染，河水会被污染，老子从来没有听说过人也会被污染？

这是王小鹏第三次去请高干子弟给家人看病了。第一次倒不像是去看病，倒像是去为王支书送行。第二次见到的倒是活人，但就一面，送去县里后回来就关进木头盒子里了。这第三次去还是不去呢？高干子弟心里直打鼓。当然如果换成其他人家，也许高干子弟不会犹豫；如果要去看的人不是方明花，也许高干子弟也不会犹豫。问题就是看的人偏偏是她，偏偏遇着的还是肚子痛。

王山民退下来后，好像什么都能平静地看待了，也好像王山树走了后，他王山民一个巴掌拍不响了。王山民说汤医师就去看看吧，救人一命胜造七级浮屠呢。有了王山民的鼓励，高干子弟走时就从容了些，高干子弟走出小诊所的时候不忘回头对王山民说，王老者，液输完了自己拔出来哈。王山民很自信地说，拔个针头有啥了不起，经常在你家吊盐水,看都看会了。王山民以前也不肯在高干子弟家看病,有次病得不轻,西医中医,甚至所谓民间的土方子偏方子都用了还是不见好,村里人说狗×的以前整人整多了遭报应——都以为老大队长一定会不得好死,哪知高干子弟一瓶盐水就给吊好了。王山民逢人就讲,狗×的华佗再世啊。

高干子弟教书的时候对方老师是想入非非的,但"肚子事件"后高干子弟就不敢想了,也不是不敢想,有时也偷偷地想,想过后就自己扇自己几耳光,又不要脸了,又不要脸了。有时候和老婆温存的时候,也会想起方老师的花格子衬衣和瀑布般的秀发,想着想着就把老婆想成方老师了。这样想的时候,过程就会很美好,仿佛自己也回到了20多岁的年纪,力气也好像是20来岁时的力气,用都用不完。但结果就不美好了,完事后清醒过来,就会很后悔,老婆还以为是高干子弟累了,就多了些抚摸。做事就做事,这么摸摸搞搞的最让高干子弟受不了,一生气,起了床,就到小河边去吹笛子了。吹迟志强的《迟到》,也吹《霍元甲》里的主题歌《万里长城永不倒》,笛声有时调皮,有时沉重,也不知道高干子弟为什么吹这些歌曲。

这次不得不用手去摸方老师的肚子,高干子弟先用听诊器听过了的,但很怪异,不得不用手进一步诊断。高干子弟的手一摸方老师的肚子,方老师的疼痛就会少一些,高干子弟有会儿摸着摸着就走了神。以往在小诊所里,给别人摸肚子的时候也是常有的,但总觉得有例行公事的意思,手好像是麻木的,心境好像也是分离的,在高干子弟看来,那些肚子好像就是个物件,没有什么感觉。就像在医学院进修的时候,看福尔马林泡着的尸体,高干子弟没有把它当尸体看,只把它当物件看,一件用来研究的物件。还有尿检的时候,高干子弟也没有把玻璃瓶里的尿液当尿看,所以也不觉得脏呢。但今天是怎么了呢,摸着摸着就走神了,有一小段时间脑筋里有些空白，要不是王小鹏推门进来声音很响，高干子弟还会一直就这样摸下去。高干子弟回过神来，扭了下脖子，心里骂自己，又不要脸了吧。

尽管诊断的时间不短，但高干子弟还是没有诊断出结果。按平时的诊断经验，方老师的病是不难下结论的。每次结论就要出来的时候，高干子弟又否定了，不可能，不可能啊！

高干子弟回到诊所的时候，王山民和孙子的液还没有输完。王山民问高干子弟方明花得了什么病啊？高干子弟摇摇头表示不知道。王山民说，狗×的华佗都诊断不出，妈的生了哪样怪病哟！究竟方明花生了什么病呢，扒岩香的人都在猜测，把所有知道的疑难杂症都想了个遍。有人就事后诸葛亮了，说方明花一来扒岩香我就看出有病的，不然怎么连娃儿都生不出？听的人觉得也有道理，但究竟什么病还是没有人说得清楚。

虽然没有诊断出确切的病因，高干子弟的药方是开出来了的，就是端午节扒岩香每家每户挂在门上的艾草，在冬季，这些艾草已经干舒了。高干子弟让王小鹏把艾草叶捆成团，点燃后用烟熏方老师的脚。

第二天，王山民又来问高干子弟方老师的病因，这次王山民的后面还跟着王二喜。高干子弟想两任领导一起来是做工作交接吧。王山民和王二喜又去了方老师家，见王小鹏正在给方明花熏脚，王二喜就大骂：狗×的庸医，老子活了几十年没有见过将烟当药的。

问题是高干子弟的药确实起到了效果，方老师的肚子不痛了。有了多年推理经验的老大队长对新任村主任王二喜说，肚子不痛了表示什么？药下对了嘛，症就对准了嘛。王二喜好像恍然大悟，其前任循循教导，说明狗×的汤耀华狗改不了吃屎的本性，对老子们组织隐瞒了。王二喜看看王山民，你是说他知道病因？王山民点点头，接着说，审问的事必须你来办，毕竟老子退位了，不在其位不谋其政。

王二喜有点打破砂锅问到底的意思，心想全村什么东西敢瞒过老子村主任呢。王二喜在问的道路上穷追不舍，高干子弟在答的道路上环顾左右，王二喜火翻了，说我现在是以村主任的名义和你说话，不好好交代的话，老子就组成调查组把你调查了。高干子弟心想时代变了，不是以前了，你能调查我什么呢。王二喜又说，你汤医师的事老子们又不是不知道，老子怀疑你打击报复，你以前说王大鹏在城里被污染了，你拿草草在人家屋里熏，这难道不是污染？！这个帽子扣得大了，那就实话实说吧，高干子弟对着王二喜吞吞吐吐地说，方老师好像有身孕了。王二喜说扯淡，老子还没有听说过这种怪病呢，男人都死一年了，一个人睡素瞌睡都能睡出娃儿，还要老子们大男人干什么？王二喜凶起来高干子弟不敢接话。王二喜接着发问，那你拿草草熏她又是什么意思，是不是想把胎儿熏死？高干子弟这下说了，方老师肚里的胎儿脐带绕颈，得要通过艾草熏才能将脐带熏开。王二喜干咳了两声，别人肚子里的脐带你都看清楚了，那么哪个人干的好事你应该也清楚了？

寡妇方老师怀孕的事在扒岩香无疑是一个重磅炸弹，一石激起千层浪。男人女人们都开始在脑海里把可能的嫌疑人过了一遍，除了细娃嫩崽和憨包王小鹏，带"枪"的都无一幸免。当然男人过的这一遍会多一些遗憾，怎么不是我呢？然而庄稼还得种，日子还得过，作为茶余饭后娱乐节目的摆谈因为千篇一律而让扒岩香的人失去了新鲜感。大概又过了七个月，也许是八个月，方老师家的小孩生了，方老师和王大鹏生活了七八年没有生育，竟然在王大鹏死后一年零一个月把小孩生了出来。电视里说哪吒也是怀了十三个月后由他父亲用剑劈出来的，村里的人就把方老师家的小孩叫王哪吒。

王哪吒晚上哭的时候，方老师就吹口琴哄他，方老师吹的是

《甜蜜蜜》《在水一方》。往往在方老师吹口琴的时候，东边的扒岩香小学的河边会响起笛子声，笛子吹的是《在希望的田野上》和《我热恋的故乡》。那几年每到夜晚，虫叫、蛙鸣、鸟语，加上口琴声、笛声混成一团，全村的人都觉得怪怪的。

方老师上课去的时候，王哪吒就由小叔王小鹏带，王小鹏喜欢把侄儿王哪吒带到懒人岗的小卖部去买水果糖，王哪吒把水果糖放进嘴里，用小牙齿嚼，嚓嚓嚓，看的人竟觉得和王大鹏小的时候很像。王二喜说，狗×的真是神了。

王二喜喝酒

　　王二喜在菊花家小卖部喝酒，听到外面闹哄哄的，吵闹声像夜晚经过的车辆一样，呼啸着朝撒把村的方向去了，但这吵闹声没有走多远，最后在王中龙家的地方停了下来，零零碎碎的吵闹声聚在一起，成了力量，就炸开了锅。王二喜本想出去看看，但在酒的面前，步子却挪不动。菊花的婆婆从旁边那幢楼过来，推开门，见村主任王二喜在，勉强从嘴里挤出点笑，算是打过招呼了，说：有强盗呢，中龙家的鸡都被偷了。一听说有强盗，王二喜的酒意就醒了不少。

　　到达王中龙家的时候，王中龙家已经聚了不少人。因为事先没有统一思想，声音就乱七八糟的。有人说强盗向撒把方向跑了，还说看到了人影，全寨的狗确实也汪汪汪地朝撒把方向吠。还有人说不知这些鸡偷去后是清炖还是爆炒。有人就接了话，说肯定是偷去卖的。这时，王中龙家婆娘从鸡笼里爬出来，说，二十一只，二十一只都在的。王中龙家婆娘说得上气不接下气，结结巴巴，不知是太累了，还是结果出乎意料反而让她无法表达。但村会计王中红的高兴是发自内心的,他连说了两声"好",否则这件事算败坏我们寨子的名声了。

王中红说完就有些后悔,这种总结性发言应该让给王二喜才对,虽然王中红也是村领导,但毕竟王二喜才是村主任。

喝了酒话应该很多的,今天王二喜竟然一句话都没有说。好像就是因为村主任没有作最后的总结,大嫂才呼天抢地地在家里抢着发表意见。大嫂是大嗓门,一个人的声音盖住了一寨人的声音。王二喜心里骂大嫂,声音比老子村主任还有气势!大嫂没有理由不气势大,因为悲愤爆发出来的力量往往是惊人的。大哥王大喜急匆匆跑来,说我家的鸡被偷了呢。王二喜问大哥鸡被偷了多少,大哥说两只。然后一寨人走成一列火车的样子又往大哥家的方向赶。

到了大哥家的院坝,大嫂就哭诉说鸡被偷了三只。王二喜最怕婆娘们哭丧着脸,有些不耐烦,大哥不是说两只吗,怎么又变成三只了?大嫂说漏算了一只半大的仔鸡。婆娘李桂花不知什么时候走到了王二喜身旁,对着王二喜的耳朵说:家里的鸡被偷了两只。可能是大哥家坎子上的路灯瓦数太低,灰蒙蒙地照在李桂花灰暗的脸上,李桂花的脸比死了爹妈时还难看。王二喜闻到了桂花身上的鸡屎味,说明桂花是钻进鸡窝数过数的,于是不耐烦地对李桂花说,不要乱说出去。

和所有的地方一样,出了事就得处理的,好像我们可以容忍事件的发生,但不容忍事后的置若罔闻。综合全寨人的意见,王二喜得出结论:一、这是犯罪团伙,一两个人是完不成的;二、小偷用了声东击西的战术,农村犯罪有科技含量增加的趋势,因此大家要提高警惕。

要不是大嫂一大早在院坝里骂骂咧咧,也许王二喜尚在睡梦中。大嫂骂的是偷她家鸡的人,不知道有没有明确的目标。按照昨晚商定的处理要求,今天得去派出所报案,王二喜是村鸡,报案当然是王二喜的事。王二喜心想,报案起个屁用,你们以为派出所那几个毛娃娃能把你的鸡要回来啊。但群众的意见是要听的,群众意见最后总结成了"两个不便宜":一是不能便宜了强盗,偷盗要坐牢,杀人要偿命;二是更不能便宜了乡里那几个公安,披个皮皮胀干饭。

虽然王二喜是不主张报案的,但这不能说明王二喜不主张上街。自从和李桂花大干了一架后,王二喜上街的时间是越来越少了。因此偷鸡的事让王二喜还暗自高兴,毕竟又有了重新上街的机会,重新有了去胖妹店里喝酒的机会,王二喜上街,为的就是那两口,这是人人都知道的事情,这差不多成了扒岩香有名的歇后语。

一早起来,一切依旧,似乎什么都没有发生过,太阳照常升起,东方依样红,除了不太习惯的静。静悄悄出自两方面的原因,首先,昨晚折腾到大半夜,所以全寨都睡得很沉;其次,自己家带头打鸣的公鸡昨晚被偷了,全寨的鸡们今早就群鸡无首了,都在默默观望,谁都没好打头鸣。鸡们是不是还有一个想法呢,带头打鸣的,昨晚不是被偷了吗?这和枪打出头鸟还不是一个意思。

大嫂的骂声不仅惊醒了王二喜,也吵醒了房后那棵大榕树上的几只麻雀,叽叽喳喳地叫得心烦。本来昨晚,也就是王二喜还在菊花家喝酒的时候,李桂花就有些想法的,她早早地用温水把身上洗净,最近以来,王二喜上街的时间是少了,但去懒人岗菊花家的时间又多了,她想不能让自己家的二喜把力气用错了地方。但昨晚的走势没有按李桂花想的方向发展,这叫计划没有变化快。早上起来,虽然也心疼被偷的几只鸡,但那方面的想法又鬼使神差地若隐若现,李桂花的右手顺势搭在王二喜的胸口,王二喜一侧身,有气无力地说,搞哪样嘛。王二喜说得气粗,不像有这种心思,李桂花燃起的热情就退下去了。不搞哪样,李桂花有些生气,嘟哝一声,然后翻身起床。李桂花睡的是靠墙一侧,肥胖的身体气势如虹般翻过王二喜，差不多赤条条站在床沿，王二喜下身有了些许的感觉，但睡眼蒙眬地看到李桂花吊在他面前垂头丧气的两坨，心里一声叹息，遂再无动静。大榕树上的小鸟好像洞穿了屋里的一切，相互打情骂俏，叫得更欢了。

吃了一海碗面条，王二喜走出家门。太阳明晃晃的，空气鲜嫩嫩的，风调雨顺的样子，形势一片大好。

今天是赶乡场的日子。从家里到乡场，要经过懒人岗，菊花家的嫩娃娃哇哇哇地正哭。王二喜在懒人岗遇到了王蛮子，王蛮子昨晚不在现场，差点被王二喜当成了嫌疑人。王蛮子在娱乐室打麻将，有人证物证。但王二喜心里明白，王蛮子他妈的就不是个好人。狗×的在这里游手好闲的干啥？王二喜冲着王蛮子张开嘴就骂。在整个扒岩香村，三十多岁了还没有讨到媳妇的就他王蛮子一人，从王家祖宗十八代算起，也找不到第二个。在乡村，打光棍和偷盗差不多同样的丢人。村里的年轻人，年前进了城，年关总会带一个姑娘回来。菊花就是男人从广东带回来的，讲话和电视里的一样，好听，每次都让王二喜听得心痒痒的。好多人动员过王蛮子去打工，王蛮子不去，王蛮子的理由充分得很，我有田有地，为什么还要被人剥削？

王蛮子嘿嘿干笑两声，不接王二喜的话，一溜烟不见了。走到了菊花家坎子，王二喜透过门缝见到菊花正在给小孩喂奶。王二喜径直进了菊花家的堂屋，快进屋的一瞬间，王二喜还回头左右望望，王蛮子这狗×的不知窜哪里去了。一只大黄狗从菊花的胯下钻出来，它不知道面前的这个人是村里的一把手，对着他汪汪直叫，有几次还想扑上来。汪汪的叫声是抗议王二喜侵犯了主人的领地，扑上来是表明了维护主权的决心。菊花对着大黄狗骂：瞎眼了，村主任都不认识了？菊花来扒岩香一两年了，不会说本地话，所以骂狗都骂得软绵绵的，没有本地人的气势和坚决。但狗很聪明，好像立即就明白了带"长"的都是些厉害的角色，夹着尾巴跳到了另一间屋去了，对狗来说，夹尾巴就和我们的低三下四差不多，所以说狗通人性呢。也许大黄狗还暗自高兴也说不定，所有的一切都是做给主人看的，表明自己没有渎职。吼完了狗，菊花笑着对小孩说："爷爷要上街了。"爷爷是随小孩的叫法。王二喜突然想起了个很流行的笑话，想笑，但没有笑出来。

菊花欠了欠身子，要给王二喜让坐。但是身体的这一欠，小孩就挣脱了奶头，不依了，开始哭，哭得悲怆，惊天动地。菊花坐下去，重新将奶头送进小孩的嘴里，小孩又开始兴奋地耸动，才几个月的婴儿似乎都明白爱哭的孩子有奶吃的道理。

要说，王二喜喜欢喝酒，这是符合黔人传统习惯的。黔人喜酒，有凭有据的，大务小事称为办酒：结婚办婚宴酒，女人坐月子办月米酒，乔迁办搬家酒，小孩考上大学办升学酒……名目繁多。办事的人家叫作办酒，当然，走亲串友的就称为吃酒。对这些吃酒的男人而言，一桌酒席，饭可以不吃，酒可是一定要喝的。

但爱喝是一回事，能喝多少又是另一回事。王二喜爱喝，但酒量极小。这种人喝酒，基本就是速醉，两杯酒下肚，腿就站不起了，腰就伸不直了，话就说不清了。

王二喜喜欢去乡场上喝酒，一到赶场天，总是喝得偏偏倒倒地回家。李桂花心烦王二喜喝酒，酒后鬼打胡说地丢人不说，还容易干出些越轨的事。王中红就是一次醉后把村里的刘寡妇睡了，李桂花想，会计都会干这样的事，像我家二喜这么大的官哪里会闲得住的？李桂花的目标锁定在街上的张胖妹身上，胖妹就是扒岩香的媳妇，以前和男人一起进城，受不了城市里炎热的气候，就一个人在街上开了家狗肉汤锅店。因为是熟人，王二喜每次上街，都要去胖妹狗肉汤锅店照顾生意，吃半斤狗肉，喝二两烧酒。

其实这都是捕风捉影的事，但恰恰在李桂花把目标锁定胖妹的那段时间，王二喜喝醉了，在胖妹的狗肉汤锅店睡着了，第二天回去两口子真刀真枪地干了一仗，还流了血。当时是在厨房里，李桂花先骂，王二喜先动手，都发挥了各自的特长。王二喜用砧板朝李桂花抡过去，桂花左手一挡，不想王二喜力猛，李桂花的手立即骨折了。王二喜以胜利者的姿态扬长而去，但王二喜还没有完全跨过厨房门，右腿已经被飞来的菜刀划破腿肚子。李桂花一仗出名，成了寨里媳妇们的楷模，被男人欺负的时候，都渴望自己一下子变成舞刀的李桂花。也因为这一仗，从此以后，赶乡场的事就轮不到王二喜了。

王二喜进了菊花家门的时候，又有了李桂花赤条条翻过自己的感觉，下边蠢蠢欲动。但菊花小孩好像看穿了二喜爷爷的心思，王二喜的眼睛一望菊花，小孩就给他妈妈发出信号，自然是哭，哭得昏天黑地，无遮无拦。王二喜有点心虚，站起来想走。但这时，王二喜着实吓了一跳，大黄狗虽然坐在另一间屋里，仍然目不转睛地盯着他，一副警惕仇敌的样子。狗的尾巴不再像刚才那样紧紧地夹着，而是先向上翘起来，又弯下去，成了个问号。好像是对眼前的这个男人是好人还是坏人的质问，也好像是说，我们这些看门的，本就应该看好自己的门，管好你们这些外来人！

总体来讲，王二喜今早的心情不错，或许是马上要喝到胖妹家的酒的缘故，所以走时不忘很萌态地对菊花小孩说拜拜，菊花拿起小孩的手，样子做得还像回事：和爷爷再见，爷爷去吃酒去了呢。

出了菊花家的门，王二喜又看到了王蛮子，王蛮子不知什么时候又窜到懒人岗上开始吃炸洋芋。洋芋摊应该也是刚摆的，懒人岗上的小摊摊一摆出来，说明赶场的该陆续出发了。王二喜一见到了王蛮子，就像一锅香气扑鼻的鸡汤里见了只苍蝇，好心情又被破坏了。王蛮子，你狗×的就不能找点事做做？王蛮子依然不理王二喜，头偏着，竹签上的洋芋慢慢滑进嘴里，嘴皮上糊满了红红的辣椒面。

扒岩香到乡场上只有三里多路，其实有带篷布的三轮车代步，每人两块钱。村主任王二喜不喜欢坐这种交通工具，密密麻麻的人挤在一起连头都转不过来了，很狼狈的。这三里路上，有三分之二属于扒岩香的范围。王二喜走在去乡场的路上，慢悠悠的，就有了领导踱步沉思的意思。赶场的机会失而复得，高兴表现在脸上，看什么都是风景。去乡场的公路是新修的，沿山势蜿蜒，左低右高，左边的秧苗转青了，右边的苞谷挂须了。在路上，王二喜遇着了王中友，王中友挑着两只猪崽，因为重，加之穿了件有些厚的中山装，汗水哗哗直流。猪崽全身雪白，王二喜就想到了菊花小孩一耸一耸吃奶的样子。两只猪崽嗷嗷地叫，好像还很高兴，以为是坐轿子赶场呢，其实它们已经被人拐卖了，妻离子散，挺惨的。王中友和王二喜打了招呼，就朝前走了。就是怪，挑重担的比打空手的就是走得快。王二喜还是慢悠悠地走，又遇着了一些不认识的人，外村的，这些人见王二喜优哉游哉的样子，就不理解了，生活节奏都加快了，竟然还有人这么不思进取。这些人走出去好远了，还回头看王二喜，王二喜也不忘对人家笑一笑，笑里有欢迎外宾的味道。王二喜走到了交界的地方，也就是说，他的最后一步就脚跨两个村了，从这里到法那乡政府就一里左右的路程了。王二喜想，应该在交界的地方立个拱门，扒岩香这边写上"欢迎再来扒岩香"，在法那乡政府的那边写上"欢迎你到扒岩香来"。

王二喜走了将近一个小时，因为出发得早，街上赶场的人还不多。王二喜在街口又遇到了王中友，王中友已经把"拐卖"的两只猪崽换成了钱，装进中山装里层的内包里。王中友现在已是空手，有时间和王二喜闲聊，自然又说到了昨晚偷鸡的事，王二喜不想再为此事深究，就有点想打发王中友走。王中友说，虽然我家的鸡没有被偷，但这种风气不制止，怕以后偷盗会更多。王中友说完就走了，王二喜心里在骂：就你××王中友聪明。

王二喜在派出所边上站了会，就走了，心思不在派出所。王二喜去派出所无非就和菊花把小孩的小手拿起来做拜拜一个意思，做样子的。回到街上的时候遇到了王中龙，王中龙家昨晚虚惊一场，今天背了五只鸡来卖，他对王二喜说：与其喂来让人偷，还不如换成钱来装进兜。王二喜被王中龙的话逗笑了，说妈的中龙，顺口溜还编得好呢。两人东拉西扯地乱说了一通，没有中心思想，王二喜很失望。在他和王中龙擦肩而过的时候，王中龙说：咦，村主任今天不喝酒啊？！

王二喜一直固定在胖妹家喝酒，买半斤狗肉，半斤烧酒。狗是现杀的，煺了毛，白生生地趴在铁锅里，这就是狗的下场，狗的命运，整天在主人面前鞍前马后的，某天被主人一刀杀了，主人不掉泪水，倒是在吞口水。酒是用玉米、大米、糯米、小麦等粮食烧烤出来的便当酒，这种便当酒度数从几度到三四十度不等。王中龙一说，王二喜就迫不及待了，王二喜喜欢喝胖妹家四十来度的高度酒。

走进狗肉汤锅店的时候，王二喜下意识地摸了摸包。胖妹见王二喜进来了，说，村主任，狗肉和烧酒都给你准备好了。然而，王二喜包里的钱已经不翼而飞了，装钱的裤兜的纽扣都被解开了，看来是被小偷摸走了的。王二喜有点尴尬，扯谎说不急，我的肚子疼呢。胖妹忙里偷闲调侃道，村主任该不是腾空肚子大干一场吧？

说肚子疼，肚子真就有点疼了，王二喜不知道，他的肚子疼是因为馋虫在里面乱窜造成的。

蹲在背街的厕所里，王二喜看到了许多白色虫子，这些白色虫子拼命往外蠕动，里面确实很不是滋味，简直可以说熏得死人，这也许是白色虫子往外爬的原因。王二喜赶紧点上了一支烟，烟是劣质的那种，劲很大，在这样的场合抽这种烟很合适，烟味差不多能盖住厕所里"蒸蒸日上"的臭味。厕所实在简易，用木板围起来的，木板和木板之间的缝隙很大，门也是木质的，整个厕所用依然破破烂烂的废旧喷绘布围了一圈。厕所里光线很暗，可以透过门缝和喷绘布的破洞看到街上行色匆匆的人，但这些人却看不见厕所里的真实情况，这就让王二喜有了安全感。所以说，黑暗不一定都是不好的，要因时因地而言。

出去有什么呢？！王二喜也这样问过自己。有好几次，他都有了白色虫子的想法，应该及时走出这污浊之地，哪怕爬出去也行，但他看到了好多在街上走动的扒岩香的人，还看到了王中友，王中友正往胖妹家狗肉汤锅店里走，平时王中友是舍不得钱吃狗肉的，今天可能猪崽卖了个好价钱，也该潇洒一回。王中友吃得快，后发赶超，竟在前面那些人之前放了碗。王二喜还看到了王中友从中山装的里层掏钱，钱装得里三层外三层的，保险，王二喜甚至责怪自己为什么就没有像王中友那样穿件中山装呢，今天没有了钱吃喝，可能连王中友都不如了。王二喜面子有点挂不住，王二喜更怕见到狗肉汤锅的胖妹，也许她已经把肉和酒都给王二喜放在小房间了。如果王二喜给胖妹说赊一顿，胖妹肯定还会请王二喜的，但王二喜心想，丢不起这个人。

王二喜在肮脏的简易厕所里抽了半包烟，算起来蹲了将近个把小时。太阳渐渐偏西了，王二喜走到了回扒岩香的路上，王二喜走得偏偏倒倒，虽然是装的，但心情郁闷，加之咕咕叫的肚子让他走起路来没有了力气，竟跟平时喝醉了酒一样。

在厕所王二喜一样东西都没有拉出来，快到懒人岗的时候，尿居然胀了。如果是别人，也许掏出家伙就地解决了，但村主任王二喜不能这样没有素质。他朝马路坎上的苞谷地走去，走到苞谷地边的时候,见到的事情让王二喜立即呆了,要不是老婆李桂花的话让王二喜重新理清了思路,王二喜不知要在那里站多久。王二喜先听到了王蛮子的声音,王蛮子显然已经看到了王二喜。

"是村主任呢。"王蛮子的声音颤抖,好像有点害怕。

王蛮子赤条条地骑在李桂花身上,铺在地上的王蛮子的白衬衫十分的晃眼。

李桂花的头条件反射地抬起来,说:"喝醉了的,不要管这个酒疯子。"李桂花的话就像那次飞过来的菜刀,不同的是,那次砍在王二喜的腿上,这次伤到他的心上。王二喜彻底被这把菜刀砍醒了,他没有了尿意,心里反反复复想着那句话:我应该是醉的,我应该是醉的。

从苞谷地到懒人岗的半里路程,王二喜后来怎么也想不起是怎么走过来的。他到了菊花家的时候,菊花正在院坝里洗衣服,菊花只穿了件T恤,胸随着双手的前后搓洗荡漾开来,比大塑料盆里的波涛还要汹涌。王二喜想,菊花小孩应该是睡了吧,这孩子,古灵精怪的。王二喜更担心的大黄狗也是百密而有一疏,竟然不知跑哪里去了。也许大黄狗以为主人赶场去了呢,自己也可以偷偷懒了。在这个艳阳高照的周日下午,一切场景都好像在等待村主任王二喜的到来,就连刚才触目惊心的一幕,都好像是为激发王二喜的潜能而准备的。

王二喜直接走进了菊花家的堂屋,在沙发上坐好后,对洗衣服的菊花说:"给我倒碗酒来。"王二喜已经鼓足了勇气,待菊花把酒递给他的时候,他就顺手把菊花放倒在沙发上。

然而什么事都没有发生,菊花把酒递给王二喜,继续去院坝洗衣服了。王二喜看到了菊花胸前被洗衣水打湿的一大片,紧贴在身上,胀鼓鼓的东西犹抱琵琶半遮面,就如李桂花在苞谷地中被苞谷叶遮遮掩掩的若隐若现的身子。王二喜吞了口口水,喉结夸张地滚动了一下。王二喜今天第二次发呆了，清醒后的王二喜一口把碗中的烧酒干了个底朝天。

王二喜这次是真的醉了。从菊花家到自己家，王二喜把本来就不直的道路走得更加弯弯曲曲了。王二喜的大嫂在院坝边看到王二喜回来，抱着侥幸心理问昨晚家里被偷的鸡有点说法没有，王二喜迷迷糊糊回答：偷鸡算什么，还偷人呢。王二喜说完，一头栽倒到自己家的坎子上，睡着了，睡着了的王二喜还在不停地骂，老子怎么就不如狗×的王蛮子呢。

苏打水

王小妮把加油枪插进黑色轿车的油箱里，习惯性地拿着枪把，听93号汽油流进去的哗哗哗的声音，突然有点情色的感觉。

轿车的主人是第二次到王小妮的班上加油了。一个三十多岁的年轻人，平头，方脸，穿一件像举重运动员穿的那种白色背心，紧绷绷的，看上去轮廓分明。王小妮突然联想到老家里好战的水牯牛和长呼吆吆嘶叫的骡子。

年轻人倒很文静，话也不多。加油枪"哒"了一声，设置的五十升油已经加满。要是平时，油加到四十九升多一点的时候，加油速度自动放缓，王小妮会注意看油表，直到油加满为止。王小妮在盖油箱盖的时候，年轻人要了一提苏打水，放在后备厢，用车钥匙划开包装箱上的封口胶，拿出了两瓶，自己一瓶，给了王小妮一瓶。还没有等王小妮说话，年轻人已经把苏打水的盖子打开了递了过来。

加油站在西航大道上，名字是按它的方位取的——西郊加油站，地处城乡接合部，据站里的吴翠花讲，高速路还没有通之前，这里是很红火的，站周围都是餐馆和旅社，来往贵阳和昆明的过路车辆经常在这里过夜。吴翠花是站里的老员工，吴翠花说她陪了五届站长了，具体在这个加油站多少年了，没有人说得清楚。虽然这些加油员都一律穿着蓝色工装，其实都是一些临时聘用工，铁打的营盘流水的兵，一拨拨地来了一拨拨地走，没有人关心你的"前世"，也没有人关心你的"今生"和将来。

"现在衰落了。"吴翠花有事无事会感慨一下。

衰落的原因是因为城市向西扩建，大兴土木，加油站往西的道路已经封了，修了围墙，市民叫作遮羞墙，墙上男男女女的少数民族穿着五颜六色的衣服，欢歌劲舞，图释非常美好：幸福像花儿一样开放。空白处野广告龙飞凤舞，迷药、假证、监听、贷款……与墙画争奇斗艳。

加油站共有员工十人，除站长外的九人，分三班倒，三人一班，上二十四小时，休息四十八小时。王小妮和吴翠花分在一个班上，两人有明确的分工，吴翠花加柴油，王小妮加汽油。来加油站加油的基本都是货车，就是从围墙往西的那片工地上来的，肮脏不堪。货车都加0号柴油，因为这条大街被围墙围成了死路，加汽油的轿车极少。

加油站呈倒U字形，U的顶端就是进口和出口，一边进一边出，远远望去，这些货车也就走成了U字形，煞是壮观。王小妮和吴翠花是自行分工的，加油员自己保管一张油卡，只要往选好油号的油机插进去，加什么油都是可以的。这也是王小妮喜欢吴翠花的原因，总是替别人着想。王小妮进站不久，吴翠花说你还不熟，你就负责加汽油，车少些。现在王小妮来加油站已经是好几个月了，每次上班，看到吴翠花忙前忙后的，过意不去，抢着去帮忙，都被吴翠花挡了回去。

当然，吴翠花也喜欢和这些货车司机打交道，虽然文化低些，年纪大些，说话粗些，穿得脏些，但没有什么坏心眼。"不像那些轿车司机，一副盛气凌人的架势。"吴翠花说。王小妮一进站，吴翠花就告诫："少和那些开小车的打交道，色眯眯的好像要把你的衣服脱了去。"

现在吴翠花正在向开东风大货车的老刘收钱。全站的人都知道，这个老刘喜欢和吴翠花嬉皮笑脸的。老刘付完钱后，顺手在吴翠花的脸上摸了一下，吴翠花不依了，追着老刘，硬是在他的腰包里抢了一百块钱，说："摸一摸，一百多，打个折就一百好了。"王小妮心里在笑，开货车的也是有坏心眼的。老刘倒很高兴地说："钱都给了啊，看你晚上怎么报答我。"吴翠花的嘴巴不饶人，说报答你个头，找你家黄脸婆报答去。

加油站里的人把吴翠花叫成吴大姐，吴大姐并不老，但长相就是大姐的样子，五大三粗的像四十冒了头。王小妮也这么叫，原因好像是直呼其名不礼貌，况且吴翠花确实有敢于担当的大姐风范。

王小妮吃了碗方便面后，接着斗地主。吴翠花问过王小妮，下班后都做什么呢？王小妮说不斗地主能干什么呢？王小妮不喜欢加油站里的倒班，休息的四十八小时总是无所事事，无聊至极。

斗地主这种QQ游戏有很多版本，王小妮只玩"欢乐斗地主"，这种游戏要欢乐豆，机子里每天送四次，每次一千个。当然也可以用钱买，但王小妮从来不买，四次共四千欢乐豆打完后就不玩了。然后就聊QQ，最近迷上了看新闻，主要是东莞那边严打了，说警察居然破门而入。王小妮在东莞待过，老家的姑娘们，读不进书的，都无一例外地去过东莞。那时王小妮还小，不到二十岁吧。

小时候，一个瞎子给王小妮测"八字"，天干、地支一搭配，王小妮的命运就从瞎子的左手里出来了：富贵命，一生吃喝不愁呢。其实老家的这个瞎子算每个人的命运都是富贵命，但随着王小妮年龄越来越大，越来越出落得楚楚动人，父母认为他们家小妮的富贵命和其他人家孩子的富贵命终究是不同的，后来王小妮和村里的姑娘一起去打工后，寄回来的钱的数量证明了父母的判断。王小妮在东莞待的时间很长，进过鞋厂，进过玩具厂，进过电子厂。命运是从进了一家高档酒店当服务员开始拐弯的，那是前年底的时候。王小妮在酒店待的时间不长，去年跟一个贵阳的男人回贵阳了，男人很有钱，搞房地产的。王小妮刚来贵阳的时候还给男人的项目当过房屋销售经理，再后来王小妮就住在男人的一套房子里，什么也不干。什么也不干了时间就过得慢了，无聊和空虚就来了。男人也会隔三岔五地来陪王小妮，就在那段时间，王小妮学会了斗地主，男人教的，但王小妮斗不好，几盘下来，每天游戏自动送出的欢乐豆就玩完了。

　　王小妮喜欢抢地主，不管牌好牌坏，抢了再说。都斗了一两年了，游戏规则都没有完全弄懂，她不知道多抢了倍数会翻番的，积分和欢乐豆都会成倍地得失。这盘牌她又抢到了地主，大、小王都没有一个，最大两个二，就是这两个二大了报单的时候，上家对王炸了，出了一张三，让王小妮赢了。这是故意让王小妮赢的，她的欢乐豆一下冲到了八千多，王小妮心存感激，她知道如果上手不出手相助，四百八十倍的游戏，她的欢乐豆就达不到游戏要求的一千以上了，那么，这无聊的一天又不知道怎么打发了。王小妮说了声"拔刀相助，不胜感谢"，上家马上回复了，客气什么呢。王小妮才注意到了，上家的网名叫小平头。

　　又斗了几盘，王小妮下了，打电话问吴大姐在做什么。吴翠花家在乡下，老公到外省打工去了。吴翠花好多年前就和老公一起来这座城市打工的，后来老公去了外省，说外省的钱要好挣些，吴翠花没有跟着去，一直就在这个加油站里。现在吴翠花一两个月才回一次家，看跟着爷爷奶奶读小学的两个孩子。所以休息的时候，吴大姐也和王小妮一样，是无聊的。本来就像斗地主，打个电话什么的也是为了打发时间。今年春晚，有人唱了首《时间都去哪儿了》，好多人都感动得哭了。王小妮看了春晚的，她在心里说，这不晓得有什么好感动的。周笔畅在湖南台的《我是歌手》也唱了这首歌，硬是从上一周的最后一名拉了回来，力挽狂澜。那天王小妮也看了，很为满文军鸣不平，否则满哥完全可以压住笔笔死里逃生的。后来网上说了，大众评委对满哥有成见。王小妮心里咯噔了一下，心想，犯过错误的难道就不能改好了吗？

吴大姐说她在买菜，还说老刘要去她那里吃晚饭，叫王小妮一起吃。王小妮本来想叫吴大姐一起上街的，王小妮今天心情不错，想买件新衣服，摆脱那套蓝色工装千篇一律的形象。王小妮赖在床上，想起那个平头司机送的苏打水，当时喝了一口，有细微回甜的味道。这瓶苏打水鬼使神差地居然拿回了宿舍里，现在就在床头柜上。

【品名】苏打水饮料
【配料表】纯净水、碳酸氢钠、安赛蜜、食用香精
【产品执行标准】Q/ SSJ0001S-2010

关于后面的生产日期、保质期、储藏条件、产地、地址和营养成分表等等，王小妮倒不在意，她想的是一瓶半斤装的水居然也有标准。在老家，挖口井，一寨的人都挑着吃，哪里管什么标准不标准的，一进城，什么都不一样了，就有标准了。王小妮还在酒店上班的时候，那些服务员就有标准的，不同的标准不同的价格，就像酒店的三星、四星或者五星。王小妮在酒店算是一个较高的标准吧，所以那时她寄回家的钱总比同村的女孩多。那么她跟的那个男人呢，如果也按星级标准的话，也应该算作"五星"吧，不然怎么一次就

随便跟了他呢？但不知水的标准会不会随着时间的变化而有所改变，听说水也会被污染的，老家镇上的那条河，以前读书的时候还有鱼，班上的男孩子经常去河里游泳，现在都污浊不堪了。

思绪漫无目的，平头司机在心里的出现也是鬼使神差。王小妮暗自笑了。那个平头司机有点像以前王小妮在酒店上班的时候看场子的保安，不同的是，平头皮肤白净，不然怎么敢穿白色的背心，白背心把皮肤衬托得更加白白嫩嫩。从平头把苏打水递到王小妮手里时起，王小妮就对平头有了好感。其实每天加油的师傅不计其数，为什么就偏偏对这位年轻人有了好感呢？王小妮不知道。

吴翠花租的房子就在加油站的背面，按照规划，这里也属于拆迁的范围，但真要拆到这里不知要到猴年马月。吴大姐用手指了西边的那片地。"那里是当年最兴盛的地方。"吴大姐说，"在水一方，听过没有？"王小妮摇摇头。吴大姐问王小妮仅仅是她叙述的需要，回不回答都不影响她的叙述进度。"房子都推了三年了，新房子的砖都还没有看到一块。"吴翠花又说。王小妮望着吴大姐，目不转睛的样子。这给了吴翠花发挥的欲望。

吴翠花租的房子是民房，共两间，一个进出，里间是卧室，外面的一间当作客厅和厨房。吴翠花今天做的是红烧羊肉。王小妮到的时候，老刘早就到了，说起来，老刘和吴翠花也还般配，都高大，都黑，如果两人走在大街上，说是两口子没有人会怀疑的。

吴翠花把菜端上桌的时候，瞟了老刘一眼："你不是喜欢吃腥嘛，今天就专做腥味给你吃。"

老刘嘿嘿嘿地笑，在这种更私密一点的场合，老刘老实得近乎腼腆，哪像在加油站时动手动脚的。饭间，吴翠花说："吃完就不欠你了哈，一百块钱只够买肉，我还倒贴了点油盐，而且也没有和你算劳务。"

因为喝了些啤酒，老刘说话的胆子大了："都一起搭伙了，还算什么劳务。"

"谁和你搭伙了？"吴翠花说，把一碗啤酒像喝茶一样一口吞了下去。

老刘较真了："你电话里不是叫我过来打平伙嘛。"打平伙是这一带的方言，相当于流行的 AA 制。

吴翠花说："拿你的一百块钱，不拿来吃了，别人还以为我贪财呢。"

王小妮这顿饭吃得索然寡味，好像自己成了一个一百瓦的电灯泡。她不自觉地又想起了加油的小平头，甚至也想到了和吴翠花一样请小平头在她的宿舍里去吃一餐饭，但随即被自己的这个想法吓了一跳。她还没有小平头的电话呢，就算有，也不至于唐突给小平头打电话吧。

王小妮吃了饭说有事要走，吴翠花叫老刘开车送她，王小妮忙制止了。王小妮想的是哪有开东风大货车送人的。吴大姐看出了王小妮的想法："怕什么，老刘还送我回过老家呢。"

王小妮找到了最有力的理由："刘哥喝了酒的，不能开车了。"

走在街上，有风掠过，身上凉飕飕的舒服极了。王小妮想，老刘既然决定喝酒，今晚就一定是不走了的。王小妮还有一个奇怪的想法，但马上自己把自己否定了，她还不知道吴大姐家的男人是什么样呢。王小妮为自己的想法脸红，觉得自己有点小人的味道。

接班是早上八点钟，交接需要个把钟头，快十一点的时候，平头又来了。王小妮把加油枪插进平头的车的油箱里，还是拿着枪把。就这习惯，改不了。不像吴翠花，右手食指会很熟练地把枪的开关卡在齿轮上，然后和司机打情骂俏。王小妮的老爹打电话过来，王小妮顺手就挂了，加油站里不允许接电话的。老爹很执着，《爱情买卖》又在自己的蓝色上衣口袋里唱起来。在平头面前，王小妮觉得这个铃声很不合适。平头说，你接嘛，怕真有事呢。说着就接过了王小妮手里的加油枪。王小妮跑到易捷便利店去接，易捷便利店里卖东西的杨群英，抬头看了一眼王小妮，又低头继续上她的网。杨群英也是和吴翠花、王小妮一个班的。王小妮刚进站的时候，站长给她介绍加油站的工作情况。在便利店卖东西无疑是最好不过的工种，便利店里东西不多，主要是烟酒和小吃什么的。王小妮当初不晓得加油站怎么也玩起了买卖，后来才明白，在加油站买东西的只有一种人，就是驾驶员。如果细分驾驶员市场，名堂就很多了，驾驶员有开公车的，开公车的就用公家的油，买东西就可以用油折算。但这样做是怕遇着熟人的，这个加油站偏僻，就像当初在这里的那些小酒店，很适合这种偷偷摸摸的买卖。难怪当初站长对王小妮说，只要听话，卖东西的工作就是你的了。王小妮想，你把我当成什么了。王小妮后来当然没有卖成东西，她对自己这次坚定的决定很得意，她想她再也不是以前的那个王小妮了。

老爹打电话来也没有什么事，就是随便问问。随着王小妮年龄的增长，王小妮的父母开始对瞎子的测算动摇了。在老家扒岩香，像王小妮这种二十八岁还没有结婚的肯定算作老姑娘了。老家有句古话，说人到二十八，哪个不想嫁。就是说那些老姑娘的，不是不想嫁出去，是因为总有这样那样的缺陷而嫁不出去呢。虽然现在农村也提倡晚婚晚育，但提倡归提倡，实际的是，一到法定结婚年龄，该娶的娶了，该嫁的嫁了。甚至年龄不足的也有很多先结了的，大不了罚几个款吧。老爹先问王小妮现在在哪里，做什么，做得怎么样。老爹逻辑思维从来没有这么严密，层层递进。

平头的油加好了，等王小妮收钱。平头付了钱，又递了瓶苏打水过去。这次王小妮真想喝口水了，跑来跑去的，加之天气闷热，汗珠子在额头上冒了出来。

"你叫小妮子！"平头的话不容置疑。

王小妮一惊,如果叫她小妮,她不会意外,因为站里的都这么叫,一来二去的,司机也这么叫。但叫小妮子的没有几人。平头看出了王小妮的意外,说:"我们在网上斗过地主。"

好几个班后,王小妮和小平头熟了,问你怎么知道我就是和你斗地主的小妮子呢,小平头的回答让王小妮在上班时间或者下班时间都在回味,无穷地回味。

"第六感官呗,一见小妮子这个名字,我就想是你了。"这个回答你无法证实,也无法证伪,只有说的人心里清楚,但王小妮很喜欢小平头的这个回答。小平头钻进驾驶室的时候,回头望了王小妮一眼,这一眼,让王小妮坚定世上真有"缘分"这个东西。

王小妮觉得遇着小平头就是她的缘分,甚至已经在开始憧憬这份缘会结出什么样的果了。晚上,王小妮想该给老爹去个电话,白天老爹共给王小妮打了两个电话,一次她直接掐断了,一次是敷衍几句就挂断了。近段时间老爹经常打电话来,其实也说不了些什么,王小妮想老爹是老了,老了就唠唠叨叨的了。老爹这次就说了一句话,姑娘些都回来了。老爹的这句话只有王小妮能懂。严打后,村里和王小妮一起出门打工的先后回家了,有一个就在前几天结婚的,嫁了村小的老师。老爹的话还没有说完,意思是王小妮在外面过不好的话,现在回去,依她的长相,找个吃公家饭的是不成问题的。去年春节回家的时候,那个算命的瞎子又来对王小妮父母说,小妮是城市人的命啊。老爹气定神闲地在堂屋里抽叶子烟,烟雾缭绕,瞎子头发全白了,拄着一根发黑了的斑竹拐棍,真有点神仙下凡的意思。母亲一高兴,把家里仅剩的四个鸡蛋全部给了瞎子。父母亲可以不相信瞎子的,但不能不相信事实,从王小妮出门打工的那天起,寄回家的钱一年更比一年多了。自从离开男人后,王小妮已经好几个月没有给家里寄钱了,老爹知道,姑娘在外面一定是遇到什么困难了。

去年春节后回到贵阳，男人和她商量，准备要一个孩子。她是想要孩子的，王小妮觉得，生小孩才是姑娘变成女人的开始，在老家的一个偏僻的苗寨，至今还保留着女人怀上孩子再结婚的习惯，其实就是怕结婚后女人不会生孩子呢。虽然王小妮生活的扒岩香还不至于这么落后，但对一个女人来说，生孩子还是非常重要的，王小妮有个嫂子，嫁过来后四年没有生孩子，后来就不知跑哪里去了。也是，如果连孩子都不会生，还叫女人吗？男人和她商量这事的时候是在床上，王小妮知道男人能说这话是因为在乎她了，她在男人的脸上亲了一口，表示答应了。

王小妮把小平头递过来的苏打水打开了，喝了一口，她喜欢苏打水微甜的味道，这一口喝得很深，她听到了水滚进喉咙的咕噜声。

其实王小妮对苏打水并不陌生。男人和她决定要小孩的时候，经常一提一提地把苏打水放在她住的那套房子里，男人提上来的是那种意大利产的领地苏打水，王小妮后来在百度查了一下，知道这种苏打水是目前最好的苏打水之一，水源取自阿尔卑斯山脉南麓的加尔达湖，含有天然的钾、钙、镁等人体必需矿物质及微量元素。每次和她做那事前，都要求她用苏打水洗下身，男人说，洗了就会生男孩。王小妮觉得很奇怪的，生男生女还是洗出来的吗？王小妮喜欢儿子，也渴望生个儿子，最好是个调皮的儿子。王小妮有兄弟姐妹三个，最小的那个是弟弟，别看弟弟小她四岁，一次村里的一个男娃欺负王小妮，弟弟拿了根棒棒不顾一切地追打那位比他还高半个头的男娃。王小妮把这个故事给男人讲了，说如果你以后欺负我，儿子就会帮着我。男人很开心地笑了，说如果别人欺负你的话，我帮你，我欺负你的话，儿子帮你。就是在那天，男人没有回家，好像为了生儿子要毕其功于一役似的。和男人同居一年多的时间，这是第一次和她过夜，以前无论两人缠绵得多晚，男人都会回家的。第二天早上，两人还赖在床上，男人的黄脸婆就破门而入了，就像东莞的警察扫黄一样，把男人和王小妮堵在房间里。

王小妮没有难堪，也不是一天两天了，她有这样的思想准备。黄脸婆像骂街的一样，把知道的最难听的名词和形容词都送给了王小妮，关于这一点，王小妮也没有生气，有什么好生气的呢，她在那时突然想起初中时候看到的汪国真的诗，初中的时候全班的学生都喜欢这种诗句，他们抄在笔记本里。那时他们也有理想和信念：读了初中读高中，读了高中读大学，然后摆脱农村，进军城市。后来倒是进城了，但路线没有按设计的走，算是曲线救国。汪国真的诗句当时没有起到励志的作用，倒是十多年后用来励志。

我不去想是否能够成功，既然选择了远方，便只顾风雨兼程。我不去想能否赢得爱情，既然钟情于玫瑰，就勇敢地吐露真诚。我不去想身后会不会袭来寒风冷雨，既然目标是地平线，留给世界的只能是背影。我不去想未来是平坦还是泥泞，只要热爱生命，一切，都在意料之中。

王小妮在心里朗诵了一遍，这是她记得最全的一首诗。男人手足无措，在屋子中间踱来踱去，心像被猫抓了，和他现在的头发一样，乱糟糟的，一会儿看看黄脸婆，欲言又止，一会儿又看看王小妮，同样欲言又止。王小妮不明白，这样一个遇事不敢拍板不敢担当的男人，怎么能在如战场的商海中乘风破浪呢。

王小妮不说话，不说话不等于示弱，她的头扬着，望着黄脸婆，他要看看黄脸婆还有什么招数。骂够了，你还能做什么呢。王小妮想。王小妮也望望男人，她也在想，你能做些什么呢。

黄脸婆和王小妮肯定处在对立面，就像QQ斗地主，"地主"注定是两个女人之间取其一，男人只有当"农民"的命。但你这个注定了的"农民"是和黄脸婆组成"农民联合"斗王小妮呢，还是和王小妮组成"农民联合"斗黄脸婆？王小妮在观望，在期待。男人的一筹莫展和优柔寡断，注定了这局牌的结果。王小妮跟男人学斗地主，没有学到精髓，但王小妮知道，该出手时不出手，犹犹豫豫，肯定牌面相当烂，没有了底气。黄脸婆最后的一招是：你是跟小妖精还是跟我回家？黄脸婆说这话，也说明她也没辙了。狭路相逢勇者胜，王小妮似乎已经看到了凯旋在召唤。男人的动作还是那么几个，在屋子中间踱来踱去，一会儿看看黄脸婆，欲言又止，一会儿又看看王小妮，同样欲言又止。只是这会儿增加了一个动作，不停地搓手。

黄脸婆对男人开腔了："如果你要跟小妖精，就给老子净身出户。"然后摔门而去。

男人踉踉跄跄跟到门口，回头对王小妮说："你等着，回来我给你解释。"

王小妮一个上午一直在等男人说话，本来王小妮想，如果男人敢净身出户的话，哪怕再苦，也跟着你，或者，你敢站在我这边，哪怕黄脸婆再骂，甚至大干一仗也无所谓。但是男人的话让王小妮失望得彻彻底底。

男人一出门，王小妮的委屈化成了泪水，一股脑儿地流了出来。和你斗地主的两人都走了，等你还有意思吗？那么只有重新登录，哪怕把欢乐豆输得精光也在所不惜。

才喝了不到三分之一，重重地把苏打水摔在地上，小平头说，不好喝吗？王小妮觉得很失态，脸红了，不好意思地连说没有。王小妮说不清自己对平头的感觉，这几天做事总是神思恍惚的，还是吴翠花一语道破："以前我对老刘的感觉和你现在差不多。"吴大姐这么一说，王小妮觉得自己对小平头是有些意思，但是自己和吴大姐的感觉还是有差别的。老刘今天也来加油了，吴大姐没有再和老刘打情骂俏，这点王小妮观察得很仔细。那晚，老刘肯定在吴大姐身上成功了。在这种事上，对喜悦的表达还是有所不同的，是内敛、是含蓄、是犹抱琵琶半遮面、是此地无银三百两。这个道理，王小妮是懂的。但王小妮对平头的感觉还是不同的，老刘和吴大姐都是有家室的人，在一起不会图个啥。能图啥呢？以前和那个有家室的男人在一起一年多了，说散不就散了。抱团取暖呗，王小妮想。但王小妮对平头的感觉就不仅仅是抱团取暖了，昨晚在QQ上，王小妮问平头结婚没有，平头说，结婚了还有时间上QQ啊？所以王小妮觉得对平头的那种感觉，无论主观意愿，还是有可能的客观结果都是合情合理又合法合规的。但王小妮期待的是平头也问问她的婚姻状况，但平头没有问。

晚上下了一场酣畅淋漓的雨，王小妮喜欢雨天，喜欢大雨把自己严严密密地包裹起来，她觉得雨天是最有安全感的。否则，你就有可能看到来来往往的行人遐想，看着一望无际的天空遐想。雨天加油的车辆很少，王小妮和吴翠花待在值班室里，吴翠花闲不住，织毛衣。

王小妮说：“天方夜谭了哈，初春季节打算冬天的事。”

吴翠花说：“不是闲得慌嘛。”

王小妮知道吴翠花是给谁织的，故意说，你家里的也很胖吧。吴翠花也不避讳，说：“给老刘织的。”

"吴大姐太在乎老刘了。"王小妮说。

吴翠花说：“过好每一天呗，现在高兴给他织就织，到时不高兴了，还不一定给谁呢。”

交完班后，吴大姐急匆匆走了，她说要赶回去做饭，老刘要来吃午饭。事情就是在这一天发生的，吴大姐家里的从外省回来，他先进了吴翠花的屋，那也是以前他们两人在这个城市里临时的家，吴翠花买菜去了，男人看到了那件织了大半的毛衣，男人知道他们家里的人没有一个穿这么大号的。2014年初春的那个下午,吴翠花家里的男人用蛇皮口袋里的砖刀割断了老刘的喉咙,老刘死在吴翠花的床上,一双眼睛鼓得很吓人,吴翠花用手抹了几次他都不闭眼,那件快织完了的毛衣盖在老刘赤裸的身体上。

吴大姐家里的和吴大姐是很平静地走进西街派出所的。但这些天王小妮怎么也平静不下来。好多时候都会自言自语,大热天的,打什么毛衣呢。而且,她家里的从外省回来也应该提前打个电话啊,一切都不可思议。

加油站里又招了名新的加油员,很快,新的加油员顶替了杨群英的位置,杨群英开始和王小妮搭班,两人不再分加柴油和汽油,实行隔车加油,这样呢,杨群英实际的工作量和以前吴大姐比起来,也少了很多,但杨群英还是牢骚满腹,只要轮到她加油的时候,都会对着便利店吐一口唾沫:"狗 × 的一看就是狐狸精。"骂声和唾沫一起飞向那个新来的。

王小妮坐上平头的车已经是一个月后的事了,也是一个大雨滂沱后的早晨,平头的车开进来了。平头不是来加油,他把车开到王小妮身边,那时王小妮刚交完班。"我送你回去。"平头说。一场大雨后,空气清新了,道路干净了。王小妮坐在平头的车里,是一个多月来心情最好的一次。平头说:"到我那里吧。"反正在哪里都没有事,那就随便吧。王小妮想。本来她还想问问平头现在在做些什么的,但想想还是没有说。她想还不到时候。王小妮一直有个愿望,就是不求大富大贵,但求过好生活。就像吴大姐说的,过好每一天,但吴大姐没有过好她的每一天。她不希望平头太有钱,男人有钱了就会变坏的,况且太有钱了和自己距离就拉远了,距离不一定都产生美的,就像吴大姐和她家里的那个,不就是离得太远了嘛,远了就淡了,两口子就应该黏点,臭味相投一点。

平头的房子也在市的西面，离加油站也不远，这是王小妮想到了的，不然怎么会经常在这里加油呢。王小妮想好了在平头那里的结果，是一起斗地主？或者动手动脚？或者像吴大姐那样做顿好吃的饭菜？然而一切都在意料之外，她看到了自己以前在贵阳的那个男人。平头带着王小妮进屋后，男人对平头说："你先出去吧。"然后又对王小妮说："你怎么无声无息就离开我了呢？"王小妮心想不是我离开你，是你离开我，你跟着黄脸婆走的时候不是义无反顾吗？但王小妮没有说出来。男人又说："要不是你的 QQ 号没有换，我这辈子也许都找不到你了。"

王小妮好像落入了猎人的陷阱，据说落入猎人陷阱的动物要么迷茫，要么愤怒。王小妮确实愤怒了，对着已经关严了的大门狂飙起来："小平头，你给我站住。"那一瞬间，一切都静了下来，只有"哐哐哐"的远去的脚步声。王小妮随即去开门，男人一下子拉住了她的左手，王小妮想都没有想，环视了四周，终于在茶几上找到了一瓶塑料水瓶，狠狠地砸在男人的脸上，塑料水瓶从男人的脸上弹到肩上，最后掉在地上，向左荡了两下，向右荡了两下，停了下来，瓶里的水一急一缓地流到强化木地板上。这是一瓶酷爽苏打水。

王小妮走出这套房子的时候真有点酷爽的感觉，她已经记不起以前从男人在贵阳的那套房子里走出来的样子了。

雨后天晴，太阳照在西航大道尽头的那些围墙上，幸福像花儿一样开放的墙画暖洋洋的。王小妮却不知该往哪里走。

少年时代的算式

我马上七岁了。我对岁数是没有多少概念的,只是我妈说,七岁了就要读书了。

我现在的工作是每天把我家的鸡赶到我家后面的茶山,数公鸡多少只,母鸡多少只,小鸡崽多少只。这是我妈对我进行的学前教育。我妈给了我一个公式:公鸡数 + 母鸡数 + 小鸡崽数 = 鸡的总数。我数了,但每天的数字都不同。我妈很生气,我爸也很生气,我妈生气了骂我,我爸生气了打我,打了我就给我下了判决:这娃儿不是读书的料。

这不能怪我,鸡是动的,鸡一动,有些鸡重复数了,有些就成了漏网之鸡。但我爸我妈都不听我的解释。

我爸只要对我动手,我就打心里瞧不起他。我不知道一个堂堂的中学老师长得如此猥琐,背一年四季地佝偻着,头永远耷拉着,好像一直对着人鞠躬。长相平庸到了极点但揍我理直气壮到了极致。我不想读书的想法就是缘自我爸,老师都当成驼背子了,读书还有什么意思?

隔壁家的王叔叔问我："爱民，长大了想做什么？"我说："反正不当老师！"王叔叔问的时候，周围有了好多学生，他们笑我，大概笑我答非所问吧。我坚定我的回答是没有问题的，我心里骂他们，笑个屁，反正我长大了就是不当老师，做什么都比当老师强。

然而，我的问题又出来了。同是镇中学的老师，王叔叔就很像一回事，长得高高大大不说，在学生面前还不可一世。王叔叔家的小哥哥比我大两岁，上二年级了，小哥哥肯定受到了很好的遗传，也很高大，都比我高一个头了。很多时候，我想跟着小哥哥玩，我在他的屁股后面，叫哥哥，小哥哥回头看我一眼，从他彩色的花边眼镜后，射出两束不屑的目光，理都不理我，一扭头走了，器宇轩昂，简直帅呆了。

学生们在王叔叔的面前，都很谦卑的样子。以前觉得弯腰驼背的长相是因为教书教出来的，自从学会用王叔叔和我爸做对比后，发觉与教书是无关的，那么，我爸的弯腰驼背就是谦卑出来的了。我恨我爸为什么不长得趾高气扬一点，昂首挺胸一点，耀武扬威一点。

在我爸面前谦卑的人也是有的，但很少，我观察了很多年，好像就我一个。就连哥哥和姐姐，对我爸也很不屑。我在我爸面前不谦卑不行，我爸有一把尺子，我量过，立起来打齐我的肩膀。尺子的作用相当于现在的激光笔，红点在哪里，我爸的尺子就指向哪里。我爸的尺子还有一个作用，就是对我动刑的时候，我的屁股在哪里，他的尺子就打向哪里。不仅打我的屁股，还打我的手心。我爸有时打兴高了，还配上其他"刑具"，比如搓衣板。我爸动之以刑，晓之以理：几只鸡都数不清，从小看大，孺子不可教也。姐姐站在我爸的后面，对我做怪样，幸灾乐祸。我不哭了，我想我应该像雨来、小萝卜头那样，小英雄雨来和小萝卜头是我知道的最坚强的人了。我要勇敢地面对严刑拷打。我爸每打我一下，我就在心里说：驼背子,老子长大了要报仇的。

我天天盼着长大。我想我长得像建军哥那样高大的时候,就没有人敢动我一根汗毛了。建军哥会扫堂腿和鲤鱼打挺。我亲眼见的,建军哥做扫堂腿的时候,左脚就像姐姐的圆规尖,立在地上如大树扎了很深的根一样,一动不动,右脚转得溜溜圆。做鲤鱼打挺的时候,双脚朝天,以迅雷不及掩耳之势顺时针转动,人就立起来了。什么叫迅雷不及掩耳之势?我建军哥说了,就是说时迟那时快。我最佩服的人就是建军哥了。我对他说,收我为徒吧。建军哥不置可否,说,看你的潜质吧。我"唉"了一声,其实我真不知道"潜质"是什么东西。

晚饭还是老样子,两菜一汤:素瓜豆,炒萝卜丝,炒黄瓜。萝卜丝是冬天腌制的,用薄刀切成丝后放在坛子里,一年四季都能吃,用腌制的萝卜丝炒腊肉是我吃到的最香的东西了。但在五六月份,我们家的炒萝卜丝油水不足,味道就大相径庭了。这不能怪我妈,巧妇难为无米之炊嘛。瓜豆是自己种的。所谓种瓜得瓜,种豆得豆就是这个意思吧。唯一能变花样的是泡菜,今天吃泡蒜或藠头,明天吃泡莲花白,或者酸豇豆。但我不喜欢吃这些东西,越吃越寡,吃不饱。见我东挑一口西挑一口的,我妈骂我:磨洋工,是不是?!我没有理我妈。今天我妈骂我是没有道理的,我妈不知道,我没有心情吃饭的原因是我在思考一个叫"潜质"的深层次问题。

镇中学坐落在街的西北面,三排小平房,就如"口"字未封口。有两排依山而建,遥遥相对。一排是教室,一排是老师的办公室、家属房和初四年级的教室。初四年级是我爸说的,就是建军哥们的班,后来才知道,初四班就是初三补习班。山其实就是个小山包,上面种满茶树,我们称为茶山。还有一排平房在两座山包的开口处,和前面的那两排正好垂直。这排小平房以前是生产队的食堂,包产到户后划给了学校，延续并延伸了它的功能，用作学校食堂和住校生的宿舍，食堂和学生宿舍正对街，在街和镇中学中间还隔着镇小学。

我妈以前没有工作，现在有工作了。我妈在食堂煮饭，服务对象是那些更偏远的住校生。我妈去食堂煮饭是因为我爸的工资养不活我们一家人，这是我妈和我爸吵架时说的。我爸应该不希望我妈去食堂上班吧。我爸说，煮什么饭嘛，丢不丢人。我妈生气了，说，我靠双手养活自己，丢什么人，你以为你那几个工资养得活哪个！看来我妈是迫不得已的。

食堂的墙是用白石灰粉刷的，现在已经不白了，不管白还是不白，里面的世界还是让我充满了幻想，但我不能进去一睹究竟，因为门上有安民告示：闲人免进。更让我充满幻想的是墙上的一排字：食堂赛天堂。字有些脱落，颜色趋于灰暗，但我妈的心情绝对没有灰暗，一进食堂，我妈的脸就红光满面了。我没有觉得我妈在食堂上班有什么丢人，至少，我妈骂我的次数明显少了。

我不知道我们镇中学的阿姨们为什么不愿去食堂上班，她们不去上班，我爸就认为我妈也不应该去。阿姨们宁愿端个凳子坐在门前，看神仙走路。

其实我妈上班还有一个目的，就是把剩菜剩饭拿回家喂鸡，我妈喂了很多鸡，很多鸡又孵出了很多小鸡，我都说过了，我数都数不清。很多鸡住在家属楼旁边的小木房里，和学生宿舍一样，住的集体宿舍。在鸡的集体宿舍旁边就是我家的菜园。我家的鸡狼吞虎咽吃着我妈带来的剩菜剩饭，拉出白色或者黄色的鸡蛋以及黑色或者白色的鸡屎。鸡蛋被我妈集中放在提篮里，鸡屎集中放在菜园里。南瓜和四季豆吃着鸡屎，我们吃着南瓜和四季豆。多年以后我才知道，我们一家在镇中学就是一个循环经济。

我妈以前也爱和阿姨们在一起，东家长西家短的一天就过去了。

我妈在食堂上班后就没有时间和她们在一起了，或者说她们不愿和我妈在一起了，因为学校放假的时候，我妈也爱一个人收拾她的鸡舍和菜园。

在我认识的所有人中，我第二个瞧不起的人就是小哥哥的妈妈。小哥哥的妈妈以前也没有工作，和我妈在一起也是东家长西家短的，后来小哥哥妈妈当了代课老师，再后来转正了，小哥哥的妈妈转正了就看不起我妈了。有时，我家的鸡把黑色或者白色的鸡屎拉在小哥哥家门前，小哥哥妈妈就把嘴咧得很开，啧啧啧，脏死了，露出两颗凶神恶煞的龅牙。以前，小哥哥的妈妈可不是这样的，现在，小哥哥的妈妈走路都好像要绕着我妈走，就像我妈身上有鸡屎味一样。我妈明显比小哥哥的妈妈漂亮几个档次，她凭什么看不起我妈呢。经过我仔细观察和分析，于是得出结论：老师都看不起煮饭的吧。但是，如果我妈不去煮饭，学生吃什么呢，学生没有饭吃，他们又怎么能上课呢，他们不上课，那老师还有什么用！

我每天早上把鸡放到茶山上，开始数鸡，晚上把鸡赶回它们的集体宿舍的时候，再数一遍。为了取得良好的效果，我妈还给了我一支铅笔和一个作业本。

大概是在一个美丽的黄昏，太阳还没有完全下山，月亮早早挂在头顶了。我妈那天心情不错，从食堂拿回了一些肥肉，本来准备让一家人打牙祭的。我妈太过高兴，问我，鸡数了没有？我说数了。我妈问多少只，我说很多只。我妈的脸就拉下来了，问具体多少只，我就闷起不说了。我妈很遗憾地要收回铅笔和作业本。我说我在写东西呢，我妈把我的作业本拿过去看后，那笑就在脸上僵住了，脸上的肌肉好长时间才回到应该的位置，我妈把笑收回的同时，收回了准备给我吃的一两片肥肉，这让我后来对肉相当地渴望。

我在作业本的左边画了一个漂亮的女人，在煮饭，右边画了一个丑女人，中间打了个长长的等号。翻过一页，我在左边画了个丑女人，在教书，右边画了一个漂亮女人，我又打了个长长的等号。我还把我的画翻译成算式：

漂亮的长相 + 不漂亮的工作（煮饭）= 不漂亮

不漂亮的长相 + 漂亮的工作（老师）= 漂亮

我妈好半天才冒出一句话：鬼画桃符。

我在没有读书之前就创造出上面的算式了。创造出上面的算式让我高兴不起来，因为第一个算式说的就是我妈。我对我妈说：妈妈，你不要去食堂上班了。我妈眼睛一睖，骂道：不上班你喝西北风。我就闷起了，不敢再说什么了。

我就是在茶山上认识建军哥的。

那天我把鸡赶上茶山后，站在山上俯瞰我们的小镇，镇中学，镇小学。我觉得我已经长大了，要学会观察世界了。镇上的小街我是要仔细观察的，那里有我想吃的包子、馒头，有我想吃的凉粉、水饺，还有我喜欢的各种水果糖，当然也还有许多我喜欢但也不知道用途的东西，比如供销社商店里的东西我都喜欢。镇中学我也是要观察的，我生活在这里，你看，初四班在那里，挨着的就是我家，再过去就是王叔叔家，我一直看到尽头，横着的房子就是学校的食堂。我把头转向对面，那是初一的三个班，那是初二和初三。橘红的太阳转眼到了头顶了，变成金黄，热烈地烤着我们。对面的教室里传来了同样热烈的读书声，大大小小，此起彼伏，空空洞洞。我观察镇小学，因为过了这个夏天，我想我就要进镇小学制造千篇一律的空空洞洞。我还要观察茶山后面的那条小河，再过几天，我们就该去小河游泳了，小河被密密匝匝的苞谷地遮得严严实实，不过我知道河弯弯曲曲的走势，因为河两边高高的垂柳迎风提前向我们招手呢。

我为什么要观察呢？我爸曾经摇头晃脑地对我说，生活在于观察。说这话的时候我爸还没有对我下"不是读书的料"的判决。一般情况是这样的，我们几姊妹要做的事，我爸总会重三叠四。关于数鸡的事情，自从我爸那次对我一顿暴打后就只字不提，意思是对我灰了心，基本上属于对牛弹琴。所以我观察是要证明我爸对我灰心的错误。

我前后左右地观察，然后就到了见证奇迹的时候了。奇迹是什么？我的理解是：奇迹就是我妈嫁给了我爸，王叔叔娶了小哥哥的妈妈。换句话说，就是不可能发生的事居然发生了。

我在两沟茶树之间看到了一个人，匍匐着对着我家的鸡"哆哆哆"地召唤，每"哆"一声，就丢过去一颗苞谷粒。这个人显然也看到了我，对我说："小爱民，过来。"居然知道我的名字，我就过去。他说，我们交个朋友，我叫朱建军，以后叫我建军哥。我现在最缺的就是朋友，连王叔叔家八岁的小哥哥都不理我。但我知道自称朱建军的人欲对我家的鸡行不轨，所以我没有立即答应他。建军哥问我："吃过鸡肉没有？"我摇摇头。建军哥又问："吃过鸡蛋没有？"我很迅速回答："吃过。"我偷偷把我家的鸡蛋放在茶壶里煮来吃过。建军哥笑了笑对我说，经常吃鸡蛋不？我心想怎么可能经常吃，我家的鸡蛋都是我妈赶场天拿到街上去卖的。建军哥又对我说，今天我请你吃鸡肉，一讲吃鸡肉，我的口水就在喉咙打转了，但我说，不准杀我家鸡。建军哥开导我，你爸妈喂这么多鸡不让你吃，你爸妈对得起你不？我心想，关你屁事。现在假如你爸，把家里的鸡拉来杀了，给你吃，你高兴不？建军哥说。我心想当然高兴了，你以为我弱智啊。那么我就好比你爸，帮你爸把鸡杀了给你吃，你高兴不？建军哥又说。我在那一瞬间的回答斩钉截铁：吃了鸡肉，还外加两个鸡蛋。因为以前我偷吃鸡蛋只是一个，今天都要有突破。

建军哥点点头，我们都算同意了。

我把建军哥抓鸡称为钓鸡。

早上的鸡肯定是饿了的，一上茶山就作鸟兽散，各自去找食物。建军哥在两沟茶树之间等着，有只母鸡过来了，建军哥丢过去一颗苞谷粒，母鸡见了，我想它肯定想吃，不然它就不会警惕地看着我们。建军哥对我说，不要看鸡。就在那一天，我明白了什么东西都藏得住的，唯有眼睛藏不住，心里的东西都写在眼睛上呢。果然，我们转过头的时候，母鸡迅速啄住苞谷粒，往后跳了一步。建军哥又丢过去了一颗，母鸡如法炮制。我想这只母鸡一定暗喜，今天寻找到了吃食的捷径。这样反反复复很多次，我都疲倦了，奇迹也就出现了。建军哥最后丢过去的那颗苞谷粒上挂有鱼钩，母鸡已经完全不设防了，啄住就吞了进去，建军哥慢慢收线，母鸡居然叫都叫不出声，收到手里后，建军哥捏着鸡脑壳一扭，咔嚓一声，我们离吃鸡肉就只差洗和炖了。在茶山上微微的晨风中，我似乎闻到了鸡肉的香味。我没有吃过鸡肉，但我非常肯定，鸡肉一定是甜的、香的、麻辣的，一定比水果糖好吃好多倍。

建军哥将鸡放在书包里，我第一次知道了书包的另一个用处，就是用来装鸡。

建军哥说：走。我屁颠屁颠跟着，建军哥帆布书包上"为人民服务"五个字对着我胀鼓鼓地笑。

从茶山后面的小路慢慢绕到他住的地方。建军哥住在粮店，粮店的水泥地上到处是散落的粮食，苞谷、大米、小麦……我想我家要是挨着粮店就好了，我家的鸡就可以天天饱餐了。但这样也不好，不然我家的鸡不知要被建军哥钓走多少。更重要的是，在这里钓了我家的鸡，建军哥肯定不会叫我吃鸡肉的。我做了多种比较，还是保持现状最好，我允许建军哥钓我家的鸡，但建军哥必须允许我吃鸡肉。建军哥住粮店是因为他老爸在粮店工作，但建军哥的老妈在农村，这些天建军哥老爸回家做农活去了，留给了建军哥一整片自由天空。建军哥用煤油炉烧水烫鸡，接着剖开清洗。一切准备好了以后，建军哥对我说：下午才炖得好。我有些不快，本来打算是吃中午饭的，我正欲走，建军哥对我说，站住。我站住了。"帮我带张条子。"建军哥的口气不容置疑，我像被绑架了一样，这都是鸡肉闹腾的结果。

出去的时候，我回头仔细看并记好了，墙上有个"抓"字的那间房，就是建军哥住的房。我老担心记错了而错过第一次吃鸡肉的机会。

我按建军哥告诉我的去交条子，我又去了茶山，在茶山上努力寻找初四班我要找的人，教室里的人稀稀拉拉的，有的人在睡觉，有的在开小差，有的在嬉闹。只有第一排的那位女生听得最认真，我要找的人应该就是她了。我不知道建军哥为什么要将条子送给她，我好奇地打开条子：

亲爱的王雪珍同学，今天我鼓着勇气请你到粮店吃饭，务必赏脸，不见不散。

朱建军

在家吃了中午饭，我就去粮店，我看到了粮店的墙上有很多字，建军哥的宿舍在哪一间呢，我从左到右努力地找：毛主席教导我们，要把粮食抓紧。当看到"抓"的时候，我的心真的就牢牢抓紧了。晚饭时，王雪珍姐姐确实来了，建军哥用半边鸡炖，用半边鸡炒。我平生第一次吃鸡肉，虽然和我想象的有差异，不甜、不麻，但确实很香啊。王雪珍姐姐吃了就要走，她说即将中考了，要努力功课。建军哥挽留了会，没有挽留住。我还不想走，我还要在这里感受鸡肉的味道。看得出建军哥很高兴，打开电视，说《霍元甲》要开始了。但在《霍元甲》未开始之前，他把席子铺在地上，练习扫堂腿和鲤鱼打挺，我看得如醉如痴。建军哥练累了，叫我也来试试。我就练扫堂腿，扫不起来，我又去练鲤鱼打挺，也打不起来。建军哥说要迅雷不及掩耳之势，我不明白。他说就是要快。但我还是快不起来。他喊累了，我也练累了。我双腿一跪说：师傅，你收我为徒吧。建军哥扶着我的双手：请起。我说：师傅，你答应了！建军哥没有回答，算是默认了吧。电视里已经在唱"万里长城永不倒"了，我在心里说，从今天开始，我就是陈真了。

看完电视，我说我该回家了，建军哥没有理我。我走出了粮店大门，建军哥才从窗子里探出头来：徒儿，明天继续来吃鸡肉。我在夜晚的凉风中回答：师傅，徒儿知道了。我们的回答不像霍元甲和陈真，倒像唐僧和孙悟空。心情爽极了，爽到忘记了师傅答应我的两个鸡蛋。

吃人嘴软，我的嘴开始学会甜了。第二天晚上我去师傅那里的时候，我对师傅说：怎么不叫"师娘"一起吃。师傅踢了我一脚。踢得轻，我知道师傅心里高兴着呢。我说，王师娘也太丑了，应该找个像赵倩男的是不是？师傅有点生气了，说，你小子懂个屁，王雪珍是我们班成绩最好的呢。

我还想说什么，师傅已经堵住了我的口："不要找我说话，我要修电视机了，一会儿看不到《霍元甲》呢。"我才发现，电视机的壳都打开了，师傅拿着电烙铁到处焊，一会儿声音出来了，再一会儿，图像也出来了。我更佩服师傅了。我们十分期待着霍元甲和大力士的战斗。看电视剧的时候我们都是关了灯的，电视剧两集连播，两集之间是广告。广告时我就开了灯，我们都被电视剧感染了，师傅的脸色恢复了。

我就又问他："师傅，你什么都懂，学习成绩应该很好吧。"

"好个屁。"师傅说。

"那你为什么不上课？"

师傅的脸又拉下来了，好一会儿才说："不是你师爷爷逼我考什么中专，我才懒得读呢。"我心里还以为师傅成绩好到不用学了呢。

你怎么不叫"师娘"教教你呢？我不厌其烦地问。师傅倒好像不生气了，跟我说，又像是自言自语，我不是读书的料啊。紧接着的那集电视剧我们都看得没精打采，我想会武功也会电工的师傅都不及一个成绩好的王雪珍，那么还有什么比学习更重要呢。问题是我妈说我也不是读书的料，我的将来也肯定很暗淡吧。好在我更关心的是鸡肉，所以我回家的时候问师傅："明天还要去钓我家鸡不？"

回到家，姐姐问我到哪里野去了，我不理她。我姐姐今年刚读初二，就已经不看电视不闲逛了，我爸说我姐姐的悟性比我哥哥还好，是学习的料。哥哥读的是师范，我姐姐应该能考中专了。我知道我姐姐是妒忌我，自己玩不得，也不让我好好玩。没有读书就是好啊，如果我开始读书了，我老爸我妈就要修理我了。

我的肚子就是贱，这两天油水多点，就开始拉了。我们住的小平房共用一个公共厕所，很晚了我又起来了一次，初四班教室还灯火通明，我去门缝里看，整个教室就"师娘"一个人，我心想"师娘"是不是成书呆子了。

我这个牧鸡少年已经迷恋上了牧鸡这项事业。每天把鸡们赶上茶山后，我就在四处观察，我现在对街、镇中学、镇小学不大感兴趣了。我感兴趣的是一沟一沟茶树之间匍匐的身影，匍匐的身影带给我的不仅仅是充实的日子，更为吸引我的是香喷喷的鸡肉。但十多天了，除了失望还是失望。

如果朝前的方向让你失望，那么最有效的方法就是义无反顾回转身去。我这样想的时候，一个很小但极熟悉的声音穿透我的耳膜："爱民，过来。"师傅是从茶山后面的小道上来的，已经准备对我家的鸡下手了。几天不见，师傅的头发明显长了，身体瘦了，脸黑了，关键是他的眼睛里布满迷茫，好像打不起精神一样，我想师傅是不是太劳累了。见了师傅，我还是很兴奋，我对师傅说，我准备在鸡的集体宿舍里，直接扭断一只鸡的脖子给你送去。师傅说："这样想就对了，做一次鸡餐要花我三斤煤油，还要花我一天的人工，所以你是赚了的，我们是师徒关系，我就不和你计较这些了。"

还在说话间，我家的一只鸡已经进了师傅"为人民服务"的书包了。

师傅大体告诉我这些天他的状况：师爷爷已经全面进驻粮店了，师爷爷说是要陪读，其实是搞软禁啊。我不知道什么是软禁，但我知道师傅要想脱身是难于上青天了。

我说，陪读能提高成绩？师傅想了想说，恐怕没有作用。我说，那为什么还陪读？师傅说师爷爷认为有作用吧。师傅接着说，少扯这些了，今天做回大餐，师爷爷晚上要回家去了。师爷爷一走，师傅就特高兴似的。我想我又可以吃到鸡肉了。师傅把书包斜挎在肩上，欲走。我对师傅有点失望，为什么没有叫我和他一起走呢，我站在原地发愣。

师傅走了两三丈远，回过头问我："吃过鸭肉没有？"

我摇头。

师傅从茶山飞跑下去的时候丢给我一句话："晚上我们吃啤酒鸭。"

我不喜欢鸭子，鸭子的长嘴很难看，叫声也难听，"嘎嘎嘎"，就像我妈以前和几个阿姨在一起说话的声音，但这不影响我喜欢吃鸭肉。就像我家隔壁的王叔叔，应该也不喜欢他的丑婆娘吧，但王叔叔为什么要娶她做老婆呢。我觉得长得不可一世的王叔叔娶老婆就应该娶像我妈那样的。同样的，长得漂漂亮亮的我妈也应该不喜欢我爸吧。"杀人无力，求人懒，百无一用是书生。"我妈在家里生气的时候对我们说，"这就是你爸。"所以说我妈不喜欢我爸是有依据的。但我妈为什么要嫁给我爸呢，要嫁也应该嫁王叔叔那样的。这样想的时候，我竟然有了些许兴奋，如果我妈嫁的是王叔叔，那么我就不该是这张平凡的脸了，至少也应该比隔壁家的小哥哥更器宇轩昂吧。但我马上回到了现实，回到了不如意的生活中。喜欢和不喜欢怎么绕来绕去的，矛矛盾盾，我经过很长时间的推论，得出的结果是王叔叔喜欢他的丑老婆是因为喜欢她当老师的工作，同样的，我妈也是喜欢我爸当老师的工作。所以我在我妈拿给我的作业本上又写了两个算式：

所有的喜欢 + 对工作上的不喜欢 = 不喜欢
所有的不喜欢 + 对工作上的喜欢 = 喜欢

所以，师傅说要请我吃啤酒鸭的时候，我已经原谅了鸭子的丑陋，相反的，我对那种长嘴巴"嘎嘎嘎"叫的东西有了相当的期待。

虽然没有吃过鸭肉，应该很好吃吧，不然师傅为什么要请我吃。午饭后，太阳一下子就滚到了头顶，火燎火燎的，我三下五除二就把饭扒拉完了，也火烧火燎地往茶山上走，今天我们的接头地点是小河。从我家到茶山后面的小河有很多条路，从东南面的街上去，路最宽，但远。从食堂后面去，路面一般，相对较近。从我家后面的茶山走，没有真正意义上的路，但最近。世上本没有路，只要你走了，就是路。我选择了不是路的路走，我学着师傅的样子，从茶山顶向山脚一路狂奔。有几个街上的小朋友在嬉水，这是小河嬉水最好的地段，河面宽，水浅而缓，水下是一层细沙，站在水里稀稀松松的，不沾泥。小朋友嬉够了，就跑到苞谷地里，身上的水往下流，聚到小鸡处飞了出去，像撒尿。师傅已经先到了，站在河的上游喊我。我们继续往上走，在一片绿茵茵的水里，果然有一大群鸭子。师傅对我说，你数数有多少只，我数了，鸭子在动，和我妈要我数鸡一样,我数不清。我望着师傅,师傅以为我数清了,说,多少只?我说很多只。师傅就笑了,说,如果一天吃一只会吃很多天吧。我努力地点点头。但师傅好像在自言自语说,不可能了。这使我很沮丧。我把衣服往头上一脱,赤条条跳进水中,师傅要我在鸭子的上方往下游,我不会游泳,相当于站在水里艰难往前走。鸭子一定是不好意思看我赤条条的身子,一回头,"嘎嘎嘎"往下游,师傅早已准备好了烂底的背筐,对着鸭群一盖,鸭子顺势钻到水里。那天我又一次见识了师傅的迅雷不及掩耳之势,师傅的背筐早也扎进河底,鸭子再次露出水面的时候,师傅的大手已经揪住了它的脖颈。鸭子在生命的最后一刻要做的就只有扑腾几下。我已经等不及了,我要尽快吃到鸭肉。师傅说不急,师爷爷还没有走呢。师傅说,我教你游泳吧。虽然水只打齐师傅的肚子,但师傅也能轻盈地游着,我跟在师傅的后面,也只能像我们抓住的那只鸭子一样,扑腾几下。我对师傅崇拜得五体投地,我想世上还有谁比师傅懂的东西更多呢。

那天晚饭是我少年时代吃到的最美的盛宴,有炒鸡杂,有凉拌鸭杂,有清炖鸡,有啤酒鸭,还有调节气氛的啤酒和汽水。这顿美丽的盛宴属于师傅,属于我,也属于姗姗来迟并提前溜号的"师娘"。这顿饭吃得静悄悄的,师傅和"师娘"吃得心不在焉,话好像是多余的。我吃得狼吞虎咽,话也是多余的。我正吃得来劲的时候,"师娘"说要回去了,师傅没有去送"师娘","师娘"到了门外叫我,我出去后,"师娘"递给我一张纸条,要我给师傅。我纳闷条子怎么都是叫我递来递去的。师傅看了条子后脸上大变,好半天才自言自语:"后天就要预选了。"过后我才知道,师傅讲的是中考预选考试。

喝了几杯啤酒,我出去撒尿,站起来的时候,看到了"师娘"给师傅的纸条:考不上学校,以后就不要叫我了。没有称呼也没有落款。

我在心里又创造了一个新的算式，关于我师傅的，但我不愿意写出来。

我是顶着朦胧的月光回家的，我爸我妈在家门口等我，同时等我的还有爸爸的尺子和妈妈的搓衣板。在尺子和搓衣板的严刑拷打下，我全盘招供。我想我还是当不成雨来和萝卜头。我爸生气我的同时，更生气我的师爷爷："朱援朝这个狗×的，怎么教的娃儿。"这是我第一次知道师爷爷的名字，原来我爸和师爷爷也是朋友。

后面的事情都是听来的了。中考预选考试，师傅没有预选上，朱援朝像打美帝一样对师傅一顿暴打，据说师傅硬是没有滴一滴眼泪。没有考上倒让师傅非常悠闲，好多人都看到了他在街上逛来逛去。

暑假期间，我陷入了无休止的无聊，一排排的教室与风为伴，一张张课桌与灰为伍。夜深人静中，当镇中学淌进一片黑暗，我甚至有一丝丝的害怕。

只有我家灯火通明，姐姐提前进入毕业班的状态，彻夜苦读。

这段时间，我经常去小河游泳，解凉是一回事，更多的是解闷。我曾经去筐过鸭子，我的烂底背筐还没有到水面，鸭子先我一步钻水里游走了。我也想过去钓我家的鸡，我怕钓到鸡后无法处理，更怕一个假期唠唠叨叨的我妈的脾气。我妈一闲，在家有事无事就对我河东狮吼。

八月底，学校开始有了动静，初四班又在招生了。我妈去食堂打扫卫生，食堂再次开张。

我又见到了"师娘"，"师娘"是来拿县师范学校的录取通知书。我才想起好久没有见到师傅了。我问"师娘"，"师娘"给我说，师傅死了。这如晴天霹雳，这怎么可能呢。"师娘"说，他爸叫他再补习一年，他就跳河了。我还是想不通，以师傅的水性，就是跳在河里也是淹不死的。"师娘"的眼睛里全是考上学校的喜悦，我们分手的时候，"师娘"拍拍我脑袋："好好读书，将来考个好学校。"我却陷入了长时间的悲伤，师傅死了，我应该要像陈真那样为师傅报仇，但师傅的仇人是谁呢？让我更为悲伤的是，我想我再也吃不到师傅做的鸡肉和鸭肉了。

周末，在村小学教书的我哥哥回来，哥哥回来的任务只有一个：把我带到他们的学校上小学。我爸对我妈说：让爱国好好管管爱民，这娃儿玩野了。我跟在哥哥后面，哥哥走得快，我跟不上，我叫哥哥，哥哥回过头，看我一眼，继续走他的，简直酷毙了。

在通往更加偏僻的乡村的路上，我，只想哭鼻子。

长裤子　短裤子

　　秀秀从嫁给王中红的那一天起就不喜欢过年，秀秀不喜欢过年的原因是一到年关就有做不完的事。糯米面是必不可少的，这是大年初一做汤圆用的原料，糯米面要自己一脚一脚地在碓里舂出来，现在也有用机器磨的，但扒岩香人说机器磨出来的面总有股机油味，招待客人是拿不出手的。年糕、粑粑、甜酒、豆腐干也是少不了的，这些东西也是用来招待人的。扒岩香人招待人有讲究，大鱼大肉是招待远方的亲戚朋友，而年糕、粑粑、甜酒等大多是拿来招待寨邻的。一年到头各忙各的农活，各做各的家务，到了正月了，闲暇了，可以走走村串串寨了。如果是平时，寨里邻里的来了，拉两句家常，喝一杯茶水，也就算了，但在正月就不同了，虽然也是拉拉家常，摆摆龙门阵，但比平时就要正式一些，主人烧了开水，煮碗甜酒粑也就少不了的。还有大头萝卜也是要准备的，这是用来炒腊肉的配菜，得早早地从土里挖出来，洗净，切成丝，然后再晾干后装坛，一年四季都可以用。以上这些虽然也花力气，但终归是巧活，只是多花些时间而已。在扒岩香，属于巧活的都是女人的事情，男人在年关干的最重要的一件事，就是杀年猪。杀年猪是真正的力气活，光挑烫猪的水就要好多，得花上半天的时间去井里挑来准备，还有就是要帮着杀猪匠拉猪、按猪，待杀猪匠把猪杀了，一块一块给切好了，还得腌制，然后一块块挂起来用柏木树枝熏，熏好了才算最地道最本味的腊肉。看一家人生活过得好不好，差不多就等于看他家挂的腊肉有多少。

最烦心的是杀完猪后的当天你还得把全寨的人请到家里来吃一顿刨锅汤，被请的人往往都装得矜持，怕被别人列入贪吃的那类人，贪吃可是不好的，有句谚语叫"饭胀憨脓包"，就是骂贪吃的。所以一顿杀猪饭得三番五次地请。

如果是往年，杀年猪这些事哪会轮到秀秀来做，那都是男人王中红的事，但男人进城打工去了，样样都要靠自己的一脚一手。

马儿天天盼着过年，随着大年三十的临近盼望越来越强烈。妈妈每次过问马儿的寒假作业时，马儿都会补充一句，离过年还有多少天啊？马儿的妈妈觉得很奇怪的，以前问这个问题的都是哥哥。马儿和妈妈一样，不喜欢过年的。每到年关，当哥哥憨兔问妈妈离过年还有多久的时候，马儿总会抢在妈妈前面回答："年有什么过头，我最烦过年了。"

马儿今天再问妈妈的时候，妈妈心烦透了，没好气地说，昨天才给你讲只有三天了，今天离过年还有几天你不会算啊，读书读到牛屁眼去了。

秀秀其实是生男人的气，说好了腊月二十一二到家的，硬是磨蹭到了腊月二十八了都还没有回来。昨天马儿问妈妈离过年还有几天的时候，妈妈心情不算坏，想想都腊月二十八了，男人怎么样也该到家了，秀秀想好了的，待男人到了家，就杀年猪，男人喜欢吃猪脚，就好好给他炖一只，一年到头在外面辛苦，也该给男人补补了。想到给男人补补的时候，秀秀的脸不知不觉地竟红了，秀秀看不到，但感觉得到，脸烫烫的，额头都有了细细的汗珠。秀秀早早就挑好了水，本来挑水的事也是男人到家后干的，但想想男人回来要坐很久的车，自己就把水缸挑满了。坐车很累，这个秀秀知道，每次去县城，秀秀感觉比做一天活还累。秀秀把水缸挑满后，就给男人去了个电话。男人那边吵吵闹闹的，好像没有听清秀秀说什么，只是说"今天回不来了"。秀秀就生了气，生了气就觉得委屈，想起在家拖儿带崽的不易，对着电话那端就骂："在外面玩安逸了，玩心花了，不想回家就不要回来了！"

秀秀可以对着电话那头的男人发气，但她却不能对着杀猪匠发气。杀猪匠已经暗示过了，腊月二十八一过就封刀了。这意思再明白不过，如果二十八还不杀的话就只有等到第二年。这也是匠人讲究的规矩，正月忌头，腊月忌尾。杀猪匠是给桃红说这话的，桃红又将这话传到了秀秀的耳朵里。秀秀心里不安逸，心想杀猪匠又不是不认得我，还要你来当传话筒啊。说起来桃红和秀秀还是亲堂姐妹，秀秀是伯伯家的，桃红是叔叔家的。桃红的红线也是秀秀牵的呢，男的是开拖拉机的，在乡镇之间跑货，家境不错，人也能干。去年，开拖拉机的翻车死了。

秀秀知道，腊月二十八是杀猪的最后期限，男人回不来，猪却是要杀的。虽说杀猪匠是腊月二十八后就封刀，但谁家会等到腊月二十八呢，可是秀秀得等，一年就杀一头猪，得让男人听听猪的叫声，得让男人看看被刮完毛后的猪白生生的躺在大铁锅里，一家人才感觉到日子的殷实，生活的踏实。

秀秀家的年猪杀得不可能不顺利，因为杀猪匠没有别的猪等着杀，时间是充裕的，帮忙按猪的、刮毛的因为自己家的猪早杀了，时间也是充裕的，慢工出细活，秀秀家的猪杀得又快弄得又干净。但秀秀请寨里人吃杀猪饭时就不那么顺利了。秀秀第一个请的当然是村主任王二喜,但村主任说免了。秀秀本来为早上给男人打电话的事脸色不光生,现在觉得是村主任不给面子就更难看了。想想以前,男人在家的时候,好歹也是村会计,男人一出门,别人就不给面子了。村主任不来,别的人就不好来,秀秀忙活了一天弄的刨锅汤就一家三口人吃,连杀猪匠都说家里年货还没有买,得忙着回去准备。秀秀家的这顿杀猪饭就吃得索然寡味,秀秀扒拉了几口饭就放碗了,马儿也吃了几口饭就不吃了,马儿不是对吃不感兴趣,但是现在马儿最感兴趣的是妈妈一年前许诺马儿的新衣服。只有哥哥憨兔一个人吃得兴高采烈。

哥哥憨兔喜欢过年,因为过年的时候就有新衣服穿了,就有好吃的东西吃了。自从爸爸年初进了城后,憨兔每到黄昏总会趴在窗台上看,等爸爸回家,憨兔不知道什么是城,只知道爸爸到了晚上就该回家的。等的时间长了,趴窗台的时间也长了,以至于憨兔眼睫毛都被木窗框磨没了。马儿也在盼爸爸回来,马儿可以到懒人岗去等。懒人岗在山脊梁上,把扒岩香和隔壁的村寨正好隔开,从城市来的车辆要翻过懒人岗才能到达扒岩香。如果是载人的中巴车,马儿就会多注意一些。兴许爸爸乘坐的就是这辆车呢。

憨兔没有在外面等爸爸的待遇,妈妈不准憨兔一个人在外面玩,马儿也不带憨兔一起玩。

憨兔比马儿大两岁,生肖为兔,生下来后爸爸妈妈就喊他小兔子。但小兔子在几个月大的时候发高烧把脑袋烧坏了,后来大家都叫他憨兔。扒岩香虽说离乡镇不远,也就两三公里,走路不过个把小时的路程,但乡下人对发烧不重视,总觉得是小病,拿被子捂捂出点汗就会好的,事实确实也如此,但意外是难免的,一旦出意外后悔就来不及了。在扒岩香,像憨兔这种称为憨包的人有三个,一个是天生的,包括憨兔在内的另外两个都是发高烧把脑壳烧坏的。

王中红知道小兔子憨了是小兔子长到两岁以后,和同龄人相比,小兔子明显迟钝得多，两岁多了还不会说话。那时王中红还是村里的会计，村里人都是从土地下户走过来的，知道会计的重要性，三算两不算的，同样的人头，人家的土地到手后就比你家多了，问题出在哪里？就出在会计身上，想整人了在会计本本上动动手脚，想帮人了也在会计本本上动动手脚。所以那时王中红很神气，得罪不起的。有些年轻人不知道会计的厉害，说现在都有计算器了，还怕会计蒙骗你不成。大人赶紧叫娃儿们小声点，怕别人把这话传了出去可不得了。拿分土地来说，就算不在本本上搞鬼，把丈量土地的皮尺拉松点拉紧点出入都是很大的，还有土地都是些不规整的，加减乘除的谁懂呢！娃儿们不理解，说土地都下户了，莫非还要再下户一次不是？大人说，社会再怎么发展啊，会计都是不会吃亏的。

知道小兔子成了憨儿后，会计王中红就怪当初秀秀粗枝大叶了，老婆心里也不好受，说我粗枝大叶了你为什么不小心谨慎呢。会计的神圣地位没有谁敢挑战的，现在居然家里的敢不信这个邪，王中红实在是火翻了，一火钳打在秀秀的背上，说不好好带娃娃你还有理呢。秀秀也是火翻了，背起小兔子就回了娘家了，并赌气说不再回扒岩香了。会计哪里受过这种气，你走你的，我过我的，缺个母的怕还活不成不是？王中红天天喝闷酒，据说醉酒后经常到桃红家去，开拖拉机的是经常不在家的。寨里的人话说得婉转，但也有直来直去，说王中红怎么怎么的，话传到了秀秀耳里，秀秀把背上那一火钳的仇一起算到了桃红身上。"看你那骚样，我不在家，她不高兴死了的。"秀秀朝着桃红家的方向骂。

王中红是腊月二十九，也就是大年的前一天到家的。马儿在懒人岗第一个接到了爸爸，当时马儿正和同班的小李子玩炮仗，玩着玩着，爸爸就在懒人岗出现了，像做梦一样。早些时候，马儿是很注意每一辆过懒人岗的中巴车的，到了傍晚，中巴车就没有了，爸爸就出现了。爸爸是坐什么车来的呢？当然马儿本来想问问爸爸这个问题的，但马儿更关心爸爸给自己买的新衣服。马儿已经给小李子讲了，说过年他就要穿新衣服了。

往年，马儿是不去懒人岗玩的，马儿更不会和小李子玩。每到年关，小李子早早就穿上新衣服了，小李子喜欢把炮仗插进懒人岗路边的烂泥里，然后用打火机把炮仗点燃后跑得远远地听炮仗爆炸的声音，看烂泥炸飞上天的样子。小李子会拉其他小朋友挡在自己的前面，说不要让烂泥弄脏自己的新衣服。懒人岗路边的烂泥是扒岩香的牛马踩烂的，经常还混有牛粪马粪，奇臭无比。马儿最看不起小李子的就是这点，说："你怕弄脏衣服，我们不怕啊。"小李子说："你穿的本来就是脏衣服。"马儿不服气："为什么说我穿的就是脏衣服呢？我妈妈一个星期要给我洗一次呢。"小李子不以为然地说："你穿的裤子都是你家憨包哥哥穿过的，当然是脏的。"马儿生气了："你家奶奶洗的衣服才脏呢。"马儿知道，小李子的爸爸、妈妈进城打工后，衣服都是奶奶洗的，奶奶老了，挑不动水了，就用屋檐流下来的雨水做洗衣水，洗出来的衣服都会有股腥臭味。

在马儿心里，妈妈是既抠门又偏心的人。比如妈妈就从不骂憨兔，也从不揍憨兔。一次和哥哥上山放牛马，马儿和哥哥分工好了的，马儿负责看马，憨兔负责看牛，结果憨兔负责看管的黄牛把邻居家的玉米糟蹋了，回家后马儿反而被妈妈揍了一顿。当然马儿被揍也是有原因的，一同放牛的小李子告了状，说你家牛几次从马儿身边跳进邻居家的玉米地里马儿都没有管。马儿说分工好了的，各负其责。小李子把这话也给马儿的妈妈秀秀说了，秀秀就揍了马儿，说有你这样各负其责的？当初自己家的牛从身边跳进邻居家的玉米地的时候，马儿还暗喜，心想今天哥哥憨兔回家可要挨妈妈揍了，憨兔在家里从没有被揍过，马儿一直在找机会求心理平衡。马儿心想妈妈也太偏心了，当然爸爸也好不到哪里去，爸爸也从来不骂哥哥憨兔，也从不揍哥哥憨兔，好在爸爸也很少打骂自己。但爸爸和妈妈一样抠门，妈妈是从来不给自己买新衣服的，在马儿的记忆里，爸爸倒是给马儿买过一次新裤子，但买长了，最后还是拿给哥哥憨兔穿了。马儿历来都是穿憨兔穿旧了的，所以每年憨兔都有新衣服穿，到第二年憨兔长高了，穿不得了，就下放给马儿。马儿也曾经抗议过，说凭什么我都要穿憨兔穿剩下的。妈妈说穿过有什么稀奇，都还好好的。马儿嘴里嘟哝，好好的你们为啥不穿，就我穿呢？其实马儿还有一句话没有说，这句话的原创是小李子，就是憨兔穿过的都是臭的。马儿知道这句话说出来自己挨揍那是肯定的了。

今年马儿可以理直气壮地到懒人岗玩了，因为今年有新衣服穿了的。年关马儿又向妈妈求证过了。

马儿跟着小李子放炮仗，不知这个小李子今年怎么了，放炮仗已经着迷，一大早就在懒人岗噼里啪啦地放，前几年还悠着点，现在他奶奶已经老得管不动他了。小李子还是喜欢把炮仗插进烂泥里，点燃后跑得远远的，一手捂着耳朵，一手捂着鼻子，好像炮仗能将耳膜震破似的，捂鼻子是小李子一贯的动作，嫌弃烂泥的臭味。马儿说，其实烂泥不臭呢。小李子说，牛屎马粪的还不臭？那么就是你的裤子臭。马儿说我的裤子为什么会臭？小李子又说，憨兔穿过的还不臭？马儿没有就臭不臭的事争论下去，而是答非所问地说，今年我有新衣服了。小李子说那你为什么没有穿出来呢。马儿说我要等到过年的那天再穿，穿到正月初一，相当于穿两年新衣。这种理论也是妈妈讲的。小李子现在穿得已经洗过水了，严格按扒岩香的说法，已经不算新衣了。小李子从来没有在穿新衣这件事上输给马儿过，心里怅怅不乐，回家了。

小李子一回家，马儿也迫不及待回家，他把大话已经说在前头，如果今年的新衣服没有兑现，那么马儿在小李子面前就抬不起头了。因为小李子从懒人岗回家的时候，还不忘回过头抛了句话给马儿：

"吹牛是可以不打草稿的。"小李子的脸上露出不屑。

"爸爸究竟什么时候到吗？"马儿问妈妈。妈妈还在为昨天寨里的人不来家里吃杀猪饭怄气，马儿一问，妈妈气不打一处来，就发在了还没有回到家的男人身上："今天还不回来，就死在外面算了。"马儿最看不惯妈妈的就是这点，整天唠唠叨叨的，好像人人都是借了她的米还了她的糠似的。爸爸就是被妈妈唠叨进城的。"你看别家王中举，一进城钱就大把大把地拿回家了。""你看别家李华芬，男人有出息，老婆就跟着有出息了。"这些话，马儿的耳朵都听起老茧了。王中举是小李子的爹，李华芬是小李子的娘。现在扒岩香的人都记不起王中举和李华芬是哪年开始进城打工的了，那时小李子才刚开始学走路，王中举和李华芬把小李子丢给奶奶就进城了，王中举和李华芬究竟挣了多少钱大家也不知道，只知道他家以前在擦耳岩脚下的木房子推倒了，重新在公路边起了砖房，三层，亭台楼阁的，别墅一般，贴的外墙砖是桃花的花纹，一年四季都在开放。王中举和李华芳一年难回家一次，倒是经常给家里汇钱回来，也常常给小李子买新衣寄回来。

马儿的妈妈唠叨的时候，马儿是不接话的，把妈妈气急了，屁股就要受罪，这是马儿长时间积累起来的经验。马儿就又跑到懒人岗玩去了，出了家门的时候还是接了妈妈的话："一天就咒这个死那个死的烦不烦？"马儿倒不为自己的屁股担心，倒有点为还没有回到家的爸爸不平。如果爸爸真死在外面了，自己的新衣服不也泡汤了嘛。马儿要在懒人岗等爸爸回来，当然马儿也在等自己的新衣服到来，只有穿上新衣服了，小李子才不敢小瞧自己。

等待往往就是这样的，你眼巴巴等的时候，等待的东西反而不会来。马儿就是这样的，也不知等了多久，想反正爸爸今天是回不来了，从县城开过来的最后一班中巴车早过去了，马儿就去了懒人岗的小卖部买炮仗放，马儿学着小李子一样把炮仗插进路边的烂泥里，炮仗还没有爆炸，倒有细细的烂泥飞到了自己身上，桃红姨妈的摩托车从身边呼啦一下就过去了。马儿一瞬间多了些对姨妈的崇拜。开拖拉机的姨爹死后，姨妈就买了摩托车，也跑运输。以前开拖拉机的姨爹是货运，现在开摩托车的姨妈是客运。虽然寨里人说，从六个轮子变成了两个轮子，可以想象日子已经大不如前。马儿不这么看，什么是拖拉机？"突突突"像小李子奶奶咳嗽那样就叫拖拉机。"呼啦"一下，像风那样的就是摩托车，什么是速度，"呼啦"就是最快的速度。马儿还想，如果爸爸坐上摩托车，"呼啦"一下早到家了，家里的那个凶女人就不会唠唠叨叨了。

　　马儿把打燃的打火机慢慢递向烂泥中的引线，"啪"的一声，是爸爸那双大手拍在自己的肩上，爸爸就是这样猝不及防出现在了身后。马儿本来想问爸爸坐什么车回来的，但一高兴就忘记问这个问题了，问的第一个问题是给我买衣服了没有。爸爸没有回答马儿，只是将一个大塑料袋递给马儿，大塑料袋里装的都是新衣服。马儿提着衣服走在前面，爸爸扛着蛇皮口袋跟在后面。

　　门是憨兔开的，憨兔天天扒在堂屋的窗前，每一个进家的人都逃不过憨兔的眼睛。憨兔把这一消息告诉了在厨房做饭的妈妈，妈妈没有理憨兔，嘴里说，他还有这个家啊。秀秀这次不识时务的生气没有得到任何人的响应，马儿和憨兔关心的是爸爸买回来的衣服，爸爸最关心的第一件事是洗个热水脸，所以妈妈的唠叨没有哪个听到。

　　马儿家的房子不像小李子家那么宽大，住的还是老房子，木架房，除了堂屋、厨房，就剩下两个卧室，马儿和憨兔睡一间房，上下铺。马儿第一时间把衣服拿到和憨兔睡的卧室试穿，有妈妈的两套衣服，马儿和憨兔各有一套。马儿和憨兔的衣服是夹克，穿起来大是大了一些，但还是可以将就穿的，但两人的裤子明显长了，马儿穿了出来，裤脚挽了几圈，裤子是涤纶布料的，很滑，走几步就又拖在地上了，马儿明显有些失望了，本来想问爸爸的第二个问题是，给自己买的裤子有没有小李子的好看？现在这个问题已经不用问了。

马儿和爸爸妈妈一起吃饭，憨兔说他不吃，憨兔高兴做什么就做什么，爸爸妈妈都是随他的。马儿的饭吃得很寡味，主要还是因为裤子不合身的事。做爸爸的在这方面就是不会观察，还不合时宜地问马儿，怎么不穿新裤子呢。爸爸一问，马儿就觉得委屈了，都快十二岁了，还从来没有穿过新裤子，好不容易有次机会了，又太长了。妈妈说，长点有什么不好，可以多穿两年啊。妈妈一说，马儿更委屈了，眼泪就汪在了眼眶里。心想你们就是偏心，就是不想给我新裤子穿，这么长的裤子分明就是买给憨兔的。这个时候，马儿又想起了小李子，年年都有新衣服穿，心想要是和小李子换个爸妈就好了。

马儿和爸妈吃饭的时候，憨兔没有闲着，他把爸爸买回来的衣服一件一件地叠好，又把一条一条的裤子放在床上比画着。马儿汪着眼泪回卧室的时候，憨兔已经把短一些的那条裤子剪了，剪成和马儿的旧裤子一样齐。马儿本来就生气，现在就更气了，一把把憨兔手里的剪刀抢过来，你干什么嘛你？憨兔"哇哇哇"地想表达什么，但表达不清。马儿的气就全部撒出来了："憨头憨脑的，不懂就不要乱整。"憨兔这次表达清楚了，"哇哇哇"地哭出了声。

妈妈吃饭的时候已经不生爸爸的气了，还不停地为爸爸夹肉。这也是马儿看不起妈妈的地方，一会儿高兴一会儿气的，没个准。心里骂妈妈，贱皮子，刚才还咒人家死在外面算了呢，现在又好得像穿连裆裤一样。

但是憨兔一哭，妈妈的泼妇本性又暴露出来了："马儿你又欺负哥哥了不是？"马儿有点火冒三丈："你该不会把憨兔剪烂的裤子怪成我干的吧。"马儿从不喊憨兔哥哥，就是不生憨兔气的时候也不喊，因为马儿认为憨兔就像个小婴儿似的，不配当他的哥哥。还有就是爸爸妈妈总惯着憨兔，马儿从心里排斥憨兔。

妈妈进了马儿和憨兔的卧室的时候，憨兔叽里咕噜地给妈妈讲着什么，虽然憨兔讲什么都是前言不搭后语，但一家人都听得懂。马儿心里在骂向妈妈告状的憨兔，要告你就告嘛，你以为我怕你。妈妈对着马儿就吼："你就不能让一下哥哥。"憨兔其实也不是告状，憨兔是向妈妈说马儿的裤子长了，他是帮马儿剪短，剪短了，马儿就穿起合身了。马儿心想，把裤子剪烂了还有理？妈妈是不会骂憨兔的，耐心地给憨兔讲这种剪法不对，因为还要锁边，锁完边，你剪掉的裤子就比实际的短了。"短多少呢？"妈妈用拇指和食指比了一下："这么多，寸把左右。""给他讲有屁用，他又听不懂。"马儿心里的气没有消，在心里说。

爸爸也进来了，妈妈只看到憨兔把马儿的这条剪了，爸爸进来却看到了妈妈的长的那条也被憨兔剪短了。爸爸说，怎么把这条也剪了呢。憨兔还是很费劲地把事情表达清楚了，都是妈妈穿的，就应该一样长嘛。

妈妈把那条被剪的女裤拿到手上，直直地递到爸爸的眼前："王中红，你不会以为我还会长高吧？！"

爸爸说："别家孤儿寡母的，不就是一件衣服嘛。"

"打工挣大钱了哈，为什么不给全寨的女人都买套过年衣服呢。"
"不都是亲戚嘛。"

妈妈气得闷了好一会儿，大概隔了两三分钟才说出话来："去菊花家把裤子的边锁了，两条裤子我都要穿。"

妈妈说话的语气是不容置疑的那种，但爸爸知道，妈妈这么说，问题反而不严重了。妈妈一说完，爸爸拿起裤子就朝懒人岗走。菊花家在懒人岗开了小卖部，这是主业，但菊花喜欢摆弄缝纫机，给寨里人的衣裤锁个边，换个拉链什么的，算是副业。

王中红走了才一会儿，秀秀不放心，也跟了去。秀秀不是不放心王中红锁不好边，在做事上，王中红是做得滴水不漏的，正是因为做事做得滴水不漏，所以秀秀至今都还是怀疑王中红和桃红有些说不清的事。"人精似的，做了什么你以为他会留把柄啊。"秀秀没有证据，就这样猜测。所以秀秀不放心的是王中红去桃红家，自从开拖拉机的死了后，王中红就很关心桃红，经常有事无事地帮桃红家做事情。秀秀唠叨王中红进城打工有一半原因也是希望王中红离桃红远一点。

秀秀出门的时候，马儿也跟了去，马儿关心的是自己的裤子还能不能恢复原状，据说菊花的缝纫技术很了得，重新被菊花加工后更合身也说不定。两条裤子的边最后都锁好了，女裤由于是休闲牛仔裤，所以仅仅锁了一小点边，和另一条长度差不了多少，但马儿这条是小西裤，必须得锁进去一寸左右，否则就不好看了。菊花叫马儿比试了一下，确实短多了。

回家的路上，马儿一路无语。秀秀又高兴起来了，好像现在走在她身边的这个王中红不是刚才她骂的那个王中红似的。女人一高兴，男人不识时务的老毛病又犯了，问马儿："过年好玩不？"刚才菊花弄缝纫的妙手没有回春让马儿心情低落到极点："年有什么过头，我最烦过年了。"其实马儿还有一个担心，就是没有新裤子穿给小李子看了。

回到家的时候，发现憨兔又把自己的那条新裤子剪了。妈妈这次有点生气了，说："怎么又乱剪呢。"憨兔又说又比画的，憨兔这次也是比着马儿的旧裤子剪的，但他按妈妈说的多留了一寸多，所以锁了边后马儿穿着正合身。

大年三十夜到了。星星挂满夜空，不知是谁家首先放起了烟花，然后此起彼伏。烟花冲到天上爆炸成五颜六色，然后颜色慢慢散开成各种各样的马，黄的、红的、白的、绿的……大家一起欢呼：马年来了，马年来了……马儿在懒人岗又见到了同班同学小李子，小李子还是在玩炮仗。马儿因为第一次穿上新衣新裤，很自信地要和小李子一起玩，小李子不买账，说："以前是憨包穿过才给你穿，今年是你爹妈发善心让你先穿后再让憨包穿吧。"马儿一嘟嘴："才不是呢，我家今年人人都有新衣服。"小李子不理马儿："穿新衣有什么了不起的。"

　　玩得花眉花眼的小李子朝家的方向走。没有人知道，小李子其实并没有生马儿的气，是生爸爸妈妈的气，小李子的爸爸妈妈今年还是没有回家过年。

连理枝

高考落选后,我在家干了半年农活。也不知我爹和我妈是怎样计算的,好像全家的积蓄就是刚好够我读完高三似的,所以落选后,我爸说,我们已经做到仁至义尽了,要干农业呢,明天就和我下地,要不想干农业呢,自己想办法找出路。我不是想干农业,但我确实找不到更好的出路。

春节过后,我终于在一个叫天竺的地方谋到了一个职业——在天竺小学教四年级、五年级的语文课。

天竺是镇政府所在地,现在的名字叫化处。街上的杨民权说明朝宪宗年间洛阳白马寺僧天问云游至此得道成仙,天竺乃仙人坐化之处,更名化处。但街上的人还是喜欢叫天竺,把化处小学叫作天竺小学。我问过杨民权,你知道以前有个天竺国不?杨民权哑巴两口叶子烟,衣袖在嘴角一横,天竺国?这里就是天竺国——茶叶王国。说后哈哈大笑。

我的工作是一个远房姑爹帮忙介绍的,他在化处镇政府工作。工作来得有些运气,天竺小学的一名老师生小孩请产假,教育局一时半会找不到合适的人顶替，这样我和天竺小学就签了四个月的短期合同，本来我想是半年的，从三月开始，八月底结束，学校算得很精细，说七月只有几天的课，八月完全是暑假了，这样付我的工钱就会少一些。我的工钱是每月一百二十块，四个月四百八，除去要交给我们县中学补习班的补课费两百元，还有二百八十块的余项。当然，这样算是把生活费忽略不计了的。我的远房姑爹对我说，饭可以在政府食堂吃，每天五毛，记他的账上。但我还是愿意自己做，这样呢，我的宿舍成了厨房和卧室混杂地，一张蓝色布帘两边，分别是铺笼帐盖和锅碗瓢盆。

　　学校在小山脚下，左边是镇政府，右边就是杨民权家，出入镇上的唯一一条毛马路在学校前面蜿蜒而过，再前面是磨香河，走势和马路一模脱壳。山很青，水很秀，在这样的环境里工作其实蛮不错，只是偶尔一辆货车或拖拉机经过，扬起的灰尘让我们爬山不成，跳河也不成，捂着鼻子躲避的姿势狼狈不堪。那时候很少有小轿车，镇政府的那辆唯一吉普跑起来比货车还蹒跚。学校和镇政府是街上最好的两幢房子，其次就是杨民权家。杨民权家是从西街搬过来的，房子是新修的，外墙也贴了白色瓷砖。学校有老师是这么比喻的，说东边是富人区，西边就是贫民窟。这话传到杨民权耳里，心里有些自豪，但嘴里却说，西街是老街区嘛，当然古旧些，既然到了东边，当然是不能给学校和政府丢脸的。太阳每天就是先照到这三幢贴白色瓷砖的房子，然后慢慢越过山梁，走到西边去。这倒成了我的理想之地。天竺小学的上课时间是早上九点到下午四点，因为有的学生要走很远的路，又不是寄宿制，所以上课晚一些，放学早一些，中午不休息。每天，西街那边还在一片昏暗，而学校所在的东街已经天大亮了，我起床开始温习功课。下午放学后，我又有很多的时间继续复习。我来教书的目标很明确，底线就是要找到高三补习费的两百块钱。

初春的太阳总是暖洋洋的。下午四点,当下课铃声响起,一群孩子漫过操场作鸟兽散,而我的一天中又一个繁忙的时候开始了。我翻到山梁上,坐在靠西街一侧的一棵大茶树下,继续温习高中课程。这样,东街已经暗下来的时候,西街这边还有些许亮堂,我的复习时间会多上那么一点点。我每天重点复习夏商周和唐宋元明清,高考就是历史拖了后腿。对一个县城都只是上高中时才到过的我来说,历史和地理是没有多少概念的,班主任老师审时度势地对我们说,没有捷径可走,就是死记硬背,只要功夫深,铁棒都能磨成针。地理还好些,因为总想走出村子,然后走进镇子,再到县城、省城,基本上还能摸清东南西北,然而历史却怎么也进入不了状态,记住了这点忘了那点,记住了后面的忘记了前面的。比如,背诵世界几大宗教的时候,记住了佛教的乔达摩·悉达多,又忘记了基督教的耶稣和伊斯兰教的穆罕默德。所以就得回过头来重新背基督教和伊斯兰教,反反复复几次,结果成了张冠李戴,把乔达摩·悉达多背成了伊斯兰教的创始人,穆罕默德成了基督教的创始人。

太阳还未下山,月亮已经升上来了,马路和磨香河,一灰一绿,静了下来,西街和东街有了袅袅炊烟,忙碌了一天的我收起了书本。我很小的时候就知道,这个时候看书会得"睁眼瞎"的,就是我们所说的近视眼,其实那时我已经是名副其实的睁眼瞎了。两只鸟儿扑腾飞过,视线一下子被切断了,一个女孩突然站在了我的面前:"教书先生还用得着看书啊?"夜色来临时透过高度近视眼镜片的目光朦朦胧胧。

"你认识我?"我说。

"你是教语文的王老师,哪个不认得!"女孩说。

"那,那你叫什么名字?"别看我在讲台上滔滔不绝,其实面对女孩的时候语无伦次。

"我的名字叫朵贝。"女孩说完,一溜烟,跑了。

第二天我在山上又遇着了朵贝姑娘。仅隔一天，朵贝姑娘更大方了，她双腿一盘，坐在我的对面，茶兜放在我和她的中间，小小茶叶芽片在茶兜里两两相连着，朵贝说，你知道什么叫连理枝不？我摇头，朵贝说，这就是连理枝。我确实没有见过连理枝，但我知道这是茶叶。我被朵贝姑娘丰富的想象力逗乐了，笑了起来。朵贝姑娘生气了，有什么好笑的，本来就是连理枝嘛，做成了成茶，泡在水里它们还能站在一起，像亲嘴一样，不是连理枝是什么？！我更想笑，有这样理解"连理枝"的？看朵贝姑娘嘴噘起老高，我赶紧收回笑意，朵贝姑娘的脸上才舒展开来，又问："你见过比翼鸟没有？"我还是摇头，朵贝姑娘说，我也没有见过。然后也跟着摇头，表示遗憾。当晚，朵贝姑娘邀请我去她家，我犹豫，觉得一个年轻男子去一个年轻姑娘家总不太好。哪知朵贝姑娘更生气了，说看不起我们乡下姑娘就算了。说完嘟起嘴生气走了。我跟在后面，表示答应了，她才转过身来，说她妹妹杨小花就在我的班上。我还记不全班上学生的名字，听朵贝姑娘说起后，想起坐第二排的有个小姑娘确实长得很像朵贝姑娘。之后，一路上我走得从容多了，算是去学生家家访总是应该的吧。

朵贝姑娘把在茶山上采摘的茶叶倒出来，放进铁锅里，锅下面是青砖做的灶，柏木树枝噼里啪啦地在燃烧。朵贝姑娘用高粱扫来回在铁锅里炒，到一定火候后，倒在簸箕里轻轻地揉，她说这叫杀青，说茶叶不当天杀青的话泡起来颜色就难看了。朵贝姑娘还给我泡了杯前几天刚出锅的茶，两芽两芽的果然立在玻璃杯底。朵贝姑娘说，像不像连理枝？我说像两个人荡秋千。朵贝姑娘把眼泪都笑出来了。

天竺街上有个规矩，就是开学后每家都要请学校的老师吃顿饭，请客当然最先从杨民权家开始，村主任嘛当然是要带头的，当然村民也不能先出头，不然就显得没大没小了。我们从早上就看到村主任一家在忙碌，先是杀了两只鸡，一只公鸡，一只下蛋母鸡，后来又看到杨民权从西街那边拿回了一块肉，我们估计，至少也有四五斤。杨民权媳妇还从地里弄了些白菜和蒜薹，我们几个老师面面相觑，七嘴八舌地猜测晚上这餐饭菜怎么做，我想我们怎么也吃不完这么多东西的，其他老师很有经验地说，都吃不完，黎族人热情，请客的饭菜都做得多多益善，不会可丁可卯的。

村主任一家果然热情，又是夹菜，又是添饭的，村主任姑娘给几位老师添饭的时候，还在米饭下面偷偷添了半碗肉，这是黎族人对最尊贵的客人的表达方式——实在。我的饭碗早该见底了，村主任姑娘没有给我添饭的迹象，我只好慢悠悠地吃，村主任说，王老师不要客气嘛。然后对姑娘说，朵贝，给王老师添饭。朵贝？西街那家姑娘也叫朵贝！村主任解释说，我们这里的姑娘，小名都叫朵贝。村主任姑娘这时不知躲在哪里去了，整晚也没有给我添过饭。村主任咕哝，说朵贝又死哪里去了，饭都不晓得添。说着要亲自给我添饭，我只好说吃饱了。以至于好几天想着村主任家的满大锅的肉都想得流清口水。经验教训就是我参加工作后在吃上从此不再客气，结婚后妻子对此相当不满，说我是不是饿饭年生的。

那晚确实没有月光，村主任家坎子上15瓦的电灯泡对我这个高度睁眼瞎来说，几乎就是多此一举，所以我跨过火塘门的时候压根就没有看到蜷缩在门槛边也准备打牙祭的黄狗，黄狗毫不犹豫，在没有啃到那根肥腻腻的骨头之前先对着我的同样不算瘦的大腿啃了一嘴。最后是刘老师背着我回宿舍的，很晚了，村主任姑娘敲开了我的门，给我带了一些草药，放在我宿舍里的碗里擂碎后糊在我的大腿上，说，如果不是我家狗咬了你，我才懒得理你。说真的，对一个二十郎当岁而且前途未卜的我来说，如果被狗咬一嘴能换来一个姑娘细心的照顾，我认为是值得的。那时我们还不知道狂犬病一说，村主任姑娘照顾我一周后我的腿好了，其实我真希望我的腿好得慢一些。就是这一周，我才知道我第一天在茶山上见到的那个朵贝其实是村主任家的姑娘，叫菊花朵贝，第二天见到的是她的堂妹，叫桂花朵贝。怪不得菊花前些天不理我呢。腿好后我经常去村主任家，每次去，村主任都给我泡杯茶，说是茶自己加工的，茶的名字也叫朵贝。在黎语中，朵是美好的意思，朵贝就是最美的宝贝。怕我不信，村主任还说，朵贝茶在明朝崇祯年间是专贡朝廷的贡品，周总理就喝过朵贝茶，赞其"色清味甘，芳香浓郁"，我每天黄昏复习功课背靠的那棵茶树就是当年贡茶的产树，有几百年的历史了。不知道一个偏远的小山村居然还有这样的故事，我对历史的兴趣就是这样培养起来的。

轮到桂花家请吃饭的时候，我又一次遭到冷遇。

桂花家在西街的最边上，我们白天看不到她家都准备了些什么。待晚上到的时候，才发觉饭菜比村主任家还丰富。同样的热情，同样的夹菜添饭。因为都有添饭时在碗底悄悄放肉的习惯，所以老师们矜持是少不了的，几番推让后还是吃到了理想的肉片，我有了在菊花家的教训，所以我不敢过多谦让，杨小花把手伸过来要给我添饭的时候，我只是礼节性的说声"自己来"，其实碗已经递了过去。添饭是在灶房里进行的，但我的碗来回传递的时间明显比其他老师长，当然这点瑕疵不影响我对碗底的期待，我同样矜持地吃饭，筷子其实已经用力地插进碗底，以我长期吃青菜白菜的经验，我知道我的碗底没有肉。这是很丢脸的事情，我站起来假装很热的样子朝桂花家的坎子上走去，桂花正好一大棒子打在她家的花狗身上，狗发出一连串的惨叫声跑到牛圈上去了。第二天我对杨小花这段时间的学习情况简单地表扬几句后，杨小花毫不犹豫地把她的姐姐出卖了。杨小花说昨天给你添饭的时候被姐姐把碗抢去，给你舀了半碗白菜，你去坎子的时候她又唤狗咬你，狗不听话，她就打狗。

几天后，关于刘老师的好消息传到了我的耳朵里，说桂花同意和刘老师谈恋爱了。消息很快得到证实。刘老师之前追了桂花很长时间，桂花都没有答应，我分析还是刘老师长相的原因，脸长嘴大，在学校有个"河马"的外号，所以学生私下里都叫他"马老师"，学校的老师说到"牛头不对马嘴"这个成语的时候总反过来讲，叫马头不对牛嘴，说的就是刘老师。刘老师家在磨香河下游，离我们学校大概五六公里。消息得到证实后一个星期，两家认了亲，与我们有点的关系是又在桂花家吃了一顿。刘老师短暂的喜悦之后又陷入了无穷无尽的烦恼，原因是桂花不和刘老师逛马路，也不和刘老师游茶山。在天竺街上，逛马路游茶山是恋人必须经过的两个步骤，逛马路是过程，游茶山是结果。学校几位年纪大一些的老师都是游茶山第一次体会男女滋味的。

　　四个月的时间很短，六月刚结束，我就该走了。那时还没有放假，我的课由几位老师承担，其实我最希望刘老师把我的课全部承担下来，毕竟是师范生，课上得专业些。我记得离开天竺那天是建党节，我没有见到菊花，去他家几次，门都紧闭着，那时村主任正在镇上搞建党活动。自从村主任知道我只上四个月的课就要走后，就不让菊花和我来往，早上走的时候我看到宿舍门边放着一个口袋，打开后见里面装了三斤茶叶，还有一封写得很潦草的信，信上说要我好好考试，如果考上了，就让三斤朵贝茶陪我度过大学时光，待茶叶喝完了也就应该把她忘记了。如果考不上，就来天竺，她在这里等我。停在镇政府边上的中巴车按第三次喇叭的时候，我上了车。杨小花扑爬扭摆地跑来，也递给我一个包，报纸包的，又糊了一张语文课本纸，歪歪斜斜写有三个字——连理枝。杨小花说，这是王老师第一次去我家那天姐姐亲手做的茶叶，也不知道姐姐写个"连理枝"是什么意思？见我不答，杨小花也没有多问。我只是在计算，从我第一天到桂花家到现在已经四个月过去了。

　　我坐上镇里通向外面唯一的一趟班车，我将坐上这趟车离开天竺，去一个叫普定的县城，然后再转车到我家所在的县，我将在那里进行我人生中最重要的一次冲刺。

都说兴趣是最好的老师，不假，我的历史功课有了明显的进步，表现在高考上就是五门功课比较平衡，没有明显的偏科，我考上了省城最好的大学，读的正好是历史系，毕业后分在省博物馆。正如菊花说的，我很快把她忘记了，其实比她想象的时间还要早，三斤茶叶在我高考后不知弄丢在哪里了，那时的心思都在高考的结果上，倒是桂花的那包"连理枝"陪我度过了那个酷热的夏天和漫长的等待。毕业后我爱上了城市也爱上了城市里的生活，经过几次不算太痛苦的失败后找了个在医院上班的老婆。由于工作关系，上班时间我会对历史进行一些思考，这种思考有时会延续到家中。因为思考，发呆是少不了的。其实这是思考进入深层次的一种表现，学医的妻子不知道个中原因，说我是不是得了精神病，这样反而让我记起了被狗咬过的历史，我对妻子说我被狗咬后没有打狂犬疫苗，学医的妻子职业性地跳起来，那还了得，非要拉我去防疫站看看，我说这么多年了从没有咬过人，妻子说狂犬病潜伏期有几十年的，说不定今天就会发作。

我再次去天竺是工作六年后，那时我刚结婚一年多，新上任的领导不可思议的新花样成就了我的天竺之行。领导说学历史的就要学会走回头路，单位要求我们众职工周末独自出发，这有点像我们现在风靡的户外拓展，我更愿意理解成忆苦思甜。我第一站选择的就是天竺，当然它的名字叫化处，我的车颠簸着到达镇政府的时候，和我的记忆相差甚远，一问才知道现在的镇政府是新搬迁来的，原来的地方已经成了茶叶基地。

刘老师在里屋里批改作业，我走后没有几年他就调到了镇中学。刘老师家住的是中学的小平房，一进一出共两间。里间是卧室，挨窗户的地方摆了张课桌，为刘老师批改作业用。见到我后他很吃惊，说想不到十年后还能相聚。说完他跨出门，对着学校厕所那边甩一嗓子。杨小花扛着锄头回来，刘老师忙对我解释，说桂花和他结婚一年后离婚。还说合不来呗，离了也好。据说桂花离婚后去贵阳打工去了。当然谁也说不清楚她具体去了哪里。刘老师和桂花离婚后，杨小花反而天天来安慰刘老师，说她姐是这山看着那山高。杨小花初中毕业后嫁给了刘老师。

　　杨小花给我泡了茶，端上来后双手在衣服上擦了擦，说做农活的卫生欠缺些，请王老师不要嫌弃。刘老师嗔怪着说，还不是你闲不住。又回过头来对我说，中学的这些家属都喜欢在学校围墙边上种些青菜白菜。好多年没有喝上这么好的茶了，杨小花给我续开水的时候意味深长地说，我做的"连理枝"不比桂花差吧？也不知杨小花是不是真的理解连理枝的意思了。不过看得出来，她和刘老师还很恩爱。

　　我费了好大的劲才找到杨民权家，杨民权老了很多，已经从村主任位上退下来了。见了我，老村主任很高兴，对我问长问短，当了解我这些年的变化后，老村主任又吧嗒了几下叶子烟，说第一次看到王老师就觉得不是凡人，都说饭胀憨脓包，王老师饭量那么小，肯定就是非常聪明的人。老村主任肯定想起了我在他家自始至终都没有添饭的事。也不知老村主任哪来的这种逻辑。我转弯抹角地问到了菊花的情况，他说在家闷了两年，无精打采的，后来不知怎么的就开窍了，办了茶叶加工厂。我关心的是她结婚没有，老村主任说，我们老两口一提她的个人问题，她就不高兴，说她要以事业为重。

　　我离开天竺的时候已经近黄昏，火红的云彩映红了山梁西面的那片茶林，磨香河还是那么蓝，以前的镇政府大楼和我上课的天竺小学有机器运转的轰鸣声，那里已经成了菊花朵贝的茶叶基地。

　　妻子问我怎么提前结束了忆苦思甜之旅，我说，想你了呗。这句话达到了善意的谎言应该到达的效果，妻子呈现出和大多数女人一样的小别胜新婚的表情。坐在沙发上，妻子抱着渐渐隆起的肚皮，对我说，你猜是男是女？我说是男是女我都喜欢。妻子又说，如果是男的必须由我取名，如果是女的就要你取名。我说看不出城市人也重男轻女。妻子不搭我的腔，直接问我如果是女的我准备取什么名字？妻子是急性子。我不假思索地说：朵贝。妻子吃惊地望着我，我说朵贝就是躲在你肚子里的宝贝。妻子笑开了，说，学历史的就是老土。

爱你一生一世

2013年1月4日，这一天，并不是什么特别的日子。事后，小杨对这一天百度了一下，词条显示：一对新人展示刚刚领取的结婚证晒幸福。2013年1月4日，因被网友取"201314"的谐音"爱你一生一世"，大批新人选择在这一天喜结连理。

十多年前，小杨从财经学院分配到这家国有银行工作，同一天进这家银行工作的还有小朱、小刘和小马。小刘和小朱家在县城，小杨和小马家在乡下。家都不在本市，就都住在这家银行的培训中心。其实培训中心就是一个六层楼的招待所，行里开会什么的，支行的来了，就住培训中心。培训中心主楼旁是两层楼的副楼，一楼是培训中心的食堂，二楼有十多间单间，是单身员工的宿舍。之前，单身员工多，三四人住一间。小杨他们进银行的前一年，行里起了职工宿舍，就是福利住房，要有结婚证的才能分到。那一年，就像歌里唱的，抓得住或抓不住爱情的人，都找一个最爱的深爱的想爱的亲爱的或者不爱的人来告别单身。

小杨他们来时，单身宿舍里就只有他们四人。小杨和小刘是男生，小朱和小马是女生，有人担心，四个孤男寡女，会不会出事哟。这种担心，给了小杨和小刘很多信心，也给了小朱和小马很多防备，或者是期许。为此，行长还叫人事科长在单身宿舍给四人上政治课，大意是要求几位洁身自爱之类，人事科长讲得转弯抹角，小杨他们听得昏昏欲睡。事后证明，领导们的担心是多余的。十多年后，小杨和小刘已为人父，小朱已为人母，小马依然洁身自爱，甚至都快变成剩女了。新来的张行长倒担心起小马嫁不出去，影响单位形象。好在小马已经买了新房，住自己家的房子，就算有什么男欢女爱，也不碍单位什么事。小刘和小朱后来离了，又结了。这是后话。

四人在男女之事上没有出什么问题，按照银行里的提法，是连续实现了多年零案件目标。倒是平时他们爱在一起玩，四个人都黏黏糊糊的。刚进银行时，情况都差不多，认识的人也少，就少不了一起玩。先是玩扑克，双升开始，拱猪、怪噜、斗地主，也学习过桥牌，有时也玩点带彩的麻将。一玩就是十多年，成了不离不弃的玩伴。小朱说，老公我都不要了，就要你们。小杨开玩笑，我也要你啊，反正我家和你家挨得近，近水楼台先得月。说这话时，小朱和老公离了，但看不出一丝苦楚。

老婆小黄打电话过来的时候小杨正在开车，新年新交规刚执行，小杨没敢接。想回到单位再回过去，回来时竟忘了。

冬季白天短，外面又在下冻雨。小杨担心路上凝冻，拿出手机，习惯性看看当天信息，也看好时间，做好回家的准备。

现在的信息也太多，天气预报、小孩的"校讯通"、手机报、同学微信……小杨走马观花地看，有些顺手就全部删除了。这时，张行长进来，交代工作总结的事。张行长是三年前从省分行调下来的，应该算是小杨的恩师了，刚来时，小杨还是办公室副主任，张行长来没多久，对人事做了些微调，新设一个党群工作部，原来的办公室主任去了党群工作部任部长，小杨被扶正。为此，小杨很知足。一同进行的几位，小刘才是客户经理，相当于虚职副股长，小朱和小马还是一般员工。虽然十多年了，才混到正科，进步也不算快，但横向一比，就多了些成就感。幸福不都是比出来的吗？因为别人不幸，所以我幸福，因为比下有余，所以我幸福。小杨很感谢张行长。

多数人认为，张行长从省分行下来，是来镀金的，张行长在某些场合也讲过，他来是干不了几年的，言下之意，不就是镀金吗？还有，就是你们大家要把工作干好，干好是你们的，干不好也是你们的，我迟早要走。

许多事情就是阴差阳错，如果张行长不进来，小杨也许就看到了老婆发的信息，也许也会看到老婆打来的未接电话。当然，就像歌里唱的，也许也没有也许。

领导安排的事，小杨挖空心思地想做好，想着想着就到下午五点半了。小朱电话来了：晚上开会！开会是他们四人的暗语，其实就是出去聚一聚。小杨随口答应了。小杨说：还是我开车接你吗？小朱说：你接小马吧，我坐小刘的车。小杨说：都接你一辈子了，现在见异思迁了。小朱说：让小马也享受点领导的恩泽啊。这话小杨很受用。小杨说：当领导的就要仁爱。说了这话，小杨禁不住笑了。

去年以来，小黄就有种世界末日到来的感觉，惶惶不安。小杨当上办公室主任后，应酬多了，回家吃饭的时间少了。以前，有女儿在，并不感到孤独，所以怨言不多。去年，女儿去了省城念私立学校，小黄的怨言就一天天多了起来。小黄的怨言主要还来自小朱，小朱老公以前也在银行工作，在市里的另一家国有商业银行。去年初，小朱老公升调到省分行任副处长，儿子就一起带去了。差不多和小杨女儿一个时候去的省城。小朱家和小黄家住一幢楼，住的T形房，一层有四家，小朱和小杨住一个单元，都住二楼，小朱住二号，小杨住四号，二号和四号房前后对称，小杨家大卧室、主卫、厨房和小黄家正好相对，直线距离不过五六米，小黄家炖猪脚的香味会飘到小朱家，小朱家洗澡的声音也会飘到小杨的耳里。有时小黄在做菜，小朱会在对面说，嫂子，又给小杨做什么好吃的啊，我也过来吃哈。小朱洗完澡打开窗子吹头，正好小黄不在家，小杨也会在这边开开玩笑，小朱，用的是海飞丝啊，香死我了。

小黄觉得，他们家的小杨和隔壁家的小朱有点说不清道不明，是猜测，是感觉，但似乎又很肯定。小黄一直认为，一旦失去监督，什么事都很危险，以前小朱老公在，监督机制健全，问题不大，现在，小朱老公调走了，小朱失去了监督，危险就来了。小黄心想，对小杨的监督绝对不能放松。在单位，有同事说，在家要防偷防盗防老公。小黄都当笑话听，现在觉得是很有道理的，小偷偷走的是物质，如果老公去偷，偷的是别人的情，偷走的是老公对老婆的爱。

小黄在团委上班，工作轻松，上下班规律，就连给老公小杨打电话也很规律，上午十一点半，下午五点半，几乎像预设的闹钟一样准时，电话内容也几乎千篇一律，问回家吃饭不。前几天，小杨答应和小黄今天去吃西餐。小黄和小杨都不是喜欢吃西餐的那种人，只是小黄想在今天浪漫些，小杨呢，也就是随口答应了。男人嘛，在女人面前都喜欢随口答应，因为答应的随便，执行起来就难。下午四点钟，小黄没有事，就把晚上吃饭的西餐店订好了，打电话给小杨，小杨没有接，后来就给小杨发了信息，告诉他西餐店的名字。

如果是下午五点半打的电话，就算开车不敢接，出于习惯，回头也会留意。如果张行长不那会儿进来，小杨也会看到小黄的信息。后来天黑了，小杨经历了结婚以来最黑暗的一天。

小黄六点就到了西餐店，点好了牛肉汉堡、薄饼比萨、玉米沙拉和蘑菇浓汤。

西餐厅其实就是一个大厅，横七竖八摆满桌子。每桌用薄帘子罩住，服务生过来了，在帘子外站着，你叫一声"进来"，服务生就进来了。服务生服务完，出去了，会顺手用夹子把帘子夹起来，围住。一桌就是一个世界。可以依稀仿佛听到别人谈情说爱，可以朦朦胧胧看到别人卿卿我我。大厅正中，有一个小小的舞台，一男一女，男的弹吉他，女的在唱《泰坦尼克》。西方就是这个样子吧，小黄想。

等小杨的这段时间，小黄边等边听音乐。

小杨也是六点钟出发的，但目的地不是西餐店。小马坐上小杨的车后，接到小朱电话，说今天吃了饭后去"新天地"唱歌，小刘、小朱他们两个请客，还说杨主任机品差，打他电话不接。

"新天地"刚开张，是这座城市目前最好的歌厅。

小杨当上主任后，小黄除了每天上、下午的那个定时电话，很少再打电话给小杨，就算那个定时电话，也是响五六声后没有接就立即挂断，小杨开会的时间多，小黄怕影响小杨。六点半，服务员开始上菜，小黄又给小杨去了个电话，这次，一个甜甜的女生声音提示说你拨打的电话暂时无法接通。小黄先以为是信号不好，之后又拨打了几个电话，一直等到八点钟。西餐厅里，一对一对的吃好走了，又有一对一对的来了。

西餐没有吃，吃了一肚子气，小黄买单后拂袖而去。

小杨、小朱、小刘、小马他们四个吃完饭，小朱付钱。小杨说，怎么要女同志付，我来。小刘说，小朱付就行了。自己不主动付，而是主动叫别人付，小杨听着有点意思。有人做过总结，男人和女人一起吃饭，男人付钱的是情人，女人付钱的是夫妻。小杨说，你们两个请我们吃饭，怎么变成小朱一个人请了？小刘说，现在去唱歌，吃饭小朱请，唱歌我请。当晚玩得很高，深夜一点才回家。

都喝了很多酒，小马提议打出租回去算了，小杨和小刘觉得，凌晨了，也没有交警值勤，还是自己开车方便些。按惯例，小朱坐小杨的车最方便，同幢楼同个单元。今天小朱却说，还是大主任送别家小马吧。这句话先说就等于定了调。就像单位里党委会研究提拔干部的，一把手先说某某某如何不错，就算再补充一句只代表个人的意见和看法，别人还能说什么呢。首先，就算说含蓄点，说小刘送别家小马吧，小马会有想法。其次，小朱叫小杨送小马了，意思再明白不过，就是小朱要坐小刘的车，现在小杨再主动说送小朱，是不是有贱骨头之嫌。再者，小朱主动不坐小杨的车，是不是觉得小杨有不良企图，是不是释放一个信号，以后不要打什么坏主意。

刚进银行时，小杨、小刘、小朱和小马都处在贪玩的年龄，婚姻都没有过多考虑。四个人住单身宿舍，晚上没有事，就打扑克。经常打的是双升，小杨和小刘技术好些，为了平衡，男女相互搭配打对家，小杨和小朱一家，小刘和小马一家。这样的搭配保持了好几年。也许是一种习惯性，连出去跳舞，小朱成了小杨的固定舞伴，小马成了小刘的固定舞伴。

多年以后，小杨后悔，如果当初深入一点，小朱也许就成了自己的妻子。那时跳舞，小杨和小朱跳的是情人舞，小朱双手搭在小杨肩上，小杨双手抱住小朱的腰。虽然叫跳舞，其实也就是在舞池的某个角落原地扭扭屁股。曲可以终了，舞却不停。下班后，有时小朱会来小杨的宿舍，有时，小杨也会来小朱的宿舍。再后来，两人一起搭伙吃饭，小朱做菜，小杨洗碗。吃完饭就一起坐在床上看电视。闭路电视是小杨偷接的，画面效果差，但小朱看得很投入，小杨看得心不在焉。多年以后，小杨对自己说，那时，如果再深入一点，事情也许就成了。

突然有一天，小朱结婚了，结婚前没有任何征兆。属于闪婚的那种。老公在同城的另一家国有商业银行，比小朱大三岁，也比小朱先工作三年。小朱老公在单位分有福利房，条件成熟，说结婚就结婚了。小杨对此很不屑，说：有房人终成眷属，有情人享受孤独。甚至觉得小朱势利，目光短浅。

小朱结婚后，原来的平衡被打破。之前，小杨和小朱搭伙吃饭，小刘和小马蹭过几次饭后，两人也搭伙吃饭。现在，小杨也不好重新加入小刘和小马的团队。下班后，小刘买菜，小马做饭，热热火火。小杨百无聊赖。科里有老同志开始给小杨介绍女朋友，介绍的就是小黄。有了小朱的教训，又在同学那里偷师学艺，小杨和小黄还算顺利，看过几场电影，在一个月黑风高之夜，在单身宿舍，用后来小杨的话说，把小黄给办了。谁说在男女之事上，是无师自通，其实还是有师傅和徒弟之分的。元旦，同学发的关于神父和修女的笑话，让小杨百般感慨。是否深入一点，不是一个流氓问题，而是婚姻大事。在这一点，小杨失败过，也成功过。

婚后，小黄为小朱和小杨吵过几次架。女人嘛，都是醋坛子。小黄吃醋也不是没有理由，他们婚前的这次性行为，小黄心里虽然有些期许，但实际操作起来，惊慌失措，不知道如何配合。小杨呢，处乱不惊，井井有条，不像是新手。

小杨办了小黄后，小黄爷爷去世，按照小黄家的风俗，子女要么一百天之内结婚，要么要等三年后。小黄要小杨选择，小杨心想老子早都等不及了。小黄她妈对小杨倒没有什么，小黄她爸不满意，大概是说门不当户不对，说白了，就是嫌弃小杨家在农村，经济条件不好。小黄坚持，小杨和小黄就结婚了。结婚选择在1月8号，小杨穷怕了，想谐"要发"之意。结婚很简单，房子是租的，随便刷了点涂料应付，就连给女方家的金银首饰也没有买。小杨过意不去,小黄说:以后给我买不也一样。

女儿出生后,小杨的心愿就是买房,一房产商在小杨的银行贷了开发贷款,和小杨他们单位签了团购协议,小杨他们这些后进银行的基本都购了。买房就要贷款,贷款就要按月还贷,日子过得也挺紧的。给小黄买首饰成了小杨一块心病,本来在其他开支上紧一紧,这件事是可以办到的。但小黄坚持说不急,等条件好些再说。

时代天天在进步,生活越来越美好。银行工资越来越高,公务员工资也一再上涨。前年,小杨和小黄把房贷提前还完了。结婚结得简单,现在有条件把欠小黄的东西补上了。小黄说:都老夫老妻了,还买那些东西做啥,我想了好久了,干脆我们存两年钱买辆车吧,买辆好的,你在家就你开,每天负责接送我,你出差,我就自己开起上下班。小杨觉得小黄说得有理。在小杨他们生活的城市,交通是大问题,公交车少,打出租也难,小杨家住北门,小黄工作的团委在城南,相距十来公里,坐公交车要转几次。以前小杨怎么就没有想到这点呢,也不是想不到,经济不允许啊。问题是小杨开单位的车天天接送的是小朱,怎么就没有想过接送小黄呢。小黄说的话是不是有责怪的意思,小杨不知道。

小杨说:我的工资卡交给你,你负责存钱。

1月4日,新年上班第一天,单位发了两万块钱。发的现金,小杨想,再过四天,就是和小黄的十五年结婚纪念日了,十五年前欠小黄的,就算不还利息,也应该还本了。新年第一天,上班本来就不正常,想着单位没有什么事,小杨早早就出去了,先去了国贸,买了一条金项链,买了个金戒指,又买了个金手镯。出来后,还剩下五千块,小杨平时自己工作忙,陪小黄时间少,想小黄喜欢上网,又去了广电公司,买了台平板电脑。买好回单位的路上,小杨一边开车,一边沉浸在完成一项重大事情的喜悦中,这时候电话响了,小杨本想把车靠边停后接听,但这样想的时候,电话却挂了,小杨想会不会别人打错了，便想到回单位再查看。回到单位，小杨不忘把买的东西拿出来把玩，憧憬着小黄高兴的各种可能，就把回电话的事忘了。

小杨本想一下班就将买的东西送给小黄，偏偏小朱约几位老朋友聚聚。小杨和小朱，小刘和小马，都从当初的有点那个意思到今天的纯友情。小刘的离婚，曾经有人断定是为小马而离，后来都证明不是。四人只要聚会，仍然不离不弃。自从小杨当了主任，跟着领导鞍前马后，忙得不亦乐乎，四人在一起玩的时间少了。今天小朱邀请，自然不能拒绝。

今天的节目是唱歌，也跳舞。小刘唱歌的时候，小朱也和小杨跳过几曲，但很客气，很礼貌。更多的时间，小朱和小刘跳，小马和小杨跳。以前，小朱是小杨的固定舞伴，小马是小刘的固定舞伴。今天调了个，小杨觉得有些别扭。

就像天气一样，城市随着夜深变得冷清了。

想该回家了吧，小杨掏出手机看时间，才知道手机没电了。

小黄走出西餐厅，后悔没有打包，白白浪费了四百多块钱。城市的霓虹灯依然在闪烁，一对对的夫妻、恋人、情人相拥而过。小黄感觉自己像城市的弃儿，可怜无助，无依无靠。在凄风冷雨中，打了好长时间的出租车，好不容易等到一个，司机探出脑袋：去北门二十块。小黄有种被宰的感觉。有什么办法呢，城南是市中心，北门在城边，出租车从北门回来容易放空，都不愿跑这条线。况且，现在城市车少人多，不愁客源。

回去的路上还出了点事，出租车见前面的车走得慢，就甩方向盘从右面超车，正好后面有车来，速度有些快，就追尾了。本来就生气，又被追尾吓了一下，气性就更大了。

折腾了半天，小黄回到家已经九点半了。

按照原先的计划，吃完西餐，应该由小杨带着环城兜风一圈。环城路是他们当初恋爱时常常走的路线，小黄和小杨就是从这条线走进婚姻的殿堂的。今天，小黄做了很多精心的设计，还特意换了大红的毛绒床单、床套，床单和床套是中午换的，新婚那天，家里铺的床单和床套也是红色的，红色的日子才过得红红火火。

换好后就想晚上睡上去的感觉，想着自己的脸都红了，就像刚结婚时那样，有点不好意思。

十点钟，小杨还没有回家，小黄心里说：回来要好好收拾你。看电视看不进去，就去书房拿笔记本电脑上网。电脑打开后，桌面弹出搜狐新闻：世界末日纯属虚构。点看里面的新闻链接：2012年12月中旬，将有一颗小行星按逆时针方向朝地球直冲而来。玛雅人预言，2012年12月21日那天与地球最为接近，彼此之间巨大的引力将使地球与行星扭结在一起，最后在剧烈地摩擦中一起灰飞烟灭。

就是12月21日这天，小杨答应小黄今天去吃西餐的。小黄想小杨就是那种不守信用的人，把他们结婚十五年来小杨说的谎全部梳理了一遍，而且越想越气，把所有的怨言都记在小杨账上。

小黄担心世界末日到来，有天她对小杨说：如果世界末日来了，我死了，你活着，你会做什么？

小杨说：哪有什么世界末日，你是杞人忧天。

小黄说：我是假设，假设有，你会做哪样？

小杨说什么都不做，因为假设不成立。

这个答案小黄很不满意。小黄想，如果真有世界末日，我家小杨没有了，我活着也没有意思。说到底小黄是怕失去小杨。以前上班，看着小杨下楼了，听着小杨把停在楼脚的车发动了，又听着有人开车门关车门。小黄就知道小朱上了小杨的车，断定小朱一定坐在副驾驶位置，两人有说有笑。小黄工作闲，上班比小杨晚，下班又比小杨早。小朱坐小杨的车小黄清清楚楚。小黄很不是滋味，好像自己是多余的，小杨和别家小朱才像两口子。有次，小杨下班，车停在楼脚，出了点故障，车钥匙拔不出。在车上折腾了好长时间，小朱坐人家车，也不好意思车有故障自己就溜回家了。尽管帮不上忙，留在车上，是表达自己的关心。天黑了，两人才弄好车回家。小黄在自己家的窗前，一直看着小杨开的这辆车在震动，而且有半个小时的时间。为这事，两人大吵了一顿。小黄委屈，小杨冤枉。小杨怕小朱家听到笑话，尽量委曲求全，小黄说小杨做贼心虚。

小杨任主任后，经常很晚回家，小黄时时感觉失去了小杨一样。结婚十五年，虽然没有轰轰烈烈的爱情，也少不了磕磕绊绊，只要小杨回到家，心里就很踏实，就有了依靠。失去小杨就是小黄的世界末日。

玛雅人推测的世界末日那天，正好是冬至，晚上吃过狗肉，小黄和小杨早早睡了，小黄抱着小杨睡，小黄睡觉时喜欢将颈子靠在小杨的右手上，自己的右腿搭在小杨的左腿上，右手抱着小杨的腰。小杨刚结婚时说不习惯，说抱紧了睡不着，好在那时都是折腾身体的时候，有时折腾几次，折腾完了，睡得都像死猪。这样睡觉的姿势后来竟成了习惯，十多年了也不变。小杨瞌睡大，上了床就有了睡意。小黄呢，却不，她在一分一秒数着时间。到了午夜十二点，小杨有了鼾声，小黄推醒他：凌晨了呢。小杨嗯了一声，小黄又说：到22号了呢。小杨又嗯了一声。小黄说：1月4号你知道是什么日子不？小杨在睡意蒙眬中应了声：知道。小黄说：到时我们去吃西餐吧。小杨又嗯了一声。

屋外风很大，到了午夜十二点，小杨还没有回家，小黄想你小杨还要不要这个家？于是就气不打一处来，把门反锁了，想：以后你也别想回家了。

小杨上楼时有点兴奋，想如果小黄没有睡着，就给小黄卖个关子,说:你猜我给你买什么了?如果小黄睡着了,就悄悄把买的东西放在小黄的枕边。上楼时,"老婆老婆我爱你"的歌都差点哼出来了。小杨把钥匙插进锁孔,扭了一下,没有扭动,又扭了一下,还是没有动。以为走错门了,借着声控灯看,2-2-4,也就是二单元二楼四号房,没有错。知道小黄反锁门了,小杨敲了三下门,里面没有动静。小杨喊了声:小黄开门,我没有带钥匙。怕邻居知道被撵出家门笑话,小杨故意说自己没有带钥匙。里面还是没有应答。三楼一家男人出来看了一下,又把门关上了,像防小偷一样。小杨怕吵醒邻居,又敲了三下,里面还没有应答,觉得很狼狈,便转身下楼。

其实屋里的小黄听得清清楚。小杨第二次敲门时,她的气就消了一半,但她心想,我在街上打了半天出租,你也在门外等等吧,就算惩罚!她在等小杨的第三次敲门,但她没等到,小杨已经转身走了。

小杨去了宾馆,当晚,小杨找小姐的心都有了。

小杨走后,小黄一肚子的委屈爆发了,眼泪澎湃而出,把多年来小杨的不是全部数落了一遍。多敲一下门的心都没有了,心都在对面这个狐狸精那里了吧。这样的想法提醒了她,小黄又回到卧室,观察二号房的动静。二号房的主人也一晚未归,小黄一切都明白了,心从凉到死,得出的结论:日子没法过了。

第二天,小杨匆匆到单位打了考勤,就回家取手机充电器。单位要求要二十四小时保持通信畅通。

家门还是反锁的,小杨知道小黄没有去上班。小杨敲门,门开了。

小黄一双熊猫眼瞪着他:我们离婚吧。

小杨说:你疯了。

小黄心平气和：我没有疯，是你疯了。你在家疯，还到外面疯。

小杨说：你有病。

小黄说：我没有病，是你有病，病得不轻，得的相思病，天天想着对面的狐狸精了。

小杨说：你给我说清楚，我想哪个狐狸精。

小黄说：明知故问，昨晚一起销魂了吧。

小杨说：你是恶人先告状吧，是不是天天上网有了别的人。

小黄说：是的，我在外面是有人了，我天天哄你单位有事，去和外面的人幽会去了。以前我没有听我爸的，我错了。我就纳闷了，以前别家看不上你，现在别家老公不在家，拿你当替用，就有人这么贱。

小杨说：离就离吧，不要找这么多理由。

小杨开始对家里的物资财产进行登记。小黄拿出他们结婚证书：不要登了，家里的东西，想要什么你尽管拿走行了，下午我们去民政局把手续办了。你的银行卡在这里。没有动你一分钱。还有，昨天给你买了块手表和包，还是给你，留作纪念吧。吵了一早上，都累了，小黄的声音也越来越小：当办公室主任，应该有块像样的手表，你的包也该换了，都背五年了。小杨见手表是块瑞士的OMEGA，包是LOUIS VUITTON。小杨现在背的这个包，也是小黄买的，结婚十周年的时候，小黄送给小杨的礼物。

吵了一早上，小杨把昨天买的东西忘了，现在拿出来：结婚时没有钱，再过三天我们结婚就满十五周年了，昨天发奖金，就想把以前欠你的补上。现在我一时半会也找不上合适的，也不想找了。这些给你，也作个纪念吧。还有，这个平板电脑给你，以前的笔记本电脑也该换了。你喜欢上网，用这个好用些。

两人说着说着，都停下来，一起陷入伤感。窗外，下了入冬以来的第一场大雪，积了很厚，洁白一片，与小杨和小黄手里紫红的结婚证书形成鲜明的对比。

小刘和小朱到小杨家是中午十二点半，小刘和小朱来送结婚请帖。

见小杨和小黄手里拿着结婚证书。小朱说：你们拿结婚证晒幸福啊。小杨和小黄的结婚照挂在客厅靠窗户的墙壁上，小黄头微微靠在小杨的右肩上。墙上小黄和小杨看着站在客厅里拿着结婚证书的小黄和小杨，甜甜地笑。记得照结婚照的那天，也是个下雪天，摄影师让他俩选择结婚光盘的背景音乐时，他们选了那首代表纯洁爱情的《水晶》。

小杨和小黄有点发蒙。小刘说：昨晚我们定好了日子，周末请你们吃喜酒。小朱说：昨天我们准备请你和小马就算完成仪式了，小刘家里要求还是请点亲戚朋友。像我们这种重新组合的也不想多请。去你办公室，你不在，这些天装房子买家具，好久没来这边了，也想看看嫂子。

两人一通啰唆，好像等不及他们醒悟，就在一片惊愕中匆匆出了门。身后的小杨和小黄自然面面相觑，小黄说：这是哪个时候的事啊？小杨说：鬼晓得。小黄说：怎么是小朱啊，我一直以为是小马。小杨说：我也不知道，真不知道。他停了停，又重复说不知道。忽然，小杨又觉得这里面有澄清的意思，赶紧扯开，管他们谁跟谁啊，我们过自己的就好了。说着他把手里自己的那张结婚证递给小黄，让她重新放回床头柜。

断　桥

　　天是从河对面的凤凰山上开始亮的。鸡叫过后,女人睁开眼睛,外面还是漆黑一片。渐渐地,有了些灰蒙蒙的亮光穿过窗子。屋后龙头山上柏木树的枝条慢慢露了出来,雾霭缭绕,朦朦胧胧。天就亮了。

　　女人起床。这时就有了雨,先是星星点点的,一颗一颗,落在水泥院坝里,溅起许许多多的水花。后来雨就大了,在房上的石瓦上聚集后如注流下,像盆倒的一样,砸在石梯上的瓷盆里,响起叮叮当当的声音。瓷盆还是四年前娘家的陪嫁品,瓷东一块西一块地脱落,像足球的花纹。

　　牛眼巴巴望着主人,哞哞地叫。女人知道,牛是饿了。但女人觉得很怪,牛本来没有东西吃的,但嘴巴却不停地嚼着什么。进入夏季,正是水草绿肥的季节。牛马就在这个季节长膘,然后又在冬季慢慢消耗。今年大雨连续下了半个月了,牛就在家里关了半个月。女人去给牛丢了几把谷草。猪好像跟着起哄似的,也哼哼地叫,女人又开始去煮猪食了。

在这个叫断桥的布依山寨，女人的一天就这么开始了。一天又一天，一年又一年，周而复始。但是，这些天和平时又有些不同。往常，忙完养牲口的事，女人和男人就该下地了。雨下了十多天，门出不了，女人坐在坎子上，没精打采。天乌蒙蒙的，就像她此时的心情。女人没有白天睡觉的习惯，又没有事做，就端了条凳子在坎子上坐上，看天，看门前哗哗流淌的河水。

在整个断桥寨，就只有于姓一家。

今天，从省城一路往西大约200公里，有一座横跨河东和河西两个县的红水河大桥。站在桥上向左下方俯瞰，在红水河的那一侧，一片竹林深处，隐隐约约看到一些用石头做的房身，用石片做房瓦的建筑，那就是断桥。

于氏子孙不知道，他们的祖先怎么找到这么好的村庄。东面凤凰山，西面龙头山，红水河自北向南缓缓流过，像一条银带，水大些的时候，又像一条水龙。断桥寨坐落在龙头山的龙筋上，面对凤凰山，正是龙凤呈祥。

河的这面属于河东县，一水之隔，河那面属于河西县。有一点，断桥村民永远不明白。他们居住的断桥村寨，在河的那一面，却属于河东县。只有翻过村后的龙头山梁，才是河西县的管辖范围。断桥村寨就是红水河将上游的河沙带来形成的冲击平坝，年深月久，河水在村前向外凸着走成一个半弧。在村庄这面，形成的一坝良田，养育着断桥的于姓家族。三四月份，一弯一弯的油菜花在高高低低的田里，开得蓬蓬勃勃，铺天盖地。如果是夏季，一弯一弯的水田又像一个又一个的月亮，田坎上的青草勾勒出一条条的等高线，层次分明。然后，秧插了，秧转青了，秧黄了，水稻收割了。从一片绿色到一片金黄，断桥一年年重复着自己的美丽和富饶。

由于行政区划的原因，生活还是有诸多不便。比如，孩子们就要穿过红水河到河东的乡镇上学。所以，桥就成了断桥和河东联系的纽带。以前，断桥有一座石拱桥，在解放战争中，国民党反动派为阻断解放军西进，用炸药将石拱桥拦腰炸断，剩下东西两个桥墩就像传说中的牛郎织女，在红水河的两岸，遥遥相望，述说历史的沧桑。断桥也因此而得名，它原先的名字也随亘古不变的红水河消失在岁月深处。后来，政府在断桥上游五六公里的地方重新修了座桥。但是，这座桥却延长了断桥寨到乡镇的距离，尤其孩子上学要多走十多公里山路。为了方便，断桥村民在寨子前面搭了座简易铁索桥，每到洪水季节，桥常常会被冲垮。

光宗进了光华房间的时候，光华正在做梦，光宗叫了声，光华哥，幺爹叫你呢。光宗是顶着大雨来的，到光华家坎子上，把蓑衣和竹帽放下，残留的雨水就顺着蓑衣和竹帽往下流，流到院坝，又和院坝里的雨水一起流到河里。坎子其实就是堂屋前的一小块长方形的地，用水泥找平的。

光华在梦里牵着儿子过河，儿子们的学校在河对面。这是光华最温暖的梦，光宗一叫，光华的梦和儿子就没了。光华心里很烦，骂了句，喊个×，火烧房子了嗦。光宗说，反正我给你讲了，管你去不去。光宗在寨里，扮演着通信员的角色。

光宗从光华屋里出来，径直走了。女人在后面叫了声，光宗兄弟，我们就来。光宗没有应声。女人的眼光和着光宗的身影一起消失在滂沱大雨中，有种说不出的滋味。

光宗走后，女人进来了，对男人说，太阳都晒到屁股了，还睡？其实哪里有太阳，只是女人抱怨男人瞌睡大而已。光华说，急什么急，死人了嗦。女人嘟哝：你真死了，我才不急呢。

幺爹叫于万年，是断桥村民组长，论辈分，是光华们叔辈。恢复高考的时候，幺爹在乡中学上过高中。在村里算是高学历、高辈分的"双高"人物。后来，乡中学的高中部撤了，寨里的人再到乡中学念书，层次就差了那么一截。表面上看，这一截的距离，就是初小文化和高中文化的差别。仔细一想，又是社员和村民组长的差别。村民组长好歹也是长，管着全村一两百号人呢。幺爹两个儿子大学毕业后留在了省城，大学梦用两代人的时间圆满完成。寨里人不知大学是什么样子，就拿幺爹打比方，高中是村民组长，大学嘛，应该比乡长大吧。乡长都还住乡里，一上大学就成城市人了。乡里组织村民组长选举的时候，村民们就说，幺爹连城里人都教育得好，还有谁比他更胜任呢。

幺爹的自信心确实很大程度来自两个儿子。早些年，村里只有幺爹家有电视机，黑白的，但不影响村里人聚在幺爹家看电视剧的心情，那时最热的电视剧叫《加里森敢死队》，村民们不喜欢打打杀杀，但喜欢热热闹闹。电视剧开始前是《新闻联播》，每当出现天安门的时候，幺爹就在坎子上的角落里把纸烟吸得吧嗒吧嗒响。待众人回头，露出冷落了主人家的不好意思的笑意后，幺爹不快不慢、不冷不热地说上一句："老大以前就在这里读书呢。"众村民才感觉幺爹比加里森更像队长呢。队长就是村民组长，村里的人都是知道的。唯一的区别是一个叫法在土地下户前，一个叫法在土地下户后。

"队长"就应该有队长的派头，幺爹的派头表现在：私是私，公是公。谁家有大事小情，幺爹总是第一个先到，亲民呗。但对于公事，幺爹的谱是要摆足的。比如，村里有什么大一点的事需要开会研究，这种严肃的事情，幺爹通常都是让晚辈们挨家去叫，自己出马显然降低了身份。所以村里人都知道，有人通知幺爹叫你了，就是通知全寨开会了。

一致的逻辑是：幺爹关注儿子，所以关注《新闻联播》；因为关注《新闻联播》，所以关心政治；因为关注政治，所以从政就是不二选择。村里一致推举幺爹当村民组长，也算众望所归。

农闲季节，幺爹会在寨里转转，手里夹着纸烟，吸一口，说一句，动作优美得很。说的是家长里短，像视察工作一样。农忙季节，幺爹也会深入田间地头，扯上一根野草，说些庄稼的事。幺爹说农事和别的村民是不一样的，就像他煞有介事扯的那根野草，多半和每年三月领导带头植树一样，更多的是象征意义，或者是歌曲开始前的过门，是抛砖引玉。幺爹的砖是农事，玉是政治。幺爹爱说的是"社会主义初级阶段"，村民们听不懂，幺爹就说初级阶段就是我们所处的阶段，为什么处在初级阶段呢，是因为我们的生产力不发达，什么是生产力，知识就是最大的生产力。那些嫁过来的媳妇，就暗想，做男人就应该像幺爹那样。这样的对比，往往使自己更惆怅。

女人催光华快点是有道理的，那年，村民组开会讨论修条毛马路，光华和女人慢悠悠到了于氏祠堂，会议结束了。后来路修了，在村里拐了个S形，硬是占了光华家三分地。光华不依，幺爹说是集体研究通过的。光华说开会应该签到，家家到齐了才能决定。这事，光华也改变不了事实，但少不了被女人埋怨。再后来，女人就不敢过多唠叨了。女人叫杨四妹。嫁过来四年了，没有怀上孩子，说不起硬气话。那些后来嫁过来的女人，娃儿都会走路了。

光华不急也有不急的道理。前年，幺爹在乡里领回烤烟种植任务后，在村里开动员大会。

"出门打工千里远，不如在家种烤烟。"幺爹这话说到光华等几位没有进城务工的男人心坎上了，他们就是这样期望的。幺爹吸了口纸烟后，接着说，"打工嘛，来回要路费吧，要吃要穿要住吧。"

这样一算，还确实有道理。女人催光华，说光强家都种了二十来亩呢。光华家田地多，也急巴巴种了二十来亩，结果一分钱没有赚到。寨里那些不急的反倒落了个清闲。去年，幺爹动员大家养猪，说要致富，养猪是条路。光华家和光强家又急着去养，反而亏了本。

结婚前，光华还是很佩服幺爹的。和幺爹一比，觉得自己口笨，幺爹能将圆的说成方的，最厉害的是又能将方的变回圆的。种烟和养猪这两件事后，光华就有点反感幺爹了，硬生生在心里把幺爹拉下了神坛。幺爹一说话，光华心里就骂：啰啰唆唆有×用。

虽然反感幺爹念念叨叨地讲话，但会还是要去开的。光华起床后，穿上对襟短衣，洗了脸，就走了。女人就在后面跟着。以前，断桥寨的女人是进不了会场的，在场外听，老担心会议决定的事损害自己家的利益。男人在会场决定的事情，经常在晚上女人的软硬兼施中翻盘。屁大的事，往往研究来研究去，没个准，头天决定的事次日就反悔了。问题就出在女人身上，也是，女人一折腾，男人哪里受得了。男人的反悔就这么糊里糊涂的，男人决定了寨里的会议，女人又决定了开会的男人。

也不知是从哪一天开始，寨里的男人把对家和孩子的爱卷成一个铺盖，急匆匆就挤进城了。只有在年关鞭炮噼里啪啦的召唤声中，男人才急匆匆回来，带回胀鼓鼓的舍不得用的钞票和稀奇古怪的新鲜事。女人只有在年关，心中的惆怅才散去，脸上重新又活出滋润。

开会都是在于氏祠堂进行。也不知是从哪一天开始，断桥寨于氏祠堂开会的几乎成了老年娘子军，倒让光华、光宗、光强在枯萎的万花丛中显得很另类。

光华到后，见幺爹坐在祠堂主席台上，吸了口纸烟后说，人都到齐了。光宗说，到齐了。会是光宗通知的，光宗回答幺爹的这个问题最有权威。幺爹又说，都签名了没有。站在幺爹旁边的一个妇女说，家家都签到了的。签到这项程序是修路那次会议后增加的。幺爹又吸了口烟，右手比画着，夹在食指与中指的纸烟冒出的烟拐着弧形冲上祠堂房顶。

"人到齐了的话，我们开会。"幺爹说，"今天的议题就一个，想必大家都知道，商量修桥的事。"

幺爹的一双眼睛就像两台探照灯，从左到右，又从右到左，在一个个无精打采的皱纹上打上明晃晃的追光。除了三个男人，其余的头一律耷拉着，就像被岁月压垂的乳房。

显然幺爹对这支来之难战、战之难胜的队伍失去了信心。最后把眼光停留在于光强身上："修不修桥，影响最大的是这群娃娃，后天就是星期一了，娃娃怎么上学？"

于光强勉勉强强把头抬了起来，腰竟然咔嚓了一下。他环顾四周，全是花白了头发的奶奶级人物，头不自觉地又低了下去。幺爹心里开了黄腔：狗×的，生儿子的勇气被狗吃了啊。

有那么几秒，幺爹的眼睛很兴奋地停在还算年轻的光华和光宗身上。这是幺爹几乎在绝望中看到的救命稻草。但几秒后，幺爹的脸色重新回到灰暗。光宗没有结婚，光华呢，结婚了，但没有小孩。皇帝不急，岂有要求太监急的道理。

然后，祠堂里就是长时间的沉默。

光华不耐烦："如果没有其他事的话，老子睡觉去了。"

光宗在旁边骂："就知道睡，天天睡也没见睡出个娃。"

光宗和光华有过节。那年光宗家的牛吃了光华家的麦子，光华要光宗家赔。光宗觉得很丢面子，和光华干了一架。后来还是幺爹出面解决的，幺爹说，都是堂兄弟，就是外人，一个寨子坐起，哪有没有摩擦的，今天你的牛吃了他的粮食，明天他的鸡又吃你家菜，都很正常的事。大家都退一步就算了。光华不依，说不按规矩不能成方圆，今天你家牛吃了我家的麦子不赔，明天别家的马吃了我家的苞谷又怎么办。光华把赔的方案都想好了：光宗家牛吃了我家多少麦苗，我量出同等大小的地，收成的时候，我量出的地收多少，减去光宗家牛吃的麦苗收成的，就是我减收的，我减收多少，光宗就赔多少。全寨都觉得光华过分较真了。

光华的犟脾气是出了名的，连乡政府王乡长都知道，王乡长是

1月份调下来的，正值年关。按照惯例，乡里都要看望困难群众，在断桥寨，生活最困难的是于光强家，但乡政府选择慰问的是另外一家。光华第二天就到了乡政府，说慰问得不合理，于光强家更需要慰问。乡里的工作人员说做不了主。光华说他就是来找做得了主的，在乡里，谁做得了主呢，当然是王乡长。王乡长去别的寨子慰问去了，光华就在冷风中一直等，到了晚上，在吉普车里抖了一天的王乡长正想洗把脸休息，被光华堵在宿舍门口。王乡长解释说，于光强家是穷些，为什么穷，就是超生，政府是不会同情违反计划生育政策的人家的。光华说，这是慰问困难还是表彰先进。要说计划生育政策，我最遵守，我没有娃儿，那你们慰问我？

光宗挖苦光华没有生娃儿光华也是听到了的。光宗站在祠堂的入口处，周围是参加会议的妇女们。光宗说话的时候，站在旁边的人用手拐了他一下，本来是提醒光宗，四妹站在后面呢。光宗扭头，正好与杨四妹四目相对，都觉得有点不好意思。

全寨人都知道，杨四妹差点成了光宗媳妇的。光华和光宗以前是最要好的堂兄弟，光华是哥，光宗是弟，两人从小一起放牛，一起上学，光宗总跟在光华后面，屁颠屁颠的。二十出头的时候，经人介绍，光华认识了对门寨的杨四妹。杨四妹家也认为光华合适。光华是独儿，几个姐姐都出嫁了，田地宽，有一幢房，条件是不错。光华家就由介绍人给四妹家送去了酒、肉和粑粑，四妹家收下了，表明同意了这门婚事。按照风俗，女方同意后，要由介绍人带着到男方家实地看看。光华那天就叫光宗过来，一是参谋参谋，二来也是向好朋友炫耀一下。光宗那天有事，来的时候杨四妹和介绍人正好准备走了。光宗答应光华了的，不能失约，走得急，与出门的四妹正好撞个满怀。这事就算过去了。"六月六"的时候，热恋中的布依族男女都要到山上对歌。光华去了，也叫上了光宗。四妹唱：

> 吃了早饭出来游,
> 遇着情哥在路头。
> 情哥没有话来讲,
> 唱首山歌解忧愁。

光华那天感冒,唱不出声,光宗就应急:

> 吃了早饭出来游,
> 遇着妹妹在路头。
> 管他忧愁不忧愁,
> 唱首山歌把妹逗。

光宗的山歌唱得好,四妹的山歌也动听。四妹又唱:

> 遇到情哥在半坡,
> 妹妹遇到无话说。
> 心想同你唱两首,
> 不知声气合不合。

还是光宗唱:

> 二人遇着在半坡,
> 哥很干渴妹不渴。
> 只要妹妹有情意,
> 声气不合人意合。
> ……

在布依山寨，男孩子不会唱山歌是被女孩子瞧不起的，那次对歌后，四妹对光华就不满意了，几次悄悄约光宗一起赶乡场。和光宗在一起，四妹脸就红扑扑的。第一次和介绍人到光华家见光华的时候也没有这种感觉。那天和光宗撞在一起后，四妹的脸也是红扑扑的。脸怎么会不红呢，那天光宗只穿了件背心，结结实实的身体把四妹撞得实实在在，光宗的脸就贴在了四妹的脸上了，那是四妹第一次和男人的肌肤之亲。好长时间，四妹都在想象光宗的样子。后来四妹和光宗私订了终身，要她爹退了光华家的亲事，她爹发了很大的火，顺手还打了四妹一巴掌：没有见过拿了人家东西还退亲的！关键是四妹没有坚持，杨四妹就嫁给光华了。光宗恨四妹脚踏两只船，一直踏着也还好，至少还有保留收到四妹这张船票的机会。问题是四妹毅然选择光华的那1只船靠岸，这让光宗痛苦好久。那段时间，光宗总爱唱王翔的歌：为何你要离我而去，为何你就这样放弃，为何你要让我伤心，为何你就这样无声无息，离我而去。把流行歌曲唱成山歌的味道，五音不全，但很投入。

光华也恨光宗做事不地道，光华在心里说：什么事也有个先来后到吧。四妹结婚后，光宗就没再相女朋友，那些单身的一拨一拨进城，春节的时候，又带回一拨一拨的女朋友，光宗不为所动，光华觉得光宗贼心不死，悔自己当初引狼入室，几次也想进城的想法就此打住。两人从此不再说话，所以幺爹要光宗通知开会，光宗是不愿意去光华家的。要在以前，换个人去通知就行了，现在不行，寨里除了小娃娃，就是些老骨头，走路都颤巍巍的，怕人还没有通知完，自己倒回不来了。

四妹嫁给光华后，一到晚上，光华就猴急猴急的，总馋着那事。两人都没有经验，早早上床，你抓我一把我掐你一把的，就算是前奏，很像寨里的公狗和母狗，苟且之事前总要互相咬咬。前奏往往很短，你掐我抓的，男人就有些难耐了，饿狗扑食，直接进入主题。

女人慢慢咀嚼着，吃苦在前、享受在后的幸福感油然而生。就渐渐忘记了光宗，忘记了曾经在两个男人之间的纠结。

都是种地的，当然知道种子的重要性。种下的水稻和苞谷收割了一茬又一茬。而光华种在四妹身上的种子，却从未生根发芽，就像断了的桥，虽然水从男人这里源源不断流到女人那里，由于桥路不通，都付之东流，没有结果。刚结婚时，女人说男人那玩意儿就像孙悟空的金箍棒，要大就大要小就小。现在也在时间的消耗战中疲软了。一次在县城走亲戚，四妹悄悄到县医院检查，没有问题。医生建议四妹带男人过来看看。因为没有孩子的缘故，光华一天比一天恼火，四妹终究没敢提这事。看着自己平平的肚子，女人就有无穷的烦恼，烦恼的时候也会想起光宗。

光华的牢骚幺爹也是听到了的，但是，现在大家都没有心情节外生枝。

"唉。"一声叹息，这是幺爹对主席台下做出的最客观地评估。待心情平静后，幺爹说："实在没有办法的话，我们也可以给乡政府反映。"

"要政府来修，怕要等到猴年马月哟。"光华的声音很大。

在断桥寨，幺爹"两高"的威望是不容置疑的。还有，两个儿子都进省城了，老爹没有本事，儿子能有这么大的能耐？光华自心里把幺爹拉下神坛后就敢顶撞幺爹了，光华这种火爆脾气，什么都敢说，什么都敢做，幺爹也让着些。任何事不都是这样吗？这进与退的哲学，光华和四妹体会都深。刚结婚那会儿，光华恋床上之事，就事事听四妹的。有那么一次，光华和四妹闹点别扭，晚上四妹就不让光华碰，光华就去别的房间睡了，本来是想欲擒故纵的，倒让四妹难受了一晚上。第二天，四妹如法炮制，得到同样的结果，知道以前的伎俩不好使了，忙着查找原因：还不是没有生娃的缘故，让男人灰了心。四妹心里烦恼着呢，就去请教光强家媳妇，光强媳妇告诉四妹做那事时把屁股垫高点。光强家媳妇传了经但还是没有送来宝。光华呢自此无欲身自贵，地位在家里翻了个，彻底做了主人。

光华的翻身仗还从家里慢慢打到了幺爹这里，幺爹有些始料不及。

下边开始窃窃私语，后来就变成大声讨论。有说桥早该修了的；有担心修不好孩子怎么上学；有说应该按人头出钱请人修的。

"慢总比不修好。"幺爹缓了口气又说，"王乡长都答应了，今年冬天，乡里筹点资金把我们的桥修好，桥修好后，王乡长还要来剪彩呢。"

光华为年关慰问的事见识过王乡长，尽管那次光华为光强家争得了一百斤大米、十斤猪肉和两百块钱，但中途王乡长几次想打发光华走，让光华不爽。让光华不爽的还有王乡长的头，向后反梳着，打上摩丝，油光水滑的。光华心想是来走人户吗。所以幺爹一说到王乡长，光华就来气："少搞这些形式了。"

"那么——光华，你说哈，该怎么办呢？"平时，幺爹对寨里的事，总会评头论足，晚辈们做得不好的，还会批评批评。今天呢，见光华火气大，幺爹反而轻言细语的。

光华说："只要大家齐心干，今明两天就能修好一座木桥，我们等得起，娃儿们等不起啊。"

外面光强家媳妇也大声说："对，桥应该赶在这两天修好。"昨天，光强家媳妇送儿子上学，绕了十多里路，回来还摔了跟头。光强媳妇一说，就有些妇女跟着附和。

幺爹说："说修，哪有那么容易，资金从哪来？"

光强家媳妇将了一军："幺爹你是村民组长，你问我们，我们问哪个？"

"我这个村民组长看来是不合格哟，哪个有本事的话，我马上让贤。"

幺爹一说，大家就又安静了。还有谁比幺爹更行呢，没有人敢说话，因为幺爹的话堵住了大家的嘴，大家还能说什么呢。况且，谁愿意带头，带头就要做表率，就要吃得亏的。

光华的话打断了祠堂里短暂的宁静："幺爹，这些年，你带领全寨的人做了不少的事，我尊敬你，但我不感谢你。"光华站在祠堂中央，他的话周围都听得很清楚。

光宗按捺不住："幺爹家娃娃都进城了，幺爹当村民组长，图啥。哪像有些人，自私得很。"光宗一说，大家就想到光华要光宗赔粮食的事。

"是的，以前大家觉得我小气，但大是大非我搞得清。"光华说，慢慢把眼睛转向幺爹，"但是，不能说幺爹就没有私心。"

这句话激怒了幺爹，被激怒了的幺爹表现在脸上，很难看，说话的语气也重了些："光华，你倒要说说，我于万年有什么私心了。我当这个村民组长两年，我占了哪家一分钱的便宜？我又在乡里拿到什么好处？两年，大家是看到了的，我带大家种烤烟，带大家养鸡、养猪，在全县都是出了名的……"

"幺爹，你文化比我们高，事理比我们更懂。事情是干出来的，不是嘴巴一说就成的。我们不图名誉，我们也不要什么面子，我们要的是实惠。这些年我们做了什么，都是按乡里的要求，乡里呢，又是按县里下达的指标任务做。这种全乡一窝蜂的做法，根本就是拙笨。就拿种烤烟来说吧。全寨种了两百多亩，烤烟是丰收了，但是由于烤烟太多，烟叶站就为难我们，在级上打压，二级的成了三级，三级的成了四级。本来种烟投入就大，要肥料、要人工，还要煤炭烘烤，这样一正一反，除了得了个'全县烤烟示范村寨'的本本，我们得到哪样？还有养猪，养头猪要差不多三千块钱的粮食，但一头猪出栏只卖得了两千多块，这不是赔本的买卖吗？"光华一口气说完，不知今天口才怎么会这么好。

和光华家一样，光强家也是种烟、养猪最大的受害者。光强娃儿多，生活上困难些，但光强和媳妇勤快。烤烟种得多，没有赚到钱。脱贫的心情很迫切，又养猪。养猪没有资金，就去信用社贷款。款还是幺爹担保的，养了二十头，贷了四万块。光强家多年没有杀猪过年了，和媳妇盘算无论如何也该杀头年猪了。到了年底，信用社追还贷款，二十头猪全部卖了，刚好能盖本息。但是自己家的红薯、苞谷全部搭进猪肚子了。别说杀年猪，连吃的粮食都不够了。还是光华找王乡长论理，为光强家争得些粮食和过年肉。

所以光华的话让光强很感慨："种什么烟，养什么猪，我们都在干冤枉活儿，算糊涂账。"

然后，祠堂里又开始吵吵闹闹起来。不知是谁在角落里说：今天是开会还是吵架哟，肚皮都饿了呢。这一说，大家才发觉一吵一闹的，到中午了。

但是会议没有结果，该如何收场呢？会场又是短暂的安静。

好长时间了，幺爹才气恼地从牙缝里挤出一句话："我没有本事，光华有本事，他带大家修桥，今明两天把桥修好了，他就是村民组长，我于万年说话算数。"

"幺爹，你不要要挟我，当个村民组长也没有哪样不得了。"光华也是气恼了，声音越来越洪亮，"我光华就不信这个邪，地球缺了哪个会不转。"

一屋子耷拉的头扬了起来，笑意在脸上的沟沟壑壑中舒展开，有兴奋，有期盼。

会散后，幺爹没有立即离开，他站在祠堂里的主席台上，看着列祖列宗的牌位，烟一支接一支地抽……

修桥是从光华和媳妇杨四妹两个用锯子锯自己家的柏木木料开

始的。渐渐地，光强和媳妇来了，光宗来了，全寨老老少少都来了。

么爹呢？么爹没有来，么爹站在自己家的二楼窗口。望着全寨人忙，有些孤独。但大家忙开了，没有顾得上谁来谁不来，或者说，也不在乎么爹来不来。

按照光华的思路，他家出三根一抱粗的柏木树，一根锯成四截，正好做成桥两边的四个桩。另外两根做梁，平行搭在四根桩上。最后在梁上铺上木板，再在木板上钉上护栏，桥就成了。

布依山寨，绿树成荫，木料多得很。光宗也把准备做牛圈用的三根柏木贡献出来，用锯子改成木板。大家都刚吃过饭，而且这些天下雨都待在家里，养精蓄锐的力气正好都用上了。进展非常顺利，到了下午四点钟，所有的材料都准备好了。挖坑栽桩的事也很简单，难度大的是上梁，一根梁四五百斤，要四个人抬，这就犯难了，全寨二十到五十岁的男人挨个数了好几次，还是只有光华、光宗和光强。抬岸这边的由于不下水，问题不大，最后决定在岸这边的由一个男人抬，女人们打帮手。难的是要从河水中抬过去上到对岸的桩上。光强和光宗都是自告奋勇要做这项工作，光强人勤快，全寨人都知道。寨里有笑话，说光强不仅白天勤快，晚上也勤快，所以娃儿生得多。光宗呢，手膀子圆圆的，力气大。恰好这时，光华扭头正好和么爹家二楼的那双眼睛对上了，这一对，就坚定了舍我其谁的决心。心想，带头就应该有带头的样子。

那天，全寨的人都看到了光华、光宗在激流中一致的步调。光华在前头喊，光宗在后面和。

两弟兄嘛——哟嗨，

嗨——哟嗬——嗨，

一家人嘛——哟嗨，

嗨——哟嗬——嗨。

走稳路嘛——哟嗨,
嗨——哟嗬——嗨,
上大梁嘛——哟嗨,
嗨——哟嗬——嗨。

齐用力嘛——哟嗨,
嗨——哟嗬——嗨,
修断桥嘛——哟嗨,
嗨——哟嗬——嗨。
……

　　光华和光宗抬起柏木,慢慢走进河中。河水平时只到脚踝,雨季到了齐腰深,现在到了颈子了。虽然是夏季,雨天水还是有些凉的。越走越感觉有什么东西在水里往他们身上推一样,光华和光宗小心翼翼。

　　第二根梁上好后,还是出大事了。

　　本来,梁上好后,桥就等于完成了一大半,剩下的就是些小活了。幺爹不知什么时候来到了岸边,和妇女一起打下手,递递工具和材料。光华望见幺爹的时候就分了心,加上上好梁后松懈了。脚一打滑,反应过来,已经来不及了,自己的力气怎么也使不上,身子被河水推着往下走,一会儿就消失在了水中,后又冒了个头出来。全寨人都听清了光华说的最后一句话:光宗,你要照顾好你四妹嫂子啊。然后和河水一起飞下滴水滩。

　　全寨人都惊呆了,回过神,光华女人杨四妹昏了过去……

　　幺爹重新出山。其实幺爹退出村民组长的位置也不过半天时间。

　　幺爹组织妇女们到四妹家办丧事。光华没有尸骨,就用他生前的衣裳装进棺木代替,也请了道士做了道场。但是所做的一切都就简。光华生前不都反对形式嘛!

幺爹还有重要的事要做,他要指挥修桥的收尾工作。

杨四妹家丧事办完后,断桥寨的木桥也修好了。修桥木料是新的,散发出柏木特有的清香。桥傲然立在红水河上。雨依然在下,雨水打在桥身上,反作用力将雨水砸得粉身碎骨,然后掉在桥下的河水里。

光宗到了杨四妹家的时候,四妹还站在院坝里。光华走后,四妹就没有说过一句话,人痴呆了一样。光宗叫了几声嫂子,四妹没有应答。光宗慢慢将双手搭在四妹肩上,大雨顺着光宗和四妹的头发往下流,分不清是雨水还是泪水。

光宗说,如果嫂子不嫌弃,下半辈子我光宗照顾你。说了这话后,光宗仿佛又听到光华的声音。是的,是光华掉下滴水滩前最后的声音。四妹没有任何表情,不知她的心里答应还是没有答应。这时光宗就唱:

> 二人遇着在院坝,
> 不见妹妹说说话。
> 哥哥心意妹知道,
> 只怕妹妹把我骂。

四妹慢慢转动眼睛,后又死死盯住光宗,光宗滚圆的膀子一把抱住四妹,说:如果嫂子不嫌弃,我跟嫂子生个娃,将来好有人为光华哥烧纸点蜡……

杨四妹"哇"地哭出了声音。

冬季到来的时候,村民组长于光宗组织全寨人为柏木桥加固。

在于氏祠堂，光宗说：我说不了 × 大道理，大家要有良心，就跟着我于光宗，把门口的桥加固了，不然我们对不起光华哥啊。光宗说完扛着铁钎就往柏木桥边走，之后，从桥边到寨上的路上，慢慢地成了一列整齐的队伍……杨四妹也来了，四妹看着大家修补桥，看着看着，眼光就顺着河水到了下游，到了滴水滩，到了更远的地方。四妹用手不停地摸着自己挺着的大肚子，四妹已经是光宗的媳妇了。

光宗当上村民组长后，村民们都多了份自信。村民们心里想：不都是初小文化吗？一个层次。

后来，在河东县的行政区划里，断桥依然叫断桥，而生活在这里的于姓家族，把这里叫作柏木桥寨。

厨师带个长

这已经是连续三天的第三个了。长相、老少、口音全在繁体字的脑海里记下了。这个女人和之前来的两个，繁体字都是认识的。今天的这个每个工作日都来食堂送新鲜蔬菜，进大门的时候，繁体字没有管她，李厨师刚才电话打了招呼的。然后，天黑了，李厨师宿舍的灯就亮了，过了好长一段时间，李厨师房间里的灯又熄了。繁体字在停车场里踱步，头扬着，好像在数天上的星星，星星很少，月亮很圆，被城市的灯光映红的天空黑里透着淡淡的蓝。其实繁体字一直在计算着李厨师在宿舍可能做的一切事情，刚才李厨师宿舍里灯光从亮到熄灭的这段时间，应该是李厨师和刚上去的这个女人吃饭的时间吧，接下来的熄灯时间，不算长，也不算短，这就考验繁体字的想象了。后来灯又亮了，但这次的灯光和刚才不同，刚才是白炽灯发出来的光，明晃晃的，现在却是暗红暗红的，有点花花绿绿的味道。繁体字莫名其妙地有了尿意，朝停车场角落里的厕所走过去的时候，不忘给看门的小保安说，把门看好了。小保安不理繁体字，继续目不转睛地看电视里的言情剧。

繁体字撒尿出来，见有人影穿过值班室的大门，繁体字吼了声：站住。女人就站住了。繁体字知道就是去李厨师房里的那个女人，但他心里窝气，就问：干什么的。也不知繁体字为什么窝气，反正这几天见有女人找李厨师就窝气。女人说我是经常给你们食堂送菜的。繁体字不买账，说大周末的送什么菜，是来送肉吧。卖蔬菜的脸就红了，也许是被李厨师宿舍里的中央空调烤红的。这时李厨师从食堂楼上无精打采地下来，远远地干咳了两声，繁体字知道李厨师咳的意思，对女人说，你走吧。

　　自从这家供电公司的食堂开业后，繁体字就感觉自己活得有些窝囊。如果放在以前，不要说李厨师干咳，就是他妈的李厨师跪着求情，他繁体字也未必放人。繁体字在这家供电公司当保安五六年了，资格老，脚跟稳，李厨师到这家供电公司当临时工的时候，繁体字已经是保安队长了。李厨师当时还不叫李厨师，是这家供电公司专门请的网球场的管理员。

　　三十年河东，三十年河西啊，已经当上了这家供电公司保安队长的繁体字不止一次对同在这家供电公司当保安的那些年轻人说，当初那个又黑又矮还又胖的农民工怎么转眼间就成了炙手可热的李厨师了呢。一个网球场的管理员，说白了就是有领导来打网球的时候，开开门，关关门，捡捡球，有时候也去烧点开水，给领导泡杯茶水。繁体字对李厨师的定位很准确，就是个服务员呗，你们还真把他当管理者了。繁体字又说，什么叫管理者，就是要有被管理的人。说完这些，繁体字就不说了，看着几个小保安。眼睛里写着的是，像我，当保安队长，总多少有你们几个可以管的。他李服务就他妈的光杆司令一个。

　　哪知风云就突变了，太阳就从西边出来了，临时工李服务刹那间就成李厨师了。哦，不对，成李厨师长了。李厨师并不懂厨艺，刚开始管理食堂的时候，连红案白案都分不清，不要说再细分的墩子、冷碟、笼锅、水案、大案、小案、勤杂了，唯一知道的是端盘子的服务员。除了食堂里掌勺的、切肉的、擀面的，又有几个分得清呢，大家的理解是，只要在食堂上班，个个都是厨师，所以在这家供电公司上班的都称李服务为李厨师了。

李服务成了李厨师依然还是又黑又矮，也还他妈的胖。好像是，现在的胖和以前的胖又不一样了。具体是什么不一样呢，又说不清了。好像是，以前的胖就是为做"球童"而生的，李服务在网球场上来回地跑，把一个又一个的绿色网球丢给打网球的人的时候，就像一个更大的球把一个更小的球碰飞出去了一样。好像是，现在的胖也是为厨师长的身份而生的，油水多了，哪有不胖的呢。

自从李服务成了李厨师后，繁体字知道，找李厨师的女人多了，刚才的那个卖菜的已经是连续三天的第三个了。第一个是星期五晚上来的华华超市的老板娘，昨天，也就是星期六来的是一个给养猪场送潲水的。华华超市的老板娘每个星期都要给这家供电公司的职工食堂送米送油送蛋，也隔三岔五地送点鸡精、酱油、味精。繁体字不知道，星期五华华超市的老板娘在李厨师的宿舍里吃完饭后，又增加了李厨师很多年没有做的娱乐项目，以后华华超市的老板娘意欲将食堂里要买的东西全包了。华华超市的老板娘提这一要求的时候，白白胖胖的身体正骑在李厨师圆圆的身上。李厨师很性情地答应了，但是第三天的时候，就是卖时蔬的女人在李厨师宿舍里吃完饭同样做娱乐节目的时候，李厨师就有些后悔了。按和华华超市老板娘的约定，以后食堂里蔬菜生意也是要被华华超市的老板娘垄断的，当时怎么就答应了她呢？为什么就没有留点余地呢？

几个为什么过后，李厨师就有点对不住卖菜的似的。所以当繁体字在停车场拦住卖菜的时，李厨师的那一声干咳就像出膛的子弹，直中繁体字的要害，子弹出膛的同时，心里还补充骂了一句，开超市的欺负还不够？连个狗×的守门的也在欺负她。对那个送湔水的，李厨师就没有那么纠结了，毕竟送湔水的和华华超市的老板娘，和送菜的都没有利益冲突。李厨师答应送湔水的改天到食堂来当服务员，一句话的生意。很容易就得手了让李厨师有点不敢相信事实，反复用手揪自己的大腿，揪得很痛了才大彻大悟，如果当个县长，当个市长，一年得搞多少女人啊，自己这么多年没有找到老婆，原来都是被人家人家搞完了啊。

真是赶上了好时候，要不是上面整顿作风，他李厨师依然还不能叫李厨师，只能继续做网球场的管理员了，只能叫繁体字说的李服了。上面一整顿作风，网球场就冷清了，那些经常说送礼不如送健康的也不敢不务正业天天来打网球了。当然，要不是上面整顿作风，这家供电公司的食堂就不会办起来，李厨师也许就要另谋出路，或者从哪里来回哪里去。李厨师老婆得了急病后在送医院的路上就去世了，李厨师埋了老婆后就在心里发誓不在城里混出点样子就不回乡。所以网球场刚冷清的那几天，李厨师是有点紧张的。他离混出点样子还相差十万八千里。然而这叫世事难料，繁体字说这叫塞翁失马焉知非福。作风一整顿，城市里的那些豪华餐馆就先后关门了，好一点的单位都办起食堂了，李厨师就成了李厨师了。其实还不是厨师，是厨师长。食堂开张的那天，这家供电公司的办公室主任就召集所有的编外人员开会，在会上就宣布了，今后食堂里的大小事就由李厨师长全权负责，这样一来呢，这家供电公司的200多张嘴就交给李厨师了，供电公司里外包的业务人员的50多张嘴也交给李厨师了，涵盖保安公司、保洁公司的派遣员工。繁体字对此事愤愤不平，怎么一转眼就把我们也管上了呢？说整顿作风怎么不把保安公司整垮呢？否则老子们也有机会当厨师长啊。

刚开始的时候，李厨师还是感觉肩上的担子重了，承受的压力大了。就拿采购来说，油盐米酱醋，青菜白菜，鸡鸭鱼肉，事无巨细，事必躬亲，李厨师常常感到力不从心。渐渐地，有人上门推销了，渐渐地，推销的人越来越多了，渐渐地，有人请吃饭了，有人送东西了，有人给回扣了。吃饭不稀奇，厨师嘛，还在乎吃饭？送点抽的、喝的也不稀奇，管着一大个食堂哪会弄不来些烟酒。刚收到第一笔回扣，着实让李厨师高兴了一回。李厨师不知道什么叫回扣，还不好意思地推辞，说你们能帮我送东西过来我就感激不尽了。给回扣的就说这是潜规则，李厨师更不明白什么叫潜规则了，收得多了，就把潜规则理解成经常收钱收东西了。

李厨师管理的食堂是一幢四层的楼房，外墙贴着红色的瓷砖，人们都称红房子。红房子的一楼是职工食堂，二楼是包房，三楼是卡拉OK、台球室和乒乓球室。四楼按装修的用途是招待所，专门用来接待外面的客人的，但这家供电公司就挨着全市最好的酒店，所以外面来的客人总喜欢住酒店。其实四楼的招待所比酒店设施还要好，而且有保安有监控，安全着呢，为什么就没有人愿意住呢？原来问题就出在监控和保安身上。有个小姐有晚在保安室外敲门，说你们楼上有客人找她。繁体字从打扮就知道来人是个"地下工作者"，对来人训斥了一通，这里是供电公司，只卖电，不卖色相。第二天住在四楼的客人就转到宾馆了，之后来的客人供电公司里就不好再安排在红房子里住了。这倒安逸了李厨师，他顺利地从网球场边上的更衣间搬到了四楼，享受了总统套房的待遇。这再次让繁体字感觉到天底下最大的不公平。李厨师就是在总统套间把华华超市的老板娘摁倒的，其实李厨师哪有这么大的胆子，一个进城的农民工，可以偷鸡摸狗，但绝不敢偷人的，说到底，还是有些自卑心理的。但这些对最后的结果没有影响，后来还是在华华超市老板娘的鼓励下，其实是在华华超市老板娘的连拉带拽下把娱乐生活过完了。李厨师脑海里一片空白,想城乡差别也太大了吧,我们乡下是男人想搞女人,城里变成了女人搞男人了,怪不得乡下的男人一门心思都想进城呢。当然在过娱乐生活的时候,华华超市的老板娘没有忘记做这一切的使命,李厨师回答得也很干脆,以后我们食堂里的货你说了算。华华超市老板娘走出李厨师宿舍的时候,很暧昧地回头对李厨师笑,今天是妹妹送给你的礼物。华华超市的老板娘走出去了好远,李厨师都还在回味,这东西也可以送啊。有了一次质的突破,对李厨师而言,就像纸糊的窗子捅破了一个洞,以前谜一样屋子里的一切都尽收眼底了,就没有神秘感了。第二天,李厨师主动约了送潲水的吃饭,送潲水的虽然尽力地穿成城市人的样子,但是还是一眼就能看出来是个乡下妹。有时候,城市人和乡下人,好像就是与生俱来的,改都改不掉,装也装不像的。因为都是乡下人,李厨师操作起来从容得多,也自信得多,借着酒劲,顺手就把送潲水的摁倒在了沙发上。李厨师是有心理准备的,虽然也猴急猴急的样子,但还是一直在等待送潲水的提要求,从大汗淋漓一直到全身泄气,送潲水的什么也没有提。李厨师想毕竟乡下人纯朴些,不会乘人之危,这倒反而让李厨师过意不去,不是都说不能让老实人吃亏嘛,所以送潲水的临走的时候,李厨师说以后的潲水都是你的,哪个都拿不走,送潲水的只是笑了笑,就像偶尔间你遇到个熟人笑一笑那样。第三天是第二天的翻版,连每一个动作的时间都和第二天相差无几,唯一不同的是,两人完事后,送菜的没有立即走,而是将头靠在李厨师的肩上,李厨师把送菜的手捧起来,感觉粗得有点割手,一下子好像就割到心里去了,一把就将送菜地抱在怀里,屋子里一下子静了下来,电视里的声音都好像与屋子里的一切无关。

对三个女人的研究,恐怕繁体字不亚于李厨师。不是说吃不到的葡萄都是酸的嘛,繁体字就是用这种心态研究三个女人的。华华超市的老板娘，虽然白，但胖，而且一口四川话很难听，最重要的一点是年龄偏大；送潲水的呢，虽然年轻，但有朝风尘走的趋向；送菜的呢，年龄倒是适中，但农村味太浓。比较来比较去，还是觉得美中不足。比较完了三个女人，繁体字不可能不拿自己和李厨师比较，比较来比较去，就多了些感慨。这些天繁体字有事无事都拿李厨师说事。一个小保安闹情绪，说当保安没有哪样干头。繁体字说，小伙子，要认命，你以为人人都有李厨师那样的运气，不是当保安不好，都是运气不好，你看去年的春节联欢晚会没有，当保安也有上中央电视台的，为什么别人能上电视台？那还不是运气！繁体字说最后一句的时候加重了语气。繁体字当初进保安公司的时候，是有干一番事业的冲劲的，那时，繁体字的橡胶警棍永远都挂在屁股上，有种把枪别在腰间的感觉，繁体字一年四季都穿大头皮鞋，鞋底还钉了一小块钢板，走在地板砖上，发出"可可可"的响声，橡胶警棍吊在屁股上，"噗噗噗"地敲打着大腿，如果是夜晚，整幢供电公司大楼都是清脆中含有沉闷的怪声怪气的声音。听起来都怕人。

繁体字的运气确实也不错，退伍后回农村不到两年就进保安公司，就分在了这家供电公司，供电公司毕竟是有钱单位，过年过节的都会发点福利，而且，只要和李厨师搞好关系，吃喝也是不愁的。和分在别处的保安相比，也算是掉在米箩里了。

现在李厨师充实得很，每个工作日的早上负责收当天进的菜，中午在厨房视察一下，下午又把当天的账算一下。其实账可以每周算一次的，但李厨师不，反正闲着也是闲着，找点事做可没有什么坏处，还有呢，当天把账结清，看赚了多少钱，心中好有个数。李厨师算了个账，一个月下来，买米可以赚四百块，包括回扣和吃点斤两；买菜的赚头就大了，一天食堂早餐中餐要吃二三十斤肉，两三百人吃饭，报35来斤的账也是说得过去的，那么，就买肉一项，一个月就可以毛赚三千块左右；还有鸡鸭鱼肉，还有灰面、牛奶，还有炼油的肥肉，还有水果，其实除了自己，谁又算得清呢。反正供电公司有的是钱，也不在乎这点小钱。这些还只是算一楼的职工食堂，二楼的包房和三楼的卡拉OK也是很赚的。二楼有三个包房，一大两小，大包房16个位置，小包房10个位置。就拿大包房来说吧，虽说坐16人，但是加点座位是可以坐20人的，接待那些市里的、县里的领导，那可是不记成本的。一张大桌，少了二三十个菜不好看，还要有大菜，所以这样一来呢，就比在外面吃一顿更花钱了。但那些出台政策的哪里知道，这些成本又都和着职工食堂混算，就连自己也搞混了。算来算去，按月算就算不清了，那就按季算吧，但有时领导接待多，或者帮更大的领导接待多，有时又少，还是算不清。反正李厨师当上厨师长四个月了，平均每月开支20万左右，也就是用了80万多一点，实际呢只用了不到70万，加上回扣的，赚的钱比前几十年赚的还多，所以呢，和卖菜的睡在一起的时候，李厨师说，前三十多年是白活了。李厨师算了个大概账，好好干上两三年，就可以在城里偏一点的地方买套房子了，自己就可以堂堂正正地当回城里人了。当然这只是账面上的数字，华华超市老板娘把自己作为礼物送给李厨师后，回扣是没有了的，短的斤两也是不会给李厨师的。所以李厨师拿到手的其实也是不多的，对于这一点，李厨师也很清楚，但账总要往好的方面算嘛。

食堂里购买的时蔬，全由卖菜的供应，其他的，就由华华超市的老板娘垄断了。就算如此，华华超市的老板娘还每周给李厨师敲警钟，表示不满。华华超市的老板娘每次表达不满的时候基本上都是乘人之危，都是李厨师激情大过理智的时候。他妈的华华超市老板娘表达不满的方式很多，有直来直去，有转弯抹角，就像她折腾李厨师的身体，一会儿上，一会儿下，一会儿后，一会儿又站的，让李厨师永远在城里人面前自卑，就连做这样的事情，城里人怎么就懂那么多呢。虽然李厨师满口答应华华超市老板娘的过分要求，但李厨师心里还是有一杆秤的。所以呢口头上答应了华华超市老板娘，行动上却不执行。这点，乡下的和城里的一样，说的一套，做的又是另一套。而且卖菜的每次用板板车拉菜来，还会偷偷多给她算些斤两，卖菜的心里很知足，每周陪李厨师都动了感情，完事后一次比一次把李厨师抱得更紧，不像华华超市的老板娘，每次都咿咿呀呀地叫上一阵，一听就知道都是囫囵应付。

李厨师的周末也跟着充实了，周五晚上呢，陪华华超市的老板娘，其实呢，现在两人都像例行公事似的。只是每次华华超市的老板娘过来，都会变化些花样，就像每个工作日李厨师也会对食堂里的菜变化点花样一样，人呢，都希望生活有新鲜感的，都是些喜新厌旧的。星期六李厨师是陪送潲水的，星期天呢，李厨师陪卖菜的。李厨师想把陪三个人的时间重新排列组合，当然李厨师理解不了排列组合这些深奥的知识，他想学华华超市的老板娘，在时间顺序上也来点花样，但除了卖菜的时间相对自由外，其他两个的时间就改不了了，华华超市的老板娘说，老公每个星期六从省城回来，星期一再回省城。送潲水的呢，每周就放星期六一天假。

这样充实的周末没有维持多久，最先打破既定模式的是送潲水的。两个星期都没有来了，李厨师倒没有过多在意。吃饱了饭的人，哪个又在乎多喝一碗汤呢。只是食堂里的潲水放不下了，李厨师就想起了送潲水的来，李厨师打电话过去，送潲水的说她已经去东莞了，又一个星期六到来的时候，百无聊赖的李厨师又给送潲水的去了个电话，提示拨打的电话已经是空号了。李厨师有些惆怅，当初李厨师还答应过送潲水的，说可以在李厨师管的这家供电公司的食堂当服务员的，当然干得好的话，李厨师就可以让她在食堂当会计了。不就是个会计嘛，李厨师说。送潲水的头靠在李厨师的臂弯，说你说话口气大得很呢，像个当官的呢。李厨师说，都是吃油水的，哪个不腰大脖子粗的，哪个不像官员呢。食堂里的潲水也是有很多人垂涎的，已经有好几拨人来联系过了，大厨做不了主，都在等李厨师一锤定音。

几个小保安联合罢工，搞得繁体字焦头烂额。原因是繁体字利用周末的时候，把停车场公开对外停车，几个月下来，收了几千块钱，一人独吞了。当初繁体字和小保安们达成了口头协议的，收的停车费是用来改善大家生活的。小保安忍了两个月，终于忍无可忍，爆发了。当过几天兵的繁体字知道内战都是不好解决的，他对李厨师说，德国再厉害，二战还不是没有打几年就结束了，小日本厉害吧，我们坚持抗战就把狗×的倭寇搞定了。但内部纷争就没有那么容易了，你看我们党从1921年开始到1949年结束，用了多少时间才把蒋家王朝赶到台湾去。李厨师说，繁体字你不会是要对你的保安队进行清洗吧。繁体字说我哪有权利清洗，他们一联合倒可以把我弹劾，所以我不是来求你嘛，请你帮忙调停，你一出面，那些小保安还不给面子？就算不给面子他们还不顾肚子？李厨师听了来龙去脉后，也和当初繁体字一样，心里一通感慨，狗×的只要管得到事就搞得到事呢。

李厨师帮繁体字摆平几个小保安后，繁体字很感激。送潲水的走后留下了的星期六正好由繁体字弥补上，两人经常在李厨师的宿舍里喝二两烧酒，交流感情。有次几杯酒下肚后，李厨师也流露出对繁体字的感激，说每次超市老板娘和送菜的来，你保安队长都一路绿灯，我敬你一杯。两人喝了个底朝天后，轮到繁体字表达感情了，说这不都是官官相护嘛，李厨师你一当李厨师，老子们吃的问题不都解决了吗。李厨师纠正繁体字说的，既然叫官官相护，你是什么，是保安队长，对吧！我呢？繁体字说，李厨师啊。李厨师说，老子只是个厨师我们两个能官官相护？我给你说哈，老子是厨师长，这不是我说的哈，是行里的领导说的哈，以后不准再乱叫了啊，否则老子就不给你免费饭菜了。繁体字说，好好好，以后就叫你厨师长，行了吧。

  日子充实了，时间就过得快了，转眼就到了年底，从去年下半年食堂开业到现在一年多就过去了。今年的冬天来得比去年早些，李厨师没有事的时候，就拿今年和去年做对比。和繁体字喝酒的时候，李厨师说好像是今年的接待比去年少多了，李厨师比的是二楼和三楼，比的是包房里的生意，比的是卡拉 OK 的生意。好像是这些当官的，一下子就不唱歌了，不喝酒了，也不打麻将了。去年冬天，二楼的包房可是没有闲过的，市政府的、县政府的、区政府的，还有就是些实权部门的，国土的、交通的、规划的、财政的，也有铝厂的、铁合金厂的这些用电大户，反正都是有权有钱的主儿。这些年，有权有钱就是老大，就可以吃香的喝辣的。去年还经常接待一个学校的领导班子，好像是公司董事长家的孩子在那个学校读书，今年董事长家的儿子考上大学了就没有再接待了。还是繁体字观察得仔细，毕竟是本职活路。说这些吃饭的不都是为了吃饭的，你看哈，现在除了我们这些底层的，整天饿痨痨的样子，那些当官的，哪个还缺吃呢。他们啊，想打麻将了就来吃饭，吃饭是假，相当于啊放个加演片，目的是打麻将。那些当官的如果想唱歌跳舞了，也来吃饭，一个理。我们大门一锁，那些抓赌的抓黄的还抓个 ×。还有啊，那些跟着领导来的女人，别看风风光光的，都是在家憋久了，说跟领导吃饭，冠冕堂皇地就出来了，三楼黑灯瞎火的，和隔壁酒店那些三陪还不是干一样的勾当。每次深夜在红房子三楼巡查的时候，繁体字都会仰头凝视天花板，心里不断地质问，狗 × 的灯泡啊，你们是目击者，为何有情况都不向我汇报呢。灯泡好像也理亏，因为都当了帮凶似的，一律沉默。繁体字就骂出了声，老子让你亮，老子让你熄。繁体字骂完，按了一下开关，又按了一下开关。

听说上边又在整顿作风了，去年整顿，把网球场整熄火了，把食堂整红火了。今年整顿，不知又要整出个啥？

送菜的每个星期天都来陪李厨师，就像她每个工作日送给食堂的时令蔬菜一样准时，所以星期天也是李厨师感觉最美好的一天。每周都有美好的事情压轴，幸福似乎就连成了串，好像冰糖葫芦那样。华华超市的老板娘来找李厨师的次数明显减少了，就像她供应食堂的东西，已经缺斤短两了。好在有繁体字做伴，一起打发那些挥之不去的无聊的光阴。星期六的下午，李厨师正在闭目养神，繁体字横冲直撞地就进了李厨师的房间。电视里正在放《我要结婚》，繁体字说他妈的婚哪个不想结，李厨师的眼睛睁开了一条线，说想结就结啊，这年头四只脚的难找，两只脚的遍地都是。繁体字把酒从夹在腋下的大衣内拿出来，说，那是那是，如果李厨师想要，后面不都跟着一大堆。李厨师不高兴了，骂繁体字，老子给你讲多少遍了，老子是厨师长，你以为老子二楼、三楼冷清了老子就熄火了是不是？你狗×的守门的就可以把老子的厨师长抹掉了是不是？李厨师一不高兴，眼睛就鼓成了牛卵子。繁体字每次见李厨师打瞌睡，就这样激他，李厨师的瞌睡就没有了。繁体字见李厨师没有了睡意，就说今天我们喝瓶习酒，李厨师的牛卵子还没有小下去，瞪着繁体字说，就知道喝，老子看你记性都喝没得了，看来李厨师还在为刚才繁体字对他的称呼生气。

厨师最大的好处就是饭菜都是现成的，出在手上。其实也不是出在手上，是大厨为中午职工食堂里做菜时专门为李厨师做好留下的，放在微波炉里一转就成了。刚喝了一杯，李厨师就骂开了，狗×的繁体字，不要拿假酒害我哈，老子的好日子才刚刚开始呢。繁体字嘿嘿地笑，一听就知道是拍马屁的笑声。我哪敢和厨师长比嘛，厨师长要喝起码都是1988，喝茅台也是常有的事。繁体字已经改口了，不再直呼李厨师了。李厨师的脸重新拉了回来，好看了，口气也缓和了,说茅台哪个经常喝得起,也就是个把星期喝一次吧。见李厨师高兴了,繁体字把头对着李厨师的耳朵,告诉你个好消息。李厨师转个头来看着繁体字,还没有说话,繁体字就把答案抛出来了,过了年底,我们都要搬新大楼上班了。李厨师不关心供电公司大楼搬不搬。忙问,这个食堂呢。繁体字说,当然撤了啊。李厨师没有理繁体字,嘴喃喃地说,怪不得啊。繁体字说怪不得什么啊？李厨师说,怪不得今年接待这么少啊,原来是要撤了。繁体字说你不要急嘛,我还没有说完呢,这边撤了,大楼那边的食堂还不是要开业,20多层的大楼,得住多少人啊,得有多少人吃饭啊。繁体字把酒杯和李厨师的碰了一下,为好日子干杯。干了过后,李厨师才想起不该得意忘形,问繁体字,停车场大吧。李厨师不问,繁体字还不好说,这下呢也该自己得意一下了。繁体字说,吃饭的人都多了,停车场小了会够用吗？比这边的要大三四倍呢。李厨师嘴上连说了三声好,心里却在说,狗×的恐怕比老子还搞到事哟。

两人充满了期待,盼望着新年的早日到来,盼望早日搬迁至新大楼。李厨师对华华超市的老板娘有了明显的不满,你以为老子的食堂走下坡路了不是,要是搬到新大楼,老子要重新选择食品供货商了。华华超市的老板娘已经一个多月没有来陪李厨师了。

出乎意料的结果是在新一年的1月2号宣布的。年末的那天,食堂里准备了全公司的大会餐。事先没有任何征兆,吃过晚餐后,这家供电公司的刘姓办公室主任突然组织食堂里的全体工作人员开会,说要对新大楼职工食堂的厨师长进行上岗竞聘。为了不影响工作上的衔接,竞聘利用元旦进行。李厨师当了一年多的厨师长,接待上上下下的领导要以千计,所以耳濡目染也是学到不少东西的。竞聘什么？还不是主任一句话。吃过晚饭后李厨师没有闲着,忙着准备给刘主任拜年的礼物,两条烟,两瓶酒,想想这是关键时候,是不是少了，又加了两盒茶叶。这些东西都是平时接待的时候慢慢匀下来的。李厨师到了刘主任家的时候给刘主任打了电话，电话里说关机了，李厨师就把东西放在了刘主任家的值班室，给刘主任发了条信息。第二天的竞聘按时举行，总共参聘人三人，刘主任主持竞聘，要求参聘人谈谈对新食堂的管理措施。食堂里的大厨第一个出场，一出场李厨师就骂了，想和老子抢饭碗？休想。大厨在讲的时候，李厨师翻昨天发给刘主任的手机信息，然后抬头看了刘主任一眼，好像是暗示，也好像是这一眼，能让刘主任也跟着看李厨师正在翻看的信息似的。大厨讲得很短，大意是说我优势就是大厨，会做菜。第二个轮到李厨师，他的讲话也很短，说以前怎么管现在还怎么管呗。说完又看了眼刘主任，胸有成竹。第三个参聘的是华华超市的老板娘，她之前没有露面，一直站在外面。她一进来就把李厨师吓了一跳，想想和她做的偷鸡摸狗的事情就心虚，李厨师哪里想得到人家是来竞聘的。华华超市的老板娘从食堂管理上的漏洞谈起，有改进措施，有预防措施，还谈到了食品卫生的安全问题，处理食堂突发事件的应急预案。不说大家已经知道了结果，连李厨师也想到了这个结果，但是让李厨师想不通的是，华华超市老板娘一上台，首先就把自己解聘了。

送菜的帮着李厨师在红房子里收拾东西，但是怎么也找不到当初进城时装东西的那个蛇皮口袋，送菜的说，都进城几年了，就买个旅行箱吧，免得寨里的笑话说这些年城是白进了。虽然之前李厨师得意的那段时间让繁体字嫉妒，但现在李厨师不再是李厨师了，倒让繁体字伤感。送菜的没有了第一次去李厨师那里被繁体字喊站住时的诚惶诚恐了，很从容地出了大门。繁体字拉住很失落的李厨师，说厨师长，进城几年能有个死心塌地的女人，你可以堂堂正正回家过日子了。李厨师本来就不高兴，说你就是废话多，老子要还是厨师长，会收拾东西走人？繁体字说，你知道我为什么叫繁体字吗？繁体字不就是"笔画多"嘛。但我这次说的是真的，厨师长连几百人吃饭的食堂都管过，还怕管不好一个家！李厨师骂，你狗×的见不得穷人喝稀饭，这下好了，进城的这些就你能捞外快了。繁体字的苦笑从嘴角扯出来，说停车场也被新来的那个胖婆娘收管了。

玩石头的人

俗话说：山无石不奇，水无石不清，园无石不秀，室无石不雅。赵天一当初玩石倒不是为了奇清秀雅，赵天一玩石有偶然性，也有必然性。

赵天一生活的城市下辖的河东县有一条红水河，在数公里的河段内盛产一种碧玉石，称"红水石"。"红水石"倒不都是红色，仅仅因红水河而得名。由于石中含有多种矿物成分，色彩丰富，红、绿、青、蓝、银白、墨黑、霞紫、金黄等色各异。玩石门槛低，不需要太多的知识，而且可以根据自己的资金实力在高、中、低端随意选择，在收藏界，玩石者甚多。赵天一生活的这座黔中城市，因为近水楼台的缘故，玩石头的就更多了。钱新成说：想不玩都是很难的。农民兄弟也玩，他们在红水河里掏出石头，打磨好，配上红木座子，放在家里，当收藏品，也当商品，有买家了就卖，以石养石，优哉游哉，很是惬意。所以在黔中不玩石，好比演艺界没有潜规则、中国足球队不输球，那么的不容易。市美协的张中正说得更直接：相当于男人在外不嫖娼。张中正说这话的时候，小眼睛眯成一条缝，色眯眯的样子。

张中正在业界是出了名的色鬼，喜欢在漂亮女人面前使坏，张中正说：男人不坏，女人不爱。钱新成说他三句话不离本行，迟早会死在女人手里的。张中正不以为然，他有自己的理论：鸡蛋不能放在同一个篮子里。所以张中正究竟在外面放了多少鸡蛋，不得而知，反正你方唱罢我登场，唱罢了的像逝去的流水，渐渐远去，而登场的自然在聚光灯下。现在闪亮走上张中正的生活舞台的是一个艺校的学生，叫梁丽。梁丽是以裸模的身份走进张中正生活的，在张中正的画室里，梁丽像一团亮光照亮张中正的艺术道路。

用王小静的话说，钱新成也不是什么好鸟。钱新成在报社工作的时候，正是文学畅销之时。文学女青年大都看过《红岩》，知道江姐为革命献身的故事。钱新成的女粉丝个个都将散文、诗歌写成励志文。钱新成鼓励她们随时准备将身体贡献给文学事业，"欢迎来'搞'"这种一语双关的话就出自钱新成之口。这里的文学事业，狭义了讲，就是特指钱新成经营的周末副刊，抑或钱新成本人，真有几个痴迷者傻傻地做了。

玩石不能孤芳自赏，否则只能算石痴。痴者，当然是一种病态。所以玩石者重交流，大家一起喝茶赏石，清心，怡人，益智，陶情。钱新成说还能长寿，但没有人能求证。钱新成后来调到了文联，和张中正一个单位，张中正在美协，钱新成在作协，除了本职工作，两人多了点相投的臭味，就是玩石，经常交流就成了无所不谈的朋友。两人隔了一层楼，下班后，要么钱新成上到张中正那里，要么张中正下到钱新成那里，喝些清茶，说些碎话。

在三人中，赵天一玩石最晚，成就却不小，大有后来居上之势。奇石协会的那帮朋友现在称赵天一"奇石老赵"，说明赵天一玩石还是玩出些名堂了的。

赵天一在市一中上化学课，学生当然叫赵天一赵老师，张中正第一次去赵天一家，到了市一中问："奇石老赵"家住哪里？学生用手一指：赵老师家啊！顺着手指的方向，就见到两坨几吨重的观赏石。赵天一家住宿舍楼一楼，单元门的两边是两小块绿化地，栽了些花草，两坨观赏石就在单元门的两边，赫然醒目，像大户人家大门口张着大口的两个狮子。张中正到了赵天一家，说王部长家在哪里？学生都不知道，一说"奇石老赵"，居然都还晓得，嘿嘿。这话赵天一爱听。虽然结婚几十年了，身体压得住老婆，心气上却处于下风。这是最让赵天一受不了的，和张中正、钱新成闲聊的时候，免不了向他们诉苦，钱新成善良些，安慰赵天一，男人不都要经过这些么。张中正喜欢胡说，用的是"下边决定上边"的理论：下面强不过，上面当然就强不过了。这一奚落，赵天一来了气，一来气，免不了再提当年的荣光岁月，他的故事总是这样开头的：想当年，老子……

赵天一和老婆王小静是师专的同学，一个级，不同班。赵天一学的是化学，王小静学的是中文。那时，赵天一当学生会主席，众星捧月，鹤立鸡群。当然仙鹤是赵天一，鸡则是围在他身边的那群美女。那时的王小静呢，瘦小，因为个头矮，只有偷偷在角落仰望仙鹤的份。所以王小静非常珍惜学校征文比赛的机会，靠学的唐诗宋词好歹让学生会主席知道有这么个人。毕业后，赵天一和王小静都一同分在河东县的一个镇中学。人生曲线从此逆转，赵天一的人生曲线自然是从上至下。在乡镇，供求关系的失衡让女人身价倍增。想起来也是，吃公家饭的无非是镇政府的工作人员和学校的教职员工，女同志寥寥，寥寥的几个单身女性，人在曹营心在汉，心早到县城了，更有极少数爱幻想的到了省城甚至北京。而那些排着队的男人，就如路边的野花，任由镇上的无业女人采摘了。所以王小静的平凡人生曲线自此向上飙升。好在赵天一能与时俱进，放下众星捧月的架子，从历史的、未来的各种机会重新进行评估，又从经济的、环境的各种因素进行分析，做出了最客观、最现实的决定，决定对象选择的是王小静。虽然怀才不遇，从师专时的信心爆棚，短短的时间里还不至于降到冰点，赵天一实施起来还是很从容的。赵天一有做间谍的天赋，后来调到市一中，非常迷恋汤姆·克鲁斯，头发也几个月不剪，飘曳在市一中穿过讲台的微风中，那些上化学课的学生感觉自己不是在上中学，而是在读艺术院校，不是学化学，而是学琴棋书画。赵天一的间谍天赋，用今天时髦的话讲，叫注重细节，细节一注重就决定了成败。在平时的谈话中知道了王小静喜欢吃腊猪脚，时令正值寒冬，赵天一老家杀了过年猪，赵天一父母用柏木枝熏好后，把四只猪脚都给赵天一留好了，赵天一还是做好持久战的准备的。赵天一还特意买了回风炉，烧起了炉火。放学后赵天一炖起猪脚后故意到王小静的寝室，东拉西扯地说了些不痛不痒的话后说你这里好冷哟。王小静说哪里不一样啊。赵天一说我那里有煤火。王小静说那还不请我去烤火。那天王小静吃到了很香的腊猪脚炖萝卜，又喝了很多啤酒。赵天一用嘴咬开啤酒瓶盖的时候，王小静说你宿舍还藏酒啊。哪里知道赵天一心里的小九九，酒是下午才买的，买了两件，毕竟不知道王小静的酒量，也是做好持久战的准备。倒酒上，赵天一也耍了点花招，给王小静是"歪门邪道"，给自己的是"直来直去"，王小静的酒就满，自己的呢，看着也满，其实多是啤酒花。喝了四瓶，王小静有些醉了，赵天一跟着也有些醉了。按明朝陈继儒的说法，"趋名者醉于朝，趋利者醉于野，豪者醉于声色车马"，醉还是有不同的醉法的，王小静的醉来自啤酒，赵天一的醉来自王小静的醉这件事，虽然醉的源头不同，但结果是一样的，就是这顿饭都吃得火急火燎。紧接着进行的事，属于增项部分，两人事先没有议定。赵天一先斩后奏，把王小静给"斩"了，语文老师王小静从此成了化学老师赵天一的女人了。赵天一为这事骄傲得很，只是多年以后，王小静在家庭生活持久战中的压倒性优势，让赵天一恍然大悟，当初的先斩后奏，更像是中了埋伏，王小静就像那棵等着赵天一这只兔子往上撞的大树。自己不是汤姆·克鲁斯，王小静才是詹姆斯·邦德。

结婚后的生活波澜不惊，铝和茜素磺酸钠碰在一起产生的玫瑰人生也仅仅在化学课本里。赵天一的人生曲线一再往下。而学中文的王小静，用李白、杜甫教的那些玩意，写而优则仕。从镇中学到镇政府，从副镇长、镇长到镇党委书记，从副县长、县长到市宣传部长。生活曲线继续陡峭上扬。对赵天一来说，要说有点进步的话，就是从镇中学到县中学再到市一中。然而这点进步是不足挂齿的，因为每向前一步，都是老婆王小静在前面牵引的结果。

所以赵天一每次向张中正、钱新成讲起结婚前的辉煌，都有种时过境迁的失落。如果把在镇中学算作婚姻中的万里长征的起点的话，赵天一现在正走在爬雪山过草地的沼泽地里，很难自拔，会不会走上阳关大道，能不能拨云见日，赵天一不知道。

办法总比困难多。赵天一使用了很多方法欲改变自己在家中的颓势，比如生闷气，比如离家出走，比如拿离婚要挟……甚至准备使用点家庭暴力。要说身材高大的赵天一对个头矮小的王小静动武，结果是可以想象的，当然也仅仅是想想而已，那些天正好疯狂英语创始人李阳的家暴被媒体炒得沸沸扬扬，赵天一就有些不情愿地收起这个念头。反正方法用尽，王小静倒有大家风范。一是不和你打舌头战，那是小孩子的把戏，不起作用。你想逗起吵，她偏偏不应招。和张中正、钱新成一起喝茶的时候，赵天一诉苦，诉苦的内容大致如蔡依林《爱情36计》里的歌词：谁开始先出招，没什么大不了，见招拆招才重要。问题是老婆不应招，你出什么招都白搭。就说生闷气吧，王小静根本视而不见。白天她很少在家，看不到，晚上很晚才回来，从客厅到主卫到卧室，就像卡利吉亚之于阿根廷，梅西之于巴塞罗那，如入无人之境，赵天一像极了中国足球队的后位，奈她如何？大不了在前锋面前玩点阴招，比如绊个腿什么的。具体的表现为一句话：你把家当旅馆啊！最好的时候，王小静回头看他一眼，算是回答，更多的时候，是听而不闻。又比如离家出走吧，赵天一他真干过，一个人周末去了丽江，本想遭遇点艳遇报复王小静。在一家乌烟瘴气的酒吧门口徘徊了一阵子，心痒痒地带着许多遐想进去了，依葫芦画瓢，先喝酒，准备将自己灌醉，喝去喝来也没有人来搭话，钱倒花了五六百块。没有艳遇，就有些想家了，先以为王小静会来电话的，周六又在大理玩了一天，王小静仍然视他不存在似的，赵天一悻悻地回家了。回到家，他曾经担心王小静会和他闹的，毕竟自己有些阴暗的想法，也有了上不了台面的做法。结果什么事都像没有发生一样，赵天一更为难受。好长时间了，赵天一和张中正、钱新成讲起这事都还很生气："就算小猫、小狗嘛，也应该召唤两声吧。"

赵天一和王小静的生活，就像苏联和大洋彼岸的美利坚，已经全面进入冷战时期。

赵天一和王小静的正面遭遇战也是有的，这场遭遇战持续不到一晚上，最后和平解决。

起因是赵天一收了三个学生在家里补课，补课的事赵天一早有预谋。学生是他从班里挑好的，属于优中选优的那种，补课每月每位学生收六百块。晚上王小静回家见家里多了几个人，很不适应。说赵天一，你不至于靠收补课费过日子吧。赵天一也觉得，这事说出去让堂堂宣传部长情何以堪，但心里还是有些抵触：我一个传道授业解惑的老师帮学生提高知识有什么错？王小静说，要真心帮学生就不要收钱。赵天一想，不收钱我是疯了，瞎忙半天还倒贴茶水饭菜。但他嘴里说出的却是，我的部长大人，我堂堂七尺男儿连给学生补点课你都管，我总该有点自己的追求吧。王小静说，只要不补课，其他我管你做什么。只要有点逻辑知识的人都知道，王小静的话是经不起推敲的，是有漏洞的，而这个漏洞是赵天一这个花花肠子故意创造来钻了。当时王小静也是随便说说，赵天一却用手机录了音，这一点王小静始料不及。后来赵天一玩起石头遭到王小静反对的时候，成了赵天一要挟王小静的证据，王小静对着赵天一狠狠骂一句：赵天一啊赵天一，想不到你做事还这么龌龊。

赵天一玩石的念头早于给学生补课，赵天一知道，无论补课也好玩石也罢，王小静都会反对，补课只是为了后来的玩石。但赵天一把一个个预谋做得滴水不漏，做成家庭版的"谍中谍"。

自从在家里玩"谍中谍"后，虽然有些冲突，但毕竟有了对话。有了对话，问题不至于不可收拾。

赵天一和王小静的生活似乎迎来了转机。

赵天一本来是反感玩石的。

大概在"红水石"刚发现的时候，张中正、钱新成就开始玩石头，玩"红水石"，也玩田黄石、鸡血石、和田玉、灵璧石、太湖石。有一天和张中正、钱新成吃饭，在饭桌上张中正、钱新成大谈石头。毕竟一个搞美术的，一个玩文学的，两人把方解石和金刚石混为一谈。赵天一充分发挥了化学功底深厚的优势，从化学分子谈起，一一纠正。因为电视台的曹小灵在，赵天一就多了表现的欲望，滔滔不绝，曹小灵很佩服，差点就五体投地。曹小灵说，赵老师玩石头很久了吧？赵天一说没有玩。曹小灵说不会吧不会吧，赵老师要是不玩石头可惜了。赵天一说，可惜什么哟，我真不懂石头呢。张中正故意说，老赵是怕人家小曹跟你学吧。曹小灵嗲了声，赵老师怕我学不是哟。张中正和钱新成跟着起哄：老赵你就答应人家嘛。赵天一笑了笑，不置可否。周六的时候，曹小灵果真就打了赵天一的电话，约赵天一去花鸟市场看石头。花鸟市场不仅卖花草，卖宠物，也是全市各种奇石的集散地。

有美女约，赵天一心里当然乐意，但王小静是不会同意赵天一玩物丧志的想法的，这一点赵天一有准确的判断。赵天一之前曾试探王小静，王小静引经据典，宋徽宗赵佶嗜石丧国，你知道不？赵天一想：我又不是皇帝。不是皇帝但是可以考虑做个勇士，就做要离那种勇士，拿出断臂的决心，如果用与时俱进的话讲，就是喊破嗓子不如甩开膀子。

所以给学生补课这种欲擒故纵的方案就出来了，缜密得滴水不漏。

说到底，赵天一还是醉翁之意不在酒，玩石仅仅是醉翁赵天一的酒，而他要借酒抒意，他的意在电视台，在电视台叫曹小灵的女人那里。曹小灵的一颦一笑，都让赵天一欲罢不能。那段时间，赵天一容光焕发，春风得意马蹄疾，过出了颓废教师的自信。

年初的时候，市里加强改进工作作风，这个作风成了赵天一的东风，赵天一万事俱备，已准备火烧曹营了。

改进工作作风的其中一条就是要求公务人员"五加二""白加黑"，有人进一步诠释：365天天天营业，24小时时时服务。王小静没有了周末，没有了夜与昼。这反倒给了赵天一天赐良机，赵天一不分周末和晚上地和曹小灵交流。赵天一在心里说：你王小静玩"五加二"，我也"五加二"，你王小静玩"白加黑"，我也"白加黑"。一到周末，赵天一就早早起床，等待曹小灵的召唤，每每心有灵犀掏出手机的时候，曹小灵的电话就来了：赵老师啊，看石头去！赵天一故意矜持些：小曹今天有时间啊。不说去也不说不去。曹小灵说赵老师没有时间的话，我自己去了。赵天一毕竟是过来人，虽然急不可待，但仍然轻描淡写地说：其实也没有什么重要的事，不然小曹你在大十字等我吧。然后就等不及地更衣出门，一起去花鸟市场。

甩开膀子，也离不开票子。虽然赵天一不关心经济社会大事，但市城东和城西两个项目的教训他还是知道的。城东的海湾大酒店因为资金缺口只修了一半就停了，几个塔吊伫立在半途而废的房顶，已经两年了。城西的太平洋大剧院倒是封了顶，但仅仅是个框架，一眼能望对穿。据说投资方已跑路，过了太平洋，去了大西洋了。不明就里的外地人还以为是这座城市的标志性建筑呢。

在初春的某一天，赵天一又做了件先斩后奏的大事，把储户名为王小静的二十万存款提前支取了。赵天一没有预料到这起事件的严重性。

赵天一想反正是两口子的钱，谁取不都一样。正好那家银行的营业室主任是赵天一的同学，赵天一找了充足的理由就支取了。哪知王小静不依不饶，投诉到那家银行的分行，投诉的事是宣传部办公室的人干的，因为是领导的私事，办起事来执行力特别强，赵天一的同学属于重大违规操作，被免了职。好长时间，赵天一都怕见到银行二字，好像银行里走出来的每个人都是他的同学，骂他做事不地道。

赵天一为这事真正和王小静闹翻了。始终是搞宣传的，吵起架来一点也不含糊，言如破竹，字字珠玑。

"就算是你的名字，"赵天一低着头，一副茫然的模样，"我也应该有一半吧。"赵天一的声音细如蚕丝，已经没有了人民教师在讲台上的抑扬顿挫。

十万，也还是能买很多石头的。那段时间，市一中的学生都看到了一背一背的石头运往赵天一家的繁忙境况。青石出自蓝田山，兼车运载来长安，工人磨琢欲何用，石不能言我代言。赵天一已经把自己当成唐朝的白居易了。

但这让市一中的学生费解了。"不是说我们学校要搬到西郊吗？"一个学生对另一个学生说。

"现在肯定搬不成了，学校都在搞扩建了。"另外的那个学生答。

运往赵天一家的石头就堆在赵天一家门前的两小块绿化地里，像极了建筑工地上下基脚的一堆堆砖头。

市拆迁办的两个工作人员十分警惕，鬼鬼祟祟跟踪了好久。怕赵天一明修栈道，暗度陈仓。市一中的围墙外就是规划中的棚户改造区。

虽然赵天一生活的城市是一个地级市，但发展远远落后了，该建设的地方没有建，该拆迁的地方总在月黑风高的夜晚如雨后春笋般冒出来。拆迁办的不是像搞地下工作的就是像玩武术的，来无影，去无踪。这搞得赵天一很神经质，总担心两人是来偷他的宝贝石头的。

张中正和钱新成笑赵天一：玩石是有选择的，不是扫货。"没有量的积累，"学化学的赵天一也知道一些物理原理，顿了一下又说，"哪有质的飞跃。"

最先从量变到质变的是赵天一和曹小灵的感情。究竟在感情上采取专业化经营，还是走多元化发展道路，做事滴水不漏的赵天一是评估过的。就目前的情况看，多年苦心经营的王小静这个项目终究半死不活，所以寻找新的感情增长点也是不得已而为之。但新项目的上马还是要有研究的，叫什么可行性报告不是。和曹小灵一起玩石的这段时间赵天一没有闲着。大致调研了曹小灵的情况：离异而无子女，且没有新的男朋友；工作稳定无后顾之忧；事业上没有太大的追求，最大的愿望是在电视台当新闻主播。这样的项目就算在省城乃至在全国都是难得的优质项目啊。一来上这样的项目不至于和其他男人发生强强对决；二来自己无权也无钱，不至于亏得很惨。相反的，也许会带来想不到的投资惊喜。

国庆节，张中正邀赵天一去昆明参加奇石展，一同去的还有张中正、梁丽和曹小灵。住房的时候要了两间双人房，赵天一、张中正一间，梁丽、曹小灵一间正好。可是在总台登记完后，张中正递了一张房卡给赵天一，搂着梁丽就上楼了。这样一来，房就差了一间，赵天一假装发愣，这是赵天一的惯用伎俩，赵天一知道张中正这种急性子的，也预料到了现在的这种结果。曹小灵好像等不及似的，在电梯口呼唤赵天一：赵老师走啊。到了房间，赵天一就不再矜持了，渴望的是物质与物质之间碰在一起发生的剧烈反应。赵天一将老婆王小静与曹小灵做了简单对比，王小静矮小，曹小灵高大；王小静皮肤黝黑，曹小灵却白而富有弹性；王小静该大的地方不大，该小的地方不小，腰像水桶，口如姚晨，胸如平板。曹小灵就不一样了，"樱桃樊素口，杨柳小蛮腰"，胸前正是风起水涌，惊涛骇浪；就性情而言，王小静像借了她的米还了她的糠，而曹小灵呢，随时都是乐呵呵的。"回眸一笑百媚生，六宫粉黛无颜色"，赵天一已经在心里把曹小灵当成他的杨贵妃了。曹小灵每次叫"赵老师"，赵天一都感觉是在叫"皇上"，把赵天一叫得心痒痒的。不怕不识货，就怕货比货。一比就比出了差距，一比就比出了扬扬得意：你王小静也有今天。但赵天一在床上却有种错位的感觉，常常将高大的曹小灵当成矮小的王小静，本来看到的是白而富有弹性的肌肉，看着看着就变成黑而皱垮垮的了。所以赵天一是带着愤怒的、复仇的心情扑向曹小灵的，仇人相见，分外眼红。赵天一使尽浑身解数，一招一式，招招制敌。但毕竟这是一场旗鼓相当的战争，曹小灵哪会甘愿认输，越战越勇，最后还是赵天一，像爆了的气球，泄了气。

　　这次奇石展，除了在床上的表现略显瑕疵外，赵天一还算是一举两得、一箭双雕。除了曹小灵这只雕，还在赌石中得了另一只。赵天一花了八千块买了块缅甸玉籽料，回来后剖开，一左一右，一红一绿。红色的一半，站着一只雄性熊猫，威猛、张扬，像个欲战斗的勇士，栩栩如生。绿色的一半，也像一只熊猫，匍匐着，内敛、温柔，活像一个美人，晶莹剔透。两块并在一起，一雌一雄，出双入对，形神兼备、活灵活现、回味无穷。这对奇石配上座子后，张中正感慨大自然的鬼斧神工，取名"天作之合"，后经赵天一、钱新成反复推敲，定为"和谐之美"。"和谐之美"成为赵天一家的镇宅之宝，成就了赵天一"奇石老赵"的名望。

今年的天气古怪得很，该热不热，该冷不冷。春节过后，是连续4个月的干旱，到了7月，又连续下了10多天的暴雨，市辖的河西县发生山体滑坡，形成泥石流灾害，40多户、150多名村民被埋。王小静亲自带领电视台、广播电台和日报社的50多名记者奔赴灾区进行了1个月的采访，带回了200多条一线抗震救灾新闻，做了20多期专题。有几条消息还上了省台和央视。王小静认为这是她从政多年来不多的值得回忆的事情。坊间谣传王小静将在年底的换届中升任常务副市长。这年年底，王小静从领导岗位卸任，赴市政协履任新职。这个结果，王小静是早就知道了的，但真正宣布的时候，王小静还是很不是滋味，开完会后早早回家。赵天一上完课一进家门，王小静就对着赵天一大发雷霆：这个家被你搞成什么样子，到处是你的烂石头。这个时候，如果赵天一任由王小静出会气就没事了。偏偏这时赵天一也很委屈：石头放几年了，你不讲，在单位混不好了，就在家里撒气。王小静眼泪澎湃而出，将赵天一的两坨"红水石"狠狠地砸在地板上。石头没有砸碎，地板先碎了。

张中正的鸡蛋理论看来行不通了。张中正忽略了一个实质问题，鸡蛋理论的前提是要有鸡蛋，而且是足够多的鸡蛋。以前，张中正用艺术把梁丽的衣服一件件脱光，现在，梁丽用经济把张中正的衣服又一件件脱光。钱新成当初提醒他迟早会死在女人手里的。张中正用一首古诗反驳钱新成：关关雎鸠，在河之洲，窈窕淑女，君子好×。引经据典是想说明我们的祖先在先秦时代就这样了，我们后生这么做有什么不对？钱新成放大了后果，张中正是估计严重不足。现在的情况是：张中正虽然还没"死"，但是瘦成皮包骨，在大腹便便的当下相当扎眼。离死已经不远了。

梁丽在画室脱成艺术天经地义，但在张中正家里也脱得一丝不挂就是不按规矩出牌了。气得本来身体就不好的张中正老伴一病不起，去了儿子那里。梁丽由偏房成为正室，从打工者摇身一变成了老板。张中正正好掉了个。辛辛苦苦把艺术变成金钱，然后装进梁丽的手提包里。

说句公道话，张中正喜欢脱女人衣服也是工作使然。张中正开创了工笔画和国画融为一体的美术新潮流，这样说吧，就是先用工笔将人物画好，然后再用国画的手法给画中人物穿上外衣。如果整个过程用录像机录好后倒着放，就好像一个美人一件件脱去外衣，每脱一件，都让人浮想联翩，想象里面的黄金屋，想象里面的颜如玉。张中正现在好像才思枯竭了，以前作的画欲购者车水马龙，现在却门可罗雀。原来的鸡蛋被小梁收了，现在又没有了下蛋的母鸡。鸡蛋没有了，当然就不会再去找放鸡蛋的篮子。张中正现在已经好酒了，酒瓶不离身，餐餐不离酒。

"以前她给我打工，"有天醉了，张中正拉着赵天一，手背上的青筋凸起很高，"现在我给她打工，你知道不？"赵天一知道张中正讲的是梁丽，说："两个人在一起，谁给谁打工不都一样。"

"一样？"张中正眼睛眯成线，不再有色眯眯的光泽，黯然神伤地说，"我比死还难受。"

钱新成在三人中从良较早，用在石头上的心思就多。钱新成开了个奇石馆，潜心研究石头，写了本《奇石谈》，从奇石收藏到名人典故、奇石配座、奇石的神韵美和艺术美、收藏奇石的心得体会，融知识性和艺术性于一体，洋洋洒洒，入木三分。在奇石界，获得了许多好评。

赵天一继续他的寻石、藏石、赏石、悟石之路。修身养性、怡情养性。在石的世界里看"人生百态"、感"山水情怀"。

周六,赵天一没事,吃过中午饭,就出去溜达了。

这天,王小静陪省政协的领导到红水河景区。走着走着,省里的一位领导突然问"红水石"的硬度。王小静知道石头都是硬的,哪知道硬也是有标准的。陪同的人都不知道,就陷入了短暂的尴尬。一同陪同的办公室小姑娘小杨就冒了句:大概五六十度吧。这是瞎说的话了,但王小静不知道,当时还暗自庆幸,怎么着还是有个知道的。省里的领导笑了笑:最高才十度呢。这就让王小静很不高兴了。然后在一个偏僻处给赵天一打电话。玩石都玩成"奇石老赵"了,这不就是顺手拈来吗。赵天一告诉王小静,石头的硬度是指抵抗外来作用力的侵入能力,通常用莫氏硬度计作为硬度等级的标准。滑石一度,最高的金刚石十度。红水石系前寒武纪海底火山喷发的玄武岩浆与硅质岩浆通过高温高压交织变质而成,矿物成分复杂,石质坚硬,一般在莫氏七度以上,有的可达八度。王小静又问是不是硬度越高越好。赵天一说,所谓水满则溢,月满则亏。评定石头的优劣,米芾有四语,即"秀、瘦、雅、透",由于奇石文化的不断发展,赏石观念也在不断探索、更新。如今,"形、色、质、纹"又成为人们新的鉴评标准。所以说硬而圆润、形而秀美、纹而雅致、色而纯一、透而不空者石中精品。赵天一好久没有和老婆王小静交流了,尽管是在电话里,仍然如滔滔江水,连绵不绝。王小静说算了算了,回来再和你讲。王小静追上游玩的大部队,找了合适的机会说,红水河扬名的不是红水河瀑布,而是这里有种奇石——红水石。省领导本来就很关心红水石的,王小静将赵天一说的全部说了出去,省领导非常满意,后来还增加了参观奇石馆的行程。办公室的小杨，心里佩服着王小静：领导嘛，就是无所不知，无所不晓。也为那句不着调的信口开河后悔。王小静刚才的不快也没了，心想：我们不也是这样过来的。

小杨是刚从县中学考公务员过来的，有些自己的影子。生活曲线正是向上的时候呢。

赵天一说白了还是属于一给阳光就灿烂的那种，王小静打来的电话让他信心倍增，当时就有了句号和黄宏在小品《打气》中的感觉：其实我也蛮重要的嘛。但王小静还没有让他说完就挂了电话，让赵天一意犹未尽。想着好久也没有和曹小灵联系了，准备拨曹小灵电话，想了一下，又打消念头了。继续溜达，一溜达就到黄昏了。在回家的路上，赵天一哼起改动过的京东大鼓：火红的太阳下了山，晚霞铺满了半边天……

赵天一一进家，像到了云里雾里，雾是从厨房里的电饭锅里冒出来的，从卫生间的门缝里冒出来的。王小静知道赵天一回来了，叫了声赵天一。在电视声、高压锅的"刺刺"声的混杂中，赵天一没有听清。王小静又叫了声：赵天一，给我搓下背。习惯于欲擒故纵、欲就还推的赵天一再也不矜持了，一下子就走进了王小静的天上人间，腾云驾雾，翩翩起舞。此时，播音员曹小灵正在播报市政协陪同省政协领导调研的新闻。但这次，赵天一没有看曹小灵，他看的是面容姣好，皮肤白静，脸色红润的妻子王小静。甚至，他们根本没有听到曹小灵播报的任何一句话，因为妻子王小静的呢喃声盖过了一切。

酣战过后，赵天一的电话响了，是张中正约赵天一喝茶，赵天一慵懒地说：周末我休息！张中正说：是在和曹小灵鬼混吧。王小静听到了电话那端张中正和钱新成哈哈哈哈的笑声。

王小静张着姚晨似的大嘴，咬着赵天一的耳朵，说：周末我也休息！

赵天一说:"你现在有时间了?"

"我什么都没有,有的就只剩时间,"王小静顿了一下,用细如蚕丝的声音说:"还有你。"

此时,腊猪脚炖萝卜的香味飘满赵天一和王小静家的每个角落。

仕 途

王仕途是个好同志。这句话是老行长临终前说的。老行长躺在医院的病床上，话已经说得不流利了，握着来看望的王仕途的手说，好同志嘛。老行长是退伍军人，老党员，说话简洁明快，爱叫"同志"二字。

客户里没有说王仕途不好的，刚进银行的时候，有个姓马的客户吃了耗子药在医院洗胃，清醒过来后还是要死要活，王仕途去也不知和马姑娘说了些什么，马姑娘"扑哧"笑了，回家后表示活着真好，她的父母为此送了面锦旗。单位里的人也没有哪个觉得王仕途不好，有根有据，王仕途进这家银行二十三年了，得到的年度优秀恐怕都数不清了，不得优秀的那些年份，不是王仕途做得不好，而是领导有其他的考虑。早些年，单位有规定，连续三年优秀是要涨一级工资的，所以王仕途每两年后就有一年称职。这也是没有办法的事情，发点物质奖励大家可以接受，要是无休止地把工资涨下去，恐怕谁都接受不了。后来这项规定取消了，每到年度测评的时候，科室里的人不用说，直接把票都投给了王仕途，他们都是王仕途的受益者，共用的办公室和独享的办公桌椅都是王仕途清晨拖抹的。王仕途把提前到单位烧开水、抹桌椅和拖地看作是打基础，他爱说的一句话是，基础不牢，地动山摇。这招是他的一位名叫李爱民的大学同学教的，李爱民老爹在人事局，从小耳濡目染。大学的时候，李同学常常躲课看《官场现形记》，做了一大本读书笔记，有心得，有体会，重要的地方还用红笔勾起，举一反三，融会贯通。虽然李同学挂了好几门功课，但仍然没有妨碍其在大学官至学生会副主席。王仕途和所有顺城人一样，一根筋，认准了的事，八抬轿子也抬不回。有时候老婆埋怨，把单位当家了？马脸一拉，脖子一粗，对着老婆眼睛一瞪，王仕途骂道，不做做样子，鬼二哥会理你。王仕途的这句话当时还是很超前的，在顺城，做样子就是作秀，后来全国各地的都会做了，只是大城市的比小地方的做得更好一些，当官的比老百姓做得更好一些。

　　私下里，也有人说王仕途争表现。最先说出这话的是同一个办公室的老李。老李比科长老刘小一点，年龄在办公室里排第二，办公室的人平时都叫他李老二。王仕途刚来单位的时候，年轻人嘛，拖地孝敬老员工也是应该的，但拖的时间长了，群众基础就好了，关键是得到了老刘的赏识，李老二就感到有压力了。有天李老二来单位早，正好肚子不舒服，一来就蹲进厕所。王仕途也来了的，在走廊上晃来晃去，李老二在厕所的窗户里看到老行长的桑塔纳开进停车场后，王仕途开始忙活了，又是烧水，又是拖地，又是抹窗子的。这招也是同学李爱民教的，活要干，但不可蛮干，要巧干。所以王仕途上班前的做做样子有条不紊，拖地几乎和单位唯一的小轿车的停泊时间同步，拖完了地，一般情况老科长来了，然后王仕途开始在办公室里抹桌椅。李老二把看到的情况偷偷地给科室的人讲了，大家不买账，刘科长更是没好气地说，你也可以争表现啊！王仕途心里清楚，在科室里，论学历，自己是最高的，论业务和理论，自己是最棒的，可是论资历，自己就比李老二矮了一大截。王仕途还清楚，一桶水能装多少是由最短的那块板子决定的。大学里学到了短板理论，想法弥补短板，实现弯道超车。

王仕途以前不叫王仕途，叫王士斌，他还有一个外号，这个外号与马姑娘父母送来的锦旗有关。单位里收到锦旗也是经常的事，不是"拾金不昧""助人为乐"，就是"雪中送炭"，千篇一律。马姑娘父母把锦旗送到当时王仕途所在的营业部的时候，营业部主任笑得一张胖脸把眼睛挤成了两条细缝，收到锦旗本来也是件很荣光的事，急切地打开，笑容就在脸上僵住了，两条缝慢慢张开，最后鼓成球状，对王仕途说，你还是拿去挂在你们王家坝的卫生院吧。大家这才抬头，看到红色锦缎上的黄色大字——华佗再世。有人就开始叫他王华佗。王华佗这个绰号最终没有叫出名，原因首先是马姑娘的故事在时间的流逝中渐渐淡了，其次是他确实没有刮骨疗伤的本事，连自己的一块心病也医治不了。工作二十多年，这块心病就伴随他二十多年。后来，他在一次饭局上和同学李爱民交流拖地心得，李同学从财政所拖到了区财政局，再拖到了市财政局，每个地方都拖出了点名堂，副所长、所长、副科长、科长，现在已经是副局长了。特别关键的拖地注意事项王仕途也是做到了的，李同学哈哈一笑，做了最后总结——仕途多舛呗。就有人把他叫成王仕途，就读音来说，王仕途和王士斌又有三分之二的吻合，大家就叫开了。

过了好长时间，王仕途还在原来位置，还是继续烧开水、继续拖地、继续抹桌椅，老行长的位置却挪动了，没有什么征兆，很突然，省行的就来宣布老行长退居二线，改任调研员。其实省行早和老行长谈了话的，老行长政治纪律强，就像后来文件头右上角的几个黑体字：公布前保密。按理老行长在知道自己要退之前提一两个干部也不是不可以。突击提拔？那算回什么事。几个月后老行长对他信任的几个老部下说。那时候，这几个老部下也下了。王仕途的第一次仕途梦就这样黄了。

经过八九年拖地、抹桌椅的未雨绸缪，王仕途的仕途梦已经被老行长点燃了，加上王家坝瞎子的推波助澜，就像炉膛里的火，越燃越旺。

自从参加工作后，王仕途就没有回老家给老祖宗挂过纸，老行长找其谈完话的当周，王仕途急匆匆回到王家坝，最为惊奇的是，刚进家门，几乎是同时，瞎子的拐棍也进了王仕途家的门。这是多年来王仕途不得不佩服王瞎子的原因。把准备拿到山上敬老祖宗的半只炖鸡装进肚子后，王瞎子用拐棍蘸水在水泥坎子上写了一个"官"字，水渍很快被风吹干了。但王仕途的心情多年来一直湿漉漉的。

一个响头磕在春寒料峭的春天里，王仕途和未曾见过面的老祖宗说了好长时间的话，就这样，王瞎子的那个字在王仕途的脑海里越来越大。

也没有多长时间，王仕途迎来了第二次走上仕途的机会。

新行长是从省行来的少壮派，平头、矮个。顺城离省城近，交通又便利，这是空降干部愿意交流到这里的原因，心往一处想，这就成了不腐的流水不蠹的户枢，频率快，也容易跳得高。去了一些远天远地的地方，没有后来者愿意顶替，十年八载的也很难挪动一回。

少壮派工作起来的特点和他的身材很合拍，短、平、快，实施的是"双大战略"，抓客户紧盯大行业、大企业，储蓄客户根本看不上眼，因为业绩来得慢。人事改革是少壮派主抓的业绩之一，第一次率先在顺城搞起竞聘上岗、双向选择，以前的科室全部撤销，科长、副科长全部免去，重新成立部室，职责和以前大同小异，职务的叫法却大相径庭，叫经理和副经理。这次王仕途想，提个副经理是铁板钉钉的事了。条件很优越，竞聘要求学历大专以上，自己是本科，尤其需要说明的是，整个单位两百多号人，全日制本科的包括自己在内不超过十人。要求工作五年以上，自己已经工作十年了。最为重要的是，论资排辈，自从老李调出科室后，自己就是部门最老的前辈了。王仕途甚至乐观地认为，既然以前的科长、副科长都免了的，如果改革的力度更大一些，步子更快一些，一步到位弄个经理当当未必没有可能。

结果就像顺城的天气，没有个准。本来艳阳高照的，一片云过来，一下子就黑压压一片，稀里哗啦地雨就来了。本来阴沉沉的天，干冷干冷的，刚穿个外衣，火辣辣的那个圆在头上就露了头。

以前老行长最信任的信贷科长、财务科长、人事科长以及老刘都下了，老刘下来是大家想得到的，毕竟差几个月就要退休了，腾出位置给年轻人嘛。其他三个科长下来的说法就多了，王仕途听到的版本至少有三个。当单位把这次竞聘情况上报省行的时候，王仕途恍然大悟，提几个二十出头的年轻人，下几个四十来岁的"老"同志，才能体现人事改革的成果。对于老传统，敢于亮剑，对于新事物，勇于发现。看来，平头的人事制度改革也是做样子的，只是样子做得比王仕途高明多了也新鲜多了。《顺城日报》还有了篇对平头的专访，主标题叫《不拘一格降人才》。王仕途好不容易熬出了点资历，哪知新领导已经不按规矩出牌。王仕途的第二次仕途梦就这样破了。

王仕途所在的筹资科改头换面成了个人银行部，刚刚工作两年的小黄取刘科长而代之，成了黄经理。小黄这次竞聘本来是想混个脸熟找点经历当作锻炼的，他说真是瞎母鸡啄米头——碰巧了。公示的那几天，小黄脸上虽然还是有不易察觉的喜悦，但还算低调，该叫哥的叫哥，该叫姐的叫姐，对已经免职了的老刘还是叫刘科长。文件下的那天，按捺不住了，刚开任前会回办公室，脸色比天气还阴沉，把王仕途喊到自己的办公桌前，老王，把桌子给老刘抹干净。

分明是催老刘换位置了。下班后,老刘把几天的烟提前抽了,烟雾缭绕中苍老不少。王仕途本想给老刘说点对竞聘的看法,老刘坐在曾经小黄的位置上,开了骂,狗×的,老子以前以为他抬头是望我,原来是望老子的大班桌。王仕途还能说什么呢。

王仕途去老行长的办公室。这几天王仕途总有股气闷在肚子里,不吐不快,年轻的黄经理坐在对面,一举一动都在大班桌的眼里,咬耳朵肯定是不行的了。王仕途刚敲门,老行长就说,小王同志,坐嘛。王仕途坐下后,平头行长就进来了,被新领导看到自己在老领导这里,王仕途很不自在。老行长也是忙叫新行长坐,平头没有坐,说老领导辛苦了大半辈子,就在家休息嘛,单位有什么事,我们给你汇报。话倒谦卑,但语气就像射出去的剑,坚硬、不容置疑而且直插靶心。说完新行长就走了。老行长闷了有一会儿才说,要我走,我要对得起自己的工资嘛。王仕途出了老行长的办公室,还能说什么呢?莫非委屈还能超过老行长?好长一段时间,王仕途见着新行长都绕着走,怕他。

老刘对王仕途说,烧水拖地的事不要一个人包了做,又不是自己分内的事。王仕途也是这样想的,当老黄牛的是自己,得好处的是别人。但老刘一说出来自己就不干了,反而衬托出以前做这些的功利性。王仕途继续拖部室的地,烧部室的水,抹部室的桌椅。虽然有怨气,但闷在心里不好意思说出来。唯一有点变化的是,以前做完这些,还把老刘的茶杯洗了,泡上浓茶。现在王仕途只泡自己的。过了几天,王仕途又把黄经理的茶杯泡上了,当然泡了黄经理的,又泡老刘的,总不能让老刘说人走茶凉吧。但老刘不领情了,在心里骂,见过贱的,但没有见过比你还贱的。

日子一天天地过,行长走马观花地换,每来一位新行长,都要学以前平头行长的,但现在的竞聘上岗变味了,就是形式,各行各业也搞这种把戏,听得人都疲劳了。无非是经理和经理之间转一下,副经理和副经理之间转一下,就像换防,司令还是司令,将军还是将军。王仕途每一次都参加,没有说群众不能竞聘领导的,不想当将军的士兵还不是好士兵呢。怕竞聘报告没有写好,王仕途还请文联的朋友把脉,又担心演讲的过程中不声情并茂,又找了电视台的朋友把练习录下来,哪些地方该扬手,哪些地方该抬头,哪些地方该低沉,哪些地方该高昂,逐一纠正,怕读音不准,把音调都标上了。王仕途甚至把天气情况都考虑进去了,如果到时候下雨,就要在整个演讲过程相应把声音提高一些。结果都没有出乎意料,甚至可以说都没有进入领导的视野。要说有点机会的话,是有位姓张的行长的到来。张行长也是名大学生,对文凭相当看重,来单位才一周,就分批次查看全行两百多人的人事档案。当然最先看的是全日制本科生,而且看得很仔细。加上这几年新进的,单位里全日制本科生目前也不过三十人左右。当看到"王士斌"的时候,张行长在名字和那个名词之间纠缠了好几次,士斌——士兵,张行长摇了摇头,翻过去了。王仕途的仕途梦又一次被姓张的行长摇没有了。据说张行长是《易经》迷,对名字也挺有研究。张行长任职期间,把一个支行的班子全锅端了,这个支行的行长叫刘劲松,副行长叫吴达贤,一松一贤,松懈松懈,这个支行怎么搞得好?后来这个支行班子换成了叫龙朝海和林中虎的。也不知龙虎相争会否有一伤?

转眼就到了新千年,都说新千年,新气象。王仕途说没有什么感觉,真要说有点什么的话,就是"千年虫"问题让他天天加班。"千年虫"是一种计算机病毒,好像不加班,计算机的内存就会溃烂、化脓,最后瘫痪似的。真正让王仕途感觉到新千年的新气象是在2003年以后,国有银行开始股改了,外资银行进入中国,全国性的股份制银行跨地设立分支机构,农村信用社和城市信用社纷纷改制,成立农商行和城商行。以前平头行长提出的人进人出的机制,现在才根本实现。机会就这样猝不及防地来了,先是农商行找王仕途谈,后来城商行也找王仕途谈,都看中他老牌大学生的牌子,也看中他在大型银行的工作经验。在国有银行稍有点一官半职的,那时是看不上这些小银行的,只是多年以后才知道当初是误判,东西不是越大越好,实惠才是硬道理。王仕途选择的是城商行,从离乡镇都还有十多公里的王家坝走出来,怕带个"农"字。

城商行那边的商调函发过来后,黄经理和王仕途坐下来好好谈了一次,老刘退休后,王仕途和黄经理的关系有所改善。人都是有感情的,在一起工作了很多年,不说难舍难分,起码也该提点建议嘛。黄经理说要想好,出去就没有回头箭,想回来就不可能了。王仕途说好马不吃回头草,出去了就肯定没有想过要回来。见王仕途吃了秤砣铁了心,黄经理就送了些祝福的话。

调出单位有两个月的保密期,也不知道是哪个想出来的馊主意。客户,还是资源?克林顿和莱温斯基的事都保密不了,这年代不知还有什么能保密的。王仕途抱怨。过了一个多月,王仕途才体会到,所谓保密期,就是班要上,事不拿给你干,把你闲起来。顺城人的意思就是把你边缘了。王仕途也从个人银行部临时调到工会办。什么叫临时?就是行长一拍脑袋,人事部门就口头通知了,没有文件的。都要调走的人了,文件又有什么用。

工会办在大楼的七层,旁边的档案室散发出很浓的霉味,从六楼的个人银行部到七楼的工会办,王仕途好像从现实走进了历史。历史和现实的距离,有时就是一层楼的距离。工会办主任满头银发,好像刚从档案里冒出来。

"坐!要给你安张办公桌不?"这是白头发的一句客气话,如果真要安装办公桌的话,人事部门早通知后勤部门做了。

"不了,就一两个月的事情。"王仕途说。

工会办真是个闲得烧虱子吃的部门,本来职责是维护职工权益,但谁都清楚,工会是什么都维护不了,就连工会费的开支都是行长一支笔签字。还以为工会的主任白发苍苍了，会像黄经理那样说些调单位要慎重的话。

"这种单位，走了好啊！"白头发说。王仕途一惊，也就短短的一刹那，有了相见恨晚的知音情结。

白头发接着说："你看以前信用社算个哪样单位？工资都发不起，现在呢，一改制，业务上去了，福利也上去了。"

王仕途是赞成白头发说的，但都要调出去的人了，说现单位坏话终究不好。"其实我们单位也不错的，我是工作时间长了，想换个环境。"王仕途说。

哪知白头发激动了，说："好个×，上边的想法是好的，越到下边就越变味，你看一笔贷款，报上去一个来回，半个月就没有了，这是哪样机制！"

"授权经营嘛。"王仕途说。

"既然授权了，还抱着权力干什么？"

王仕途倒没有想到机制这么深层次的问题，下决心要走，其实有赌气的成分，更主要的是看重那边给出的条件，支行副行长和部门副经理随便选择。

没有事干就拖地和烧开水，虽然都有饮水机，王仕途说饮水机烧的水不好喝，非要接出来用壶烧。工会办一直都是白头发一个人，以前在老行长的手头提起来的，对老行长很感恩，不知不觉地就说到了以前老行长的好。老行长当时还没有到退休年龄怎么就退二线了啊？王仕途问。王仕途的意思是说，如果老行长当时不退的话，自己早就提拔了。白头发说，省行还不是觉得他一个当兵的不懂业务呗。

王仕途的保密期还没有到，单位又换新行长了，现在换个行长比换总统还快。快到什么程度，王仕途掰起手指算起来，居然没有算清，不是算漏了这个，就是算漏了那个。十好几个吧。王仕途对正在喝茶的白头发说，管它换不换呢，再过几天，自己就和这个单位没有关系了。

但新换来的行长不是别人，是自己大学的同学，叫沈建军，王仕途有些感慨，起点不同，命运真他妈的千差万别啊。当时同住一间宿舍里，沈建军睡王仕途上铺，毕业后分在省行，之前不知在哪个部门任副总经理。关系说不上好，也说不上坏，不像"睡在上铺的兄弟"那首歌里唱的那种情深似海，只是记得考《高数》的时候给沈同学递过纸条。

保密期满后，沈同学不签字了，说同学来了不支持一把？同学面前，王仕途也直言不讳，说你，李爱民，哪个进步不快？再不走我都成废人了。沈同学也是一个直爽人，不就是追求进步嘛，找个机会办了吧。同学话都说到这个份上了，王仕途还能说什么。王仕途起得比以前更早了，烧水烧得更勤了，拖地都比以前卖力了。一般情况是，新领导上任，都会在第一时间对几个重要部门进行调整，王仕途把目标锁在这次，急是急了点，等了十多年，换了谁，也没有不急的。这次调整没有意外，李爱民当了传话筒，说一来就调你，别人会说闲话的，还说沈同学答应了的，翻年搞个竞聘就给你解决了。又是老掉牙的竞聘，王仕途心想，然后对老同学发了一通气："闲话个×，那些调到我的前面去了的哪个又说闲话了。"但王仕途得等。人生不就是一个等字，等来了爱情，等来了单位，等来了家庭……等来了今天，再去等待明天……所有的一切都得慢慢等下去。

今年冬天来得早，腊月刚到，雪花就开始飘了，王仕途端杯热茶站在窗口，心绪和窗外一样纷纷扬扬，想，既然冬天来临，春天就不会远了。突然，白头发问，小王多少岁了？王仕途回过神来。白头发也站起来，现在是越来越知识化、年轻化了，也越来越专业化、革命化啊。男的四十七岁以上，女的四十二岁以上原则上不再提拔，已经提拔了的将不再任实职。王仕途说哪个大领导讲的？白头发说省行刚来的文件，王仕途忙着去查看OA，脑壳和窗外一样，一片空白。

"啪"一下把茶杯蹾在桌子上，王仕途走出了工会办，到了行长沈同学的门前，冷静下来，又回到工会办。白头发不知一下午说了什么，王仕途满脑子的想法是，二十多年的地是白拖了，桌椅是白抹了。

第二天，王仕途就去了在同一条街的商业银行，短短几个月的时间，商行从其他银行引进了很多人，对人才的需求已经没有当初的迫切，王仕途不关心进了好多人，他关心的只有两样，一是我能来不？二是来了在什么位置？那边说，好位置肯定是没有了，但只要是金子，在我们这里同样可以发光的。王仕途一赌气，管他娘的，去了再说，股票都到底端了，老子不相信它不触底反弹？

王仕途还没有办完调离的手续，同学沈行长提前走了，一家股份制银行进驻贵州，同学去设在省城的分部当副行长去了。据说开出的薪金是他以前的四五倍。

"做什么都比别人慢半拍啊。"王仕途长叹一声。

"走得了总比走不了好，老子们就只有在这里等死了。"白头发有气无力地答。一股死气沉沉的味道正从档案室那边漫过来。

王仕途在收入上倒没有太大的祈求，只是希望有个好的位置，用他自己的话说，没有个称谓出门应酬都不好介绍，说老王嘛，有时一张桌上比你年龄大的多的是，说小王嘛，都快奔五的人了，直呼其名嘛，饭桌谁又记得全呢。有些客人不管三七二十一，见银行的都叫行长，脸都会被叫红。

还是用老办法解决新问题，在新单位，王仕途继续拖地、烧水、抹桌子。有天王仕途和着一把拖把在部室里进进退退，新单位的领导进来了，王仕途的一块心病立即落下。终于让领导看到了。哪知领导说，都有保洁员的，以后就不用亲自拖地了。王仕途还以为领导是谦虚的说法，又把保洁员抹过的桌椅抹了一遍。领导不高兴了，说做银行就是要经常到基层和企业中间去，在办公室是坐不出成绩的。说完就走了。

　　王仕途真正走上仕途是虚岁四十九岁的时候，新单位要去县里托起成立村镇银行，谁都不愿去，王仕途在新单位说到底还是个新来的，就派他去临时负责，虽然是加了"临时"二字，但叫他王行长他已经不会脸红，也不会心跳了，名不正但言还顺。

　　和同学李爱民有个不成文的约定，就是谁进步都要请客聚一聚，一起聚会的还有两人共同的朋友，王仕途是主角，话题自然多涉及村镇银行的，王仕途高兴，多喝了几杯，问，究竟村镇银行算什么级别？同学李爱民直来直去，企业嘛，有×哪样级别。王仕途愣了半天，说，搞×半天，什么都不是？李同学打着饱嗝说，有钱就行了嘛。把酒杯砸在地上，王仕途发疯了，为了钱？那我拖了几十年的地为什么？我抹了几十年的桌椅又为什么？我不拖地，不抹桌椅，谁敢少发我一分钱，你们说，谁敢少发我一分钱？

　　在座的扶起王仕途，说，仕途，你醉了。

钗头凤

爹摆弄他的柏木树根已经有好些天了,小雨知道爹要雕刻脸子了。柏木树根是爹雕刻脸子的材料。寨里人把脸谱叫作脸子,就像他们把文绉绉的地戏叫作"跳神"一样。

大雨爹从十二岁开始到陈家地戏班学雕刻到现在已经三十多年了。那时的大雨爹还不叫大雨爹,他有自己的学名——彭先浪。最先叫"大雨爹"的当然是大雨的妈妈,生下大雨的时候,大雨妈逢人就大雨爹长大雨爹短的。渐渐地,人们似乎忘记了大雨爹"彭先浪"这个名字。大雨爹现在是屯堡村寨远近闻名的雕匠。哥哥大雨对小雨说:我爹一晚能雕三四张脸子呢。小雨听了很不是滋味,噘起了小嘴:你爹不是我爹啊!

大雨爹究竟雕了多少脸子,他自己都记不清了,就算是刘备、关云长、张飞、曹操等耳熟能详的人物,每个他都雕了不下百余面,而每一面,又都形态不同,神情各异。

大雨爹进入陈家地戏班的那一年正是大雨爹的"本命年"。"本命年"本是指一个人在生命的进程中与出生的那个年份的地支相同的年份，但村中传说本命年即为凶年，十二岁的大雨爹是不信这一套的。然而，大雨爷爷在大雨爹的"本命年"一撒手去见早几年先走的大雨奶奶了，这让大雨爹的"本命年"有了撕心的记忆。

队长把大雨爹交给师傅的时候，师傅陈学文正在雕刻脸子。在去陈师傅家的路上，队长一再告诫大雨爹："跳神"趋吉避凶，纳福免祸呢。队长知道，陈家地戏班不轻易收徒的。队长对大雨爹说：快叫师傅。大雨爹就叫"师傅"。声如细丝，音若蚊蝇，好像还没有摆脱家庭变故的诚惶诚恐。陈师傅不是很满意，雕刀在柏木树根上划出哐哐的声响，心里说这浪娃哪是唱戏的料。队长看出了陈师傅的失望，转头对大雨爹说：好好跟师傅学习。继而又对师傅嘿嘿地笑，阿谀奉承的样子：浪娃勤快呢，跑跑龙套是可以的呢。陈师傅不说话，继续他的雕刻。队长急了，说：浪娃苦啊，有碗饭吃就行。陈师傅才道：明天和我挖树根吧。陈师傅说时没有表情，甚至看不到他的嘴动，诚惶诚恐的大雨爹觉得，陈师傅的话不是从他的嘴里发出来的，而是从他的花白头发里飘出来的。大雨爹偷偷瞟一眼陈师傅，朱颜鹤发，仙风道骨，觉得会"跳神"的陈师傅简直就是"神"了。

从小雨记事起，就没有见爹雕刻过。关于爹的雕艺，零零碎碎的信息都来自干妈和哥哥大雨。爹是什么时候封刀的，没有人说得清楚了。

大雨爹是接到大雨从广东打回来的电话后开始雕他的脸子的。大雨在电话里说要接爹到城里，爹听得很真切。大雨说在城里租了房子，把爹的那间屋子都布置好了的。才听了几句，爹就把电话递给小雨，小雨喜欢和哥哥通话，天南海北聊一通，跟哥哥要钱，让哥哥买这买那的。而每次，哥哥大雨都会满足小雨的愿望的。挂了电话，爹急切地问小雨，大雨说了些什么。哥说接你去广东呢，小雨说。小雨以为爹会很高兴，还想跟爹说，大雨过了今年存的钱就可以买套房子了。话还没有出口,见爹的脸上已挂了霜,出去了。爹去厢房,翻来覆去理他的柏木树根。柏木树根是爹隔三岔五从屯山上弄来的,有些已经干舒了,散发出淡淡的柏油香味。

这是小雨第一次见识爹的雕艺,但多少让小雨有些失望。好几天了,坯子都还没有出来。有好几次,爹还去磨雕刀,好像刀不快是导致爹慢的原因似的。小雨觉得,爹的雕艺没有传说中的神奇,或许爹确实是老迈了,手脚也不灵便了。

大雨爹的雕艺和屯堡村寨的其他雕匠是不同的。别的雕匠喜欢用丁木树干雕刻,丁木木质细腻,紧密轻软,易雕易修,是普通雕匠的首选。大雨爹从师傅那里学雕刻时起,就用柏木树根雕刻,柏木树根质硬,雕刻的时候深浅轻重是很难把握的,所以一般的雕匠不敢碰的。大雨爹在雕刻上的大成就源于学习雕艺的高起点。出师后,大雨爹的名声也跟着出去了。看到大雨爹雕刻的脸子,屯堡村寨的"跳神"爱好者啧啧称叹:"强将手下无弱兵,名师门前出高徒呢。"赞美大雨爹的同时,更像是赞美大雨爹的师傅。

爹雕得很细心,生怕下去的哪一刀破了脸子的像。这让小雨想起小时候爹给自己剪指甲,小心翼翼得让小雨都有些不耐烦了。快点嘛,快点嘛,小雨嘟嘴对爹说。就好了,就好了,爹笑着回答小雨。每给小雨剪一次指甲,都会花去好半天时间。又比如,给小雨的裤子挑脚边或者给小雨煎鸡蛋,住在小雨家旁边的干妈就比爹快得多。在小雨心里,爹差不多就是"慢"的代名词,所以大雨说爹一晚能雕三四张脸子的时候,小雨心里就说:骗人。

在学校,小雨整天想着是功课的事,高考后回到家,小雨想的就是哥哥了。和哥哥大雨在一起,小雨可以任性,可以撒娇,可以赖着哥哥买好吃的东西。春节的时候,哥哥大雨从广东回来,大雨好几年没有回家了,倒是打工挣的工资总是按时寄给爹和小雨。寄给爹的钱,爹总是用很少的一部分,其余的爹又给了妹妹小雨。大雨责怪爹，说你就惯着她。爹说，都高三了，总不能让她在生活上操心。

其实惯侍小雨的不仅仅是爹，大雨也惯着妹妹呢。小雨不领哥哥的情，说物价天天涨，你给的那点生活费却一年到头一个样。虽然有玩笑的成分，但大雨回广东的时候，还是偷偷给了小雨两千块钱，说要高考了，多买些营养品吃。小雨说，给爹的钱也该涨点。顺手揪了小雨一个响脸，大雨对爹说："小雨考上大学后，我接你去城里。"回头睃了小雨一眼，大雨又补充："看以后谁还管你！"爹"哦"了一声。在小雨心里，爹的脸上一年四季像挂了层霜一样，让小雨感觉冷得有些恐惧。每次周末或者长假回家，她都愿意去干妈家，甚至和干妈睡在一起。只有临回校时，爹将捏出汗味的纸币硬生生递在小雨手上的时候，小雨才感到爹的那份暖热。

大雨爹跟陈学文师傅学习雕刻，一学就是七年。陈家地戏班子的规矩是，唱戏唱双，学艺学单。大雨爹学到三年的时候，有天晚上，圆月高挂，月光如洗。两师徒坐在陈师傅家院坝里，邀月共饮，酒过三巡，陈师傅对大雨爹说：浪娃，明天你就可以出师了。

大雨爹不知道陈师傅选择这个满月的日子是喝别师酒，扑通一跪：我彭先浪的雕工和师傅的雕艺相比，距离十万八千里，先浪愚笨，恐怕一辈子也学不会。大雨爹称自己雕工称师傅雕艺，那是发自内心的谦逊使然。学艺学艺，不仅学技艺，更是学做人。得此品学兼优的弟子，陈师傅甚喜。双手扶起大雨爹。这一扶，大雨爹又学了四年。大雨爹在陈家地戏班第七个年头的时候，大雨爹偶得一根雕，这根生长在石头上的柏木树根质硬色红，大雨爹仅作细微修剪，甚至不用打蜡和涂漆，关公脸子几乎自然天成。在师傅陈学文看来，雕刻脸子就应该一刀刀下去，深度、力度，那才是雕匠的本职和天分。然而大雨爹的这次雕刻，让陈师傅有了瞬间的顿悟。

那天，陈师傅拿着雕刀，来来回回在院坝里踱步，然后像似自言自语，又像似对大雨爹传授技艺："用树根雕刻脸子，不仅考验匠人的刀艺，更考验匠人的悟性。树的生长就如人一生的成长，所谓人如树，树又如人。"说着说着，陈师傅已经走到了大雨爹身后，"浪娃对雕艺的理解已经超过师傅了。"大雨爹正要下跪，陈师傅双手搭在大雨爹的肩上，拍了拍："跟我学唱戏吧。"大雨爹想对陈师傅说些感谢的话，但陈师傅说完一转身走了。

要说唱戏，大雨爹也是偷偷学过的。跟陈师傅学雕刻，免不了会听到陈家地戏班的哼哼唱唱，耳濡目染，打下了大雨爹唱戏的基础。陈家地戏班的当家演员有四人：班主陈学文，师叔陈学农，大师兄陈习武，二师兄陈习艺。地戏班的主要演员是不能低于四人的，那是因为大家喜欢的《三英战吕布》里的主角有四人的缘故。师叔是陈师傅的亲弟弟，两个师兄是陈师傅的儿子。陈家地戏班是真正的家族戏班。大雨爹小大师兄两岁，大二师兄三个月。戏班子对师兄师弟的称谓是以进戏班子的时间而定。

大雨爹跟师傅学的第一出戏是《桃园三结义》，陈师傅先念过门，过门是对《三国演义》的基本概括，相当于引言：东汉末年，黄巾军起，乱世中举兵。刘、关、张以志同结金兰于桃园，三顾茅庐得诸葛，汉中称王分天下。抗魏曹，拒东吴。问鼎一方，终成蜀汉。兄弟三人，一世英豪，以忠义千秋为世人景仰。陈师傅念完过门，黑脸张飞首先出场，之后隐隐有一大将，面如重枣，眉若卧蚕，绿袍金铠，提青龙刀，骑赤兔马，手托美髯。此将正是大雨爹饰演的关云长。唱"斩黄巾英雄首立功"那段的时候，大雨爹对着"黄巾"扬鞭大骂："反国逆贼，何不早降！"声如洪钟，振聋发聩。饰演黄巾的师傅着实吓了一跳，甚至怀疑现在的徒儿还是不是当初进师门时跟在队长后面怯生生的那个浪娃。

演员讲究的是动作的连贯、流畅和自然，更讲究形神兼备，大雨爹演戏爱琢磨，每个人物，大雨爹扮演的效果都和别的演员不同。

比如演张飞，大雨爹更注重表现声音，演关羽，大雨爹则注重表现美髯。每演一出戏，陈师傅都要和大雨爹总结经验，交流得失。

在全寨人的记忆中，大雨爹年轻时候的脸总是红彤彤的。所以和师傅一起唱戏的时候，大雨爹总喜欢演红脸关云长。大雨爹也演《说岳》里的岳飞，《楚汉相争》里的项羽。反正喜欢演历史上响当当的正面人物。师傅说，你就想当好人，坏人都让我做尽。大雨爹说，莫非师傅想让徒弟做恶人啊。然后俩师徒面面相觑，捋着脸子上的长胡子哈哈大笑。

大雨爹学戏一年后，陈家地戏班子交班了。交班仪式上，班主陈学文将一张"鸿钧道人"的脸谱交给大雨爹。"鸿钧道人"是《封神演义》里的人物，乃众仙之祖，也称"鸿元老祖"。这张脸谱面相黝黑，有些岁月了，是陈家地戏班一代代相传的镇班之宝。

这一年，大雨爹二十岁，已经身长九尺，相貌堂堂，威风凛凛，俨然标准的美髯公了。关于陈家地戏班是否交给大雨爹，有过激烈的讨论。师叔陈学农就反对交给大雨爹：交给姓彭的，以后还叫不叫陈家地戏班？班主陈学文轻言细语中有着不可改变的刚强和果断：交给习武，陈家地戏班子可以传承，交给浪娃，陈家地戏班可以发扬和光大。

师兄陈习武在师傅把班主交给大雨爹的第二天打着背包走了。那时，正是一位老人在南海边画了一个圈过后的十年，师兄陈习武去了南方，他说他要建设特区去了。

陈师傅交给大雨爹"鸿元老祖"脸谱的同时，还交给了大雨爹一个"百宝箱"。其实"百宝箱"里装的都是陈家地戏班演唱的曲目和戏词，除此之外，一无所有。每个曲目都是学文师傅用毛笔书写在皮纸上，再用麻线装订成册的。

秋收过后，新一届陈家地戏班出发了。第一站就是屯寨，按以前陈师傅的规矩，上屯、中屯、下屯、云山屯、木山屯、两所屯、二堡、幺堡演出一周后,最后再到自己的屯寨。新一届陈家地戏班第一站要从自己的屯寨开始,周边村寨演完后,又回到自己的村寨加演一场。看了大雨爹带领的新一届陈家地戏班的精彩演出后,已经德高望重的队长乐呵呵地说:"这才叫近水楼台先得月,有始有终嘛。"队长眼睛眯成了一线天,有了伯乐般的得意。

大雨爹就是在那个秋天认识大雨妈的。一个多月的演出,大雨爹都演关羽。在好多村寨,看地戏的大姑娘们喜欢打赌,赌带着脸子的角色多大年纪。大雨妈赌"关云长"是个40多岁的老头子。戏快结束的时候,姑娘们就往里面挤,渴望尽早揭晓结果。戏结束后,"关云长"揭脸子作揖向观众道谢,见一大堆姑娘盯着自己看,脸果然就像红脸关公了,接着红脸的就是大雨妈。姑娘的心事是瞒不过父母的眼睛的,戏班一个月后回到屯寨,同时进寨的还有为大雨爹提亲的媒婆子。一切都顺理成章,只是让大雨爹感到太多意外的是,大雨妈居然会唱戏。

晚上,大雨爹喜欢一个人到屯山脚下自己家的田地里练嗓子。屯寨依屯山而建。在屯寨和屯山之间,是屯寨的一汪水田。屯山是屯堡地区的一条山脉,山高而险,林广而密。山上多松、杉和柏木树。跟师傅学雕刻的时候,大雨爹常常在此山脉寻找柏木树根。

此时正是深秋,稻谷收了,田里的水已放干了。在稻谷桩之间是一条条干裂的沟壑,像一张画好的地图。大雨爹站在"地图"上,引吭高歌,唱的是《千里走单骑》。"云长所骑赤兔马,日行千里,护车仗不敢纵马,按辔徐行。"大雨爹唱道。"云长且慢行。"女扮男腔的声音在后面赶来,大雨爹回头,见大雨妈拍"马"而至,"马"是捆着的谷草代替的,大雨妈双胯夹住稻草,左手抓住稻草的头部,右手拍打稻草根部。大雨爹忍不住哈哈大笑,勒住"赤兔马",按定"青龙刀":"文远莫非欲追我回乎?"大雨妈答:"非也。"夫唱妇随,一唱一和,天衣无缝。大雨爹和大雨妈唱累了,就把田里立着的稻草放倒，睡在草堆上，看月亮、数星星、听虫叫、闻鸟鸣。有晚风吹过，先感觉凉爽，渐渐就有些冷了。两人先抱紧自己的双手，继而抱紧对方，一股暖流掠过，幸福穿透全身。

大雨爹喜欢睡在稻草上的感觉，他说睡在稻草上就能闻到稻草的清香。大雨妈笑他，你比狗鼻子还灵呢。大雨爹把一根谷草递到大雨妈的鼻子下，真的，不信，你闻。大雨妈去世后，每次打谷，爹都会选几把好谷草，待晒干后放在床上。虽然谷草上又铺上竹席和棉被垫，但大雨爹依然能闻出稻草的香味。

春节大雨回家，曾经给爹买了弹簧床，待大雨回广东后，大雨爹又换回稻草垫。大雨爹不喜欢弹簧床，他觉得睡在弹簧床上的感觉就像光脚走在石子路上，睡一晚背会痛好几天。

大雨爹的弹簧床是大雨在镇上买的，大雨一共买了两张，有一张是给自己和媳妇睡的，媳妇是大雨从广东带回来的，普通话说得和长相一样清秀。那时媳妇已经怀上了，大雨先上了"车"，借春节的时间回来"补票"。大雨心疼媳妇，回来后就在镇上买了弹簧床。妹妹小雨见弹簧床没有自己的，就不高兴了，两张床摆好后，小雨在坎子上生气。爹说：小雨，叫你哥把弹簧床搬你屋里去，爹睡草床习惯呢。小雨没有直接回答，而是气鼓鼓冒出一句：一家人都当我不存在。爹就笑了，自从大雨妈去世后，爹难得一笑的。最后还是大雨媳妇说话起作用，过几天我和你哥就回广东了，我们的床不就你睡！小雨的脸才由阴转晴，灿烂重新装进眼眶里。

一转眼，大雨爹接手陈家地戏班已经四个年头了。屯寨不大，三十来户人家，寨子的名声却不小，那都是陈家地戏班的缘故。其实周边戏班子有十好几台，但戏班子和戏班子之间终究是不同的，不怕不识货，就怕货比货，一比就比出了高低。对地戏这种戏种来说，继承和发扬，关键要与时俱进，对曲目和戏词时时更新。陈家地戏班就是从成立之初传统的几个剧目发展到了今天的一百多个，内容涵盖《三国演义》《封神演义》《说岳》等。大雨爹一有闲暇，就翻看"百宝箱"里的戏词。有一天，他翻看"百宝箱"的时候，居然有了新的发现。在最底层的已经破碎了的绒布下面，有一本红布包着毛笔书写的《钗头凤》，从唱词上看，应该是地戏，从内容上看，又不像。地戏是亦兵亦农的屯堡人的创造，其特点就是剧目纯为武戏，难有才子佳人和儿女私情。偶尔涉及爱情，例如薛丁山与樊梨花、杨宗保与穆桂英，他们之间的情缘也是在战场上打出来的。晚上，大雨爹找陈师傅，说有些地戏班子在演《水浒传》呢。师傅正在闭目养神，听了大雨爹的话后吓了一跳，说，陈家地戏班从不演反戏。我想演《钗头凤》。大雨爹望着陈师傅说。陈师傅的眼眶里顿时盈满密密麻麻的什么东西，喃喃地说：与谁唱，又唱与谁听？

《钗头凤》曾是陈师傅为陈师母写的一出戏，然而当陈师傅写好后，好端端的陈师母在一夜之间突然病去。陈师傅只好把一出独创的爱情戏藏进箱底。

陈家地戏班一年演出两次，每次演出一个多月。第一次演出是在深秋，那时，屯寨没有真正意义上的戏台。苞谷搬了，谷子打了，在田间地头，插一杆帅旗，敲一阵响鼓，唱几段地戏，庆祝五谷丰登，祈求来年风调雨顺。大雨爹喜欢天地大舞台、人生处处戏的感觉。屯寨的陈家地戏班的第二次演出是从寒冬腊月的第一个黄道吉日开始的。此时，屯寨的戏台在国道边已经建好了。戏台一米多高，由石头垒成。台上有木柱五个，用于支撑房顶遮阳避雨的瓦片。台下是石块铺成的平地，观众就是坐在一块块青石板上仰望戏台上的演员腾挪跳唱。戏台后面有一木屋，用于演员化妆和换装。那一天，也是杀猪匠一年到头开刀的第一天。猪叫声和戏台的呐喊声此起彼伏，热闹得像烫猪水一样在寒冷的寨中翻滚。按规定，地戏班子一天只演两场，最多演四场。这都是有讲究的，好事成双或者四季发财。

第一天开演，当然是演了四场的，《封神演义》《四马投唐》《五虎平南》《楚汉相争》。时间已至深夜，但台上台下都意犹未尽，加演一场的呼声不绝于耳。陈家地戏班决定再演一场大家喜欢的《薛丁山征西》。最后一场是收官戏，由大雨爹和师弟陈习艺出场。大雨爹走上戏台，身上的战旗随风飘扬，手中的战刀闪闪发光。大雨爹唱罢，大家都在期待习艺扮演的樊梨花登场的时候，大雨妈一身素衣跳到台上，唱道：次日五更天明亮，奴家打扮要出征。唱腔绵柔婉转，手若兰花，腰如弱柳，除了脸子货真价实外，没有绸缎做的"战裙"，没有插在后脑勺上的战旗，全是寨里人平时的打扮。正当大家面面相觑，丈二和尚摸不着头脑今天究竟演的是哪出戏的时候，大雨妈一个腾闪，也许苗条的身材太过飘逸，也许是她不知道脸子里的眼睛没有透光的洞。"樊梨花"从戏台上摔落下来，她的头先着了地。蓝衣、白裤和鲜血，以及夜莺般的声音，这是大雨妈留给全寨人最后的记忆。

大雨妈去世的时候，小雨才两岁。第二天小雨问爹要妈妈，爹说妈妈晚上就会回来的，然后大雨就哄小雨，把小雨哄开心了，小雨就把妈妈的事忘了。但小雨忘记妈妈是暂时的，小雨一不高兴了，又开始要妈妈了。大雨妈走后，大雨爹的话就少了，笑容也难见到了。小雨再向爹要妈妈的时候，爹就叹气。那天，小雨要妈妈的时候，寨子里的雪姨过来了，她帮着大雨哄小雨，后来带小雨到了寨子里的小卖部，给小雨买了好多水果糖、津威饮料和旺旺雪饼，小雨回家后高兴地告诉爹，说找到妈妈了。雪姨站在大雨爹的旁边咯咯咯地笑。小雨噘起嘴，用拿起旺旺雪饼的手指着雪姨说：她是我妈妈。雪姨很得意：我叫小雨喊我妈，她就喊了。后来，小雨正式拜雪姨为干妈，雪姨也正式收小雨为干女儿。

雪姨家挨着大雨家，在屯山下一汪水田的前面，两幢单薄的房屋，显得有些孤苦。

好像就是从戏台建成的那天起，地戏队开始了如日中天后的日薄西山。也好像是从那一天开始，屯寨的人们纷纷将房屋搬到国道边上了。曾经的用一片片块石垒起来的石房子变成了清一色的钢筋混凝土，铝合金门窗完全失去了远去的古色古香。习惯于车里来车里去的新屯寨的人们更喜欢用哗哗啦啦的麻将声打发闲暇时光。雪姨没有搬走的原因是雪姨丈夫在城里务工时，被货物把腰椎弄坏了，一年四季躺在床上。雪姨没有子嗣，对她家来说，搬家已经无能为力也没有意义了。大雨家则是大雨爹不想搬。大雨妈去世后，大雨爹一把火烧了家里存放的脸子和戏服，有段时间，大雨爹爱自言自语："跳神"不是能趋吉避凶，纳福免祸吗？那年冬天，师傅陈学文的朱颜鹤发变得胡子拉碴，仙风道骨变成了皮包骨头，陈师傅和陈家地戏班终于没有抵挡住百年难遇的冰雪凝冻。花无百日红，人无百日好，一切都似乎是规律。只有发源于屯山的屯河亘古不变，在大雨家和雪姨家的屋后静静流淌。

或许对于陈家地戏班来说，一切都是宿命。当初，大雨奶奶和大雨妈都走在了大雨爷爷和大雨爹之前，就连大雨爹的师娘，也没有听到陈师傅刚写完的《钗头凤》，就匆匆而去。在师傅把班主交给大雨爹的当晚，师傅没有忘记对儿子陈习武说，你还是去做别的事吧，不要让戏班子耽误了你。儿子是个聪明人，知道父亲是说自己不是唱戏的料，自尊受到父亲恨铁不成钢的伤害后，负气远去。多年以后，唱戏不如自己的师兄陈习武又带走了儿子大雨，成了大雨在广东打工的领路人，而且，在屯寨，一茬茬的青壮年，络绎不绝，步大雨后尘，一骑绝尘。而这次，大雨打电话回家，还要把爹一同带去。师兄毕竟出门时间很长了，在外面打好了一定的基础。春节期间偶尔衣锦回来，见到屯山下已经被寨中人忘记了姓名的师弟佝偻的身影，禁不住一声轻轻的叹息：三十年河东，三十年河西。

大雨妈是什么样子，小雨已经全然不知了，就是大雨，脑子里也仅仅是些零零碎碎的影像。

爹雕刻脸子的时候，小雨在用老缝纫机。缝纫机是大雨妈的陪嫁品，大雨妈做姑娘的时候就喜欢缝纫机，大雨妈走后，缝纫机搬到了小雨的房间。大概是当初嫌弃爹给自己的裤子挑脚边太过缓慢的缘故，抑或是得到妈妈的遗传，小雨懂事起，也喜欢缝缝补补。小雨没有师傅教授，无师自通。

干妈不知什么时候走到小雨后面，说：雨儿，做被套啊。白色和浅蓝色相间的布套已经做好了，小雨在给布套上拉链。小雨说，妈，你来了。小雨拜雪姨做干妈后，一直叫雪姨为妈，把"干"字省掉了。这种叫法让干妈很受用。

按时间计算，大雨明天就该到家了。小雨高考后，就睡哥哥大雨和嫂子的床。哥哥明天要回来了，小雨就去打整爹的弹簧床垫。爹的弹簧床垫现在就靠在大雨爹的卧室的墙壁上，灰尘掩盖了床垫曾经的光鲜，床垫受到冷落已经不是一时半会了。小雨先是慢慢拍去床垫上的灰尘，然后又用湿毛巾仔细擦洗。哥哥回来后，小雨要睡爹的弹簧床垫。小雨喜欢弹簧床，睡在弹簧床上，软和，还爱做梦，不像学校宿舍里的硬板床，晚上翻来覆去都睡不着。

小雨觉得爹接了哥哥的电话后，这些天魂不守舍的。先是把家里仅存的十几面脸子拿出来洗了又洗，把"百宝箱"里线装的地戏曲目拿出来晒了又晒，又把厢房里放了多年的树根翻了又翻，把锈迹斑斑的雕刀磨了又磨。

小雨越来越觉得爹雕刻的脸子像自己，问爹是谁，爹不理小雨。小雨假装生气，说不讲就算了，一张脸子有什么了不起的。从小爹和大雨都惯着小雨，小雨一生气，爹的心就软了，说姑娘家，问这些做什么。小雨说不做什么你天天弄它干吗？爹又不说话了。雕刻的另一张脸子也越来越像爹的样子。只是爹最后在像他的那张脸子上粘上马尾做成的红胡子，就不太像爹了。

大雨爹给两张脸子的头盔和耳翅装上圆形镜片后，大雨回来了。晚饭小雨做了很多菜，爹破例喝了酒。饭后，大雨和小雨有很多话要讲，大雨讲打工的事，小雨讲读书的事。两兄妹讲得很晚。

大雨和小雨出去找爹，爹出去已经很长时间了。大雨和小雨顺着自家房子后面的田坎走，在田坎尽头挨着屯山脚的地方有两棵柏木树，树上是筑好的稻草垛。夜深了，隐隐地有唱戏的声音从稻草垛里传来。

稻草垛是去年秋收后大雨爹筑上去的。大雨和小雨走近的时候，听到了女人的声音，你好像很怕我似的，但你为什么一年四季都偷偷地帮我做重活？男的不说话。

你就不能挨我近一点吗？女的又说。男的还是不说话。

你看你这手，都粗得……女的好像握住了男人的手，明天你和雨儿走了，以后你会不会回来看我？

然后在稻草堆里是两人窸窸窣窣的声音。

小雨说，好像是爹和妈呢？大雨知道小雨讲的是干妈。这里哪里有人，我们回去吧。大雨说。

大雨和小雨都讲得很小声，唯恐哪一句话都会闹醒这个美好夜晚的宁静似的。月亮挂在树梢，撒下斑斑驳驳的光。水田里有蛙声，水稻已经抽穗，再过个把月，就该收割了。小雨心想，如果到时在家多好啊，可以选几把好稻草，把爹床上的旧稻草换了。

石房子

王晓宏在县城里有三套房子，两套电梯房，一套步梯房。步梯房先买，自己住，电梯房是后来买的，王晓宏准备用来投资。在小县城，投资渠道窄，总得要让手里的闲钱保值增值不是！早些年，王晓宏炒股，那时正是中国股市发疯的时候，"蹭蹭蹭"爬坡上坎的直往上走，王晓宏在银行工作，本来工资就高，加上炒股挣了不少钱，老婆身边的同学和朋友都很羡慕，王晓宏的形象在老婆心里不自觉地就高了。后来股市又发疯了，这次没有"蹭蹭蹭"往上走，而是甩跟打斗的往下跌，老婆在同学和朋友面前的那点优越感渐渐跌没了，就有了埋怨，王晓宏一割肉，又利用职务便利，贷了款，买了两套电梯房。

扒岩香人不相信王晓宏有三套房，所以他爹王山民说的时候，有人就说，吹，继续吹，牛皮都是越吹越大的。说这话的是王培林。王山民以前是扒岩香的生产队长，土地下户的时候，又短暂地当了半年村主任。选村主任的时候，王培林就是唯一的竞争对手。王山民当选后，王培林到处说王山民利用权力作假。王山民说中国是个法治国家，不晓得的事就不要扯张嘴到处乱咬，和王二喜家那只疯狗差不多。王培林以为告王山民弄虚作假王山民定会下课，未果后又告其贪污腐败玩女人。王山民说老子倒是想贪污，村里×钱没有一分，想贪污都找不到地方贪。至于玩女人的事，王山民没有否认，也没有肯定，只是说连个女人都没得玩，老子还去当官？怕是疯了。

两人干了半年的嘴仗，可以说半斤八两。王山民退下来后，王培林并没有按预想的接任，让比两人更年轻的王二喜捡了便宜。鹬蚌相争，渔翁得利。扒岩香小学的老师事后诸葛亮地总结。王山民心里憋屈，找乡里要说法，说别人随便乱讲，你们不经调查就换人是不是犯了官僚主义。乡里打发走了王山民后有人给他捎了话：领导怕担责，不怕一万怕万一，免了你一了百了。王培林也找到乡里，按他的判断，除了王山民，他是扒岩香村主任绝对的不二人选。乡里打发走了王培林后有人也给他捎了话：你这种喜欢到处告状的人，哪个敢用？弄个定时炸弹放身边，除非脑壳进水。

两人的嘴仗在王山民的村主任任期结束后而结束，扒岩香人不解，王培林说王山民都没有官当了，还告他有×用。所谓一个巴掌拍不响，你不来我也不往。但暗地里却较上了劲。他们把劲较在子女身上。

王培林有五个子女，三个儿子两个姑娘，三个儿子分别叫大娃、二娃、三娃，两个姑娘叫大丫和二丫。五个子女依次相差一岁多点，扒岩香人叫作一岁赶一岁的。大娃二十二岁的时候，最小的二丫已经十八岁，一同长成青年，一同进了城，又一同给王培林寄钱回来。虽然是打工，每人寄回的钱也不是很多，但积少成多，优势就出来了，扒岩香人多了些羡慕，说王培林养这么多子女不枉自。王山民不以为然，说人海战术早过时了，他讲究的是单兵战斗能力。因为王晓宏的工资自然比打工的高，况且吃国家饭的，工资其实还是小头，还有奖金、补贴、出差费、外快……说不清道不明的收入。县城离扒岩香肯定比广东离扒岩香近得多，王晓宏回家的次数就多，差不多每月回家一次，每次又将工资中的那么一点给了王山民。有好事者做了统计，说王山民一个儿子一年回家看父母的次数是王培林五个子女的两倍还多，这个统计工作不难，因为王培林的五个子女每年才回家一次。扒岩香人对王山民也多了些羡慕，说养得多不如养得精。王山民一般这种时候，就会露出含蓄的骄傲神色，说四年大学又不是白读的。王山民一旦有了骄傲之色，一整天都处于最佳工作状态。现在王山民最重要的工作是去坟山上"修房子"。

王山民当了这么多年的村领导，最大的成绩是把王晓宏培养成了大学生。土地还未下户之前，他是扒岩香大队的大队长，但常常被会计甩脸子，那时会计时不时会对他使脸色，原因是王山民没有读过几天书，算工分分粮食的事他一概不通，有时把会计惹火了，算盘往地上一砸，说你能干你就来算嘛。王山民立即哑火。忍辱负重的结果是知道了知识的重要性，所以土地下户后，家家都因农活繁重让子女辍学，只有王山民一心一意供儿子晓宏读书，上了初中又上高中，最后上了财经大学，毕业后分在县城工作。

两人较劲的大部分时间里，王山民都处于优势地位，到了春节，王培林五个子女齐刷刷站在扒岩香的道路上，情况颠倒了过来。

扒岩香就一条大路，东西走向，东边连法那乡政府，西边连撒把村，还有一条小路通搽耳岩，以前扒岩香人都住搽耳岩下，公路修通后，王山民在儿子的资助下，把搽耳岩下的木房推倒了，在公路边修了砖房。王山民搬到公路边不到半年，王培林也把搽耳岩下的木房推倒了，也在公路边修了砖房。王山民的新房子在公路的南面，王培林的房子修在公路的北面。两家正好相对。虽说是一南一北，其实中间就隔六米宽的公路。王山民的房子是四层，王培林家修了五层。扒岩香人很少有修四层房子的，修五层的更是闻所未闻，不理解，就问，王培林答，娃娃多嘛，修少了不够住。说完意味深长地看对面，王山民抽着纸烟，在一片烟雾缭绕中，也答，你以为把房子修高就像城里一样住高楼大厦了？后来扒岩香人陆陆续续地都搬到了公路边，懒人岗成了扒岩香政治、经济、文化中心。有村委会，还有鳞次栉比的砖混小楼房，开小卖部的、炸洋芋串的、开娱乐室的、打台球的……大小交易在这里成交，小道消息在这里添枝加叶并传播。

在小孩噼哩啪啦的炮仗声中，王培林的五个子女以懒人岗为中心，沿公路两边排开，男的和男的，女的和女的，或者男的和女的三五成群，交头接耳。五个子女在扒岩香人中显摆在城市中的所见所闻。此时王培林正在懒人岗看两个半大小孩打台球，其实他的眼睛却不停地朝五个子女身上看，五个子女分别集结成了五堆人群，就像边防的五个驻防点。王培林的眼神里有说不出的骄傲。

王培林也抽烟，和王山民不同的是，他抽叶子烟，这种烟焦油含量高，抽起来劲大，抽着抽着，突然就有了和王山民较劲的想法。叶子烟是自己种的，一叶一叶地割回来后晒干，用刀切成丝状，再用纸片包裹起来放在烟巴斗里，即可抽用。烟巴斗的中间部分是竹子的根部制成的，头是泥巴烧成的，嘴含的部分即尾部是金属套上去的。头黑中黄尾灰白，式样成了不对称的"S"形，两头翘，十分好看。叶子烟没有纸烟易燃，抽的时候得用嘴使劲地吸。王培林一边抽烟一边朝懒人岗东边走，走了两百米左右又折回朝西边走，走到自己家门口的时候，他不自觉地朝他家房子的对面看去，王山民蜷缩在他家的火炉旁，好像睡着了，儿子王晓宏和媳妇都还在上班，他们要上到大年三十，一个人在家瞌睡就是多。王培林又咂吧了几下叶子烟，唾液横飞，噼哩啪啦的就像小孩们放鞭炮的声音，他一扫差不多一年来笼罩在心里的阴霾，有了整个扒岩香都是自己的感觉。

一直到正月十五，这段时间可以说王培林取得了压倒性的全胜。王晓宏和媳妇、儿子大年三十回来了，儿子、儿媳不喜欢到懒人岗上游，王山民想也好，国家干部总要和这些平民百姓有所区别，于是抱起孙子就去了懒人岗，他得对扒岩香人有所交代，不要让人觉得自己是一个人在家过冷清年。果然达到了效果，有人问，过了年你恐怕要搬到县城里去住哟。扒岩香人说的"恐怕"其实是可能的意思，说完还拍拍王山民的孙子。王山民说，不去。怕扒岩香人怀疑儿子生活过得穷迫，自己去了会给儿子添不便，又补充，晓宏在城里有三套房子呢。问的人又问，三套房子？怎么住得过来，一套住几天？王山民说，那倒不是，钱闲着也是闲着，置点家产嘛。说完就有些得意，以前，王山民听说儿子有几十万他都没有这么得意过，说到底那是纸上富贵，看不见也摸不着。王培林就是这个时候搭话的，吹，继续吹，牛皮都是越吹越大的。王培林自从五个子女回来后，感觉特别好。

　　王山民是正月初七晚上开始有去坟山上修房子的想法的。白天的时候，儿子一家回县城了，王山民就早早地睡了。老伴去世后，王山民都睡得早。刚刚迷糊，听到"呜"的一声，接着楼顶又"砰"的一声，王山民以为是哪个顽皮的小孩甩石头打房子，又想，四层的楼房，哪个小孩能将石头甩这么高？于是起床，开了火塘门，见对面的王培林家一大家子在房顶上放烟花，王培林家房子本来就比王山民家高一层，五颜六色的烟花直往天上冲，看起来就有些高高在上。因为看王培林家放烟花的全景得把头仰得很开，颈部不舒服，心里也不舒服，心里说修个高房有什么了不起的。突然就有了在自己家房子上面再升两层的想法，很快打消了，但整晚怎么也睡不着了。

　　王培林还在酣睡，王山民借着晨曦的微光爬上楼顶，冬天的早晨雾大，加之一晚上没有睡着，眼睛黏糊糊的。天大亮了，王山民看到两根烟花纸筒的残骸。王山民见过放烟花，但没有见过这种纸筒都能冲上天去的烟花，但烟花砸在楼顶的线路没有错，从北向南，连纸筒翻跟斗的情景都可以想象得出来。这种烟花是二丫在县城转车的时候带回来的，因为里面的火药多，冲出来的力量就大。据说这种烟花最初生产出来是用作拍电影的道具，可以当炮弹用，以假乱真，所以价格也不菲。证据确凿，王山民动了脏口。随即把两个空纸筒先后向对面砸去。毕竟上了年纪，第一个纸筒在空中划了一个不算大的弧线，最后掉在公路中央，王培林家"灰熊"以为大清早天上掉馅饼，睁开惺忪的睡眼扑向纸筒，反复嗅了嗅确认不是骨头后，朝王山民家这边睁大了警惕的双眼。"灰熊"是王培林家的狗，它从小好吃懒做，吃了睡，睡了吃，身体已经大腹便便，看起来凶猛威武，其实还从来没有咬过人，几次差点被王培林抛弃。"灰熊"对来来去去的人历来视而不见，偏偏对王山民一家如同陌路，尤其对王山民势不两立，又扑又咬的，虽然同样没有咬着过，但动作基本到位，最终取得王培林的绝对信任。还有什么比站在同一条道上更重要的呢。"灰熊"对物理知识一窍不通，完全不知道万有引力导致的另一个空纸筒天降神兵般地砸在自己的头上。"灰熊"一阵惊慌，退回到自己家房子旁边的小木屋里，嘴里因惊吓发出"呜呜呜"的声音，如泣如诉。

也就是几分钟的时间，王山民出了门，抽的纸烟烟雾和扒岩香早上的雾气融为一体。在早晨的一片静寂中，"灰熊"很自然地把刚才的挨打和眼前的这个抽纸烟的人联想在一起，来了精神。农村有谚语，会咬人的狗不叫。严格来说，"灰熊"也只是虚张声势，做给主人看的。此时王培林已经起了床，当初养狗的目的就是希望房前屋后有异常的时候有个响动，当然后来自己家的这只"灰熊"完全做不了分内工作，但是只要"灰熊"一有叫声，王培林知道对面的王山民已经出门了。王培林拉开临公路这边的窗帘，看到一个往东边去的背影。

刘家寨的刘石匠想不到回到老家生意也还是这么好，他也还在睡梦中，昨晚熬了通宵，在麻将桌上输了将近一千块钱。既然成了第一批走出刘家寨首先富起来的人，过年回老家，串串寨也是打好群众基础的需要，毕竟自己还有两个老人住在刘家寨里。刘石匠石工活闻名遐迩，原因是他计算的石材尺寸精确到和做木工活的阮木匠差不多，但他一百〇八张麻将牌总算不准。昨晚输了钱后刘石匠并没有沮丧，天刚麻麻亮的时候躺进被子里，想自己既然在城市边缘赚了钱，回老家输点给父老乡亲也是聊表心意。

刘家寨也在公路边，离扒岩香就一公里的路程。王山民"啪啪啪"地敲响了刘石匠家的门，之所以敲得这么响，是因为一路上，王山民对自己的决定越来越兴奋。

都说魔鬼不打扰瞌睡人。刘石匠很生气："哪个？"

王山民答："是我。"

等于没有回答。刘石匠说："你的名字叫'我'？"语气明显不满，说出来的几个字却很丰满，像鼓风机鼓出来的一样。

"王山民。"王山民又答，怕刘石匠不清楚，补充道，"扒岩香的王山民。"

刘石匠家的门开了，还欢快地"吱嘎"一声。

刘石匠一边扣衣服的纽扣，一边把王山民让进屋："是老村主任哟，快进屋坐。"

王山民有了一丝不易察觉的满足感，也不是大家所说的人人都是过河拆桥，还是有人记得我这个老领导嘛。王山民坐下，还没有来得及讲来的目的，刘石匠却讲起了王晓宏如何关心家乡人的事，口沫满屋飞，滔滔不绝。

刘石匠以前是修石房、石坎的，偶尔也打打石磨什么的。公路修通后，拉砖拉水泥方便了，修新房都采用砖混，这样不仅美观，成本反而还低。砌坎子也不用方石，一些碎石加上混凝土，最后水泥找平就行了，石磨更是没有了用武之地，都用机器打磨，哪还用得着人去一推一拉的。一条公路让刘石匠失业，刘石匠心有不甘，想到丢了专业也可惜，几经周折，他在县城边开了家石厂，钢錾短暂的休息派上用场，也是修石房子，只是住的人从活人变成了死人。石房子在这一带有两个意思，其中一个就是"磨坟"。生活条件好了后，大家开始在坟上做文章，以前的坟都是一个土堆，靠代代口传确定坟的主人。有人开始做石碑，立在坟前，有主人的名字，也刻上子子孙孙的名字，这样就不会弄错，碑上刻着的子子孙孙也有面目。再后来，立石碑已经满足不了子子孙孙的虚荣心，他们把土坟用砖石包起来，甚至在坟头上雕龙画凤，在坟前做个石院坝，雕一张麻将桌，或者象棋盘，或者围棋盘，配上几张石凳，几张石躺椅，让死者去了那边不至于丢了爱好。

方向确定了以后，就是人的问题。刘石匠培养了几个小石匠，石厂算是开张了。生意越来越好，根据供求关系，得扩大经营。刘石匠让小石匠又培养了几个更小的石匠。刘石匠的生意虽然好，但心不黑，所以找的钱也不是很多。厂要扩张，土地的租金要增加了，厂房的面积也要增加了，每天还要增加十多个人的石料，流动资金就不足了。刘石匠找到了王晓宏，王晓宏到了刘石匠的石厂一看，其实就是贷前调查，厂房周围的树木以及公路上，石厂錾起的石粉染成白茫茫一片。规模小不了，王晓宏当即表态，给刘石匠贷了十万。

刘石匠对王山民说："第二天就拿到款了。"

说了这话后把声音放低了一些，又说："你家晓宏一分回扣都没有要。"

王山民说："晓宏在县城有三套房子。"

"哦。"刘石匠说，"现在搞投资的人多得很，还是城里人眼光长远。"

王山民想说的是儿子在县城有三套房子，不差钱，所以不会利用职务之便搞歪门邪道。刘石匠还以为是王晓宏买了三个墓地。所以王山民说出想在扒岩香的坟山上修石房子的时候，刘石匠赞赏地说："有其子必有其父，投资眼光就是不一样。"

王山民的石房子是正月十六开工的，刘石匠说，既然晓宏给他放款都这么及时，所以他给王山民修石房子也不会拖拉。还说放了那些徒弟的假到正月十五，否则开工日期还可以提前。王山民的石房子开工后，王培林也去找刘石匠，他要刘石匠修完王山林的石房子后，比照也修一个石房子，但要求要比王山民的石房子高大。刘石匠说恐怕不行，王山民一下子修了四个，也就是说修完了你看到的这个，还有三个，分别位于坟山的东西南北。王培林说，修四个？莫非死了后一个石房子住几天？刘石匠说，投资嘛，钱放着也是放着，又不会生崽，修几个石房子，肯定不会亏本。刘石匠还是城里人的思路，王培林说，难道还可以修来卖？刘石匠发觉刚才说话的地点不对，又不是公墓，谁会买？也搞不清楚当初王山民怎么就想到要修四个的。也许是口误吧，想到儿子在县城都有三套房子，自己就修四个也说不定。不管怎么说，当过领导的人，说出来的话，就是一堆屎也会吞下去的，错的也要执行。王培林说修完王山民的四个石房子后，不要答应别人，我也修几个。刘石匠笑笑，算是许诺了。

王培林的五个子女还没有回城。他们习惯过完正月再走。王培林和五个子女商量，说要在坟山上修五个石房子。为什么修五个？王培林永远都是这样计算的，就是王山民的数字再加一，以前王山民家楼房修四层，他就修五层，现在既然王山民要修四个石房子，当然他就要修五个。

大娃不理解地说："爹，修五个搞哪样？"

二娃心疼钱，说："爹，我们在外面打工也不容易，都是血汗钱。"

三娃现实，说："爹，你想吃哪样你就买哪样吃，想穿哪样你就买哪样穿，活着的时候不享受死了享受有哪样用？"

王培林想如果子女不答应，这次肯定就输给王山民了。他再次试探地看了看大娃，大娃没有接他的目光，又看了二娃，二娃也没有接他的目光，再看三娃，三娃觉得无聊透顶，直接去娱乐室玩去了。王培林把目光收回来，头耷拉着，说："我死后，一把土把我埋了就行了，修五个石房子，也不是我想用，给你们五兄妹留着总可以吧。"大丫、二丫发话了："爹，哪有说这种不吉利的话的，你是不是疯了。"

两个小石匠在坟山上用钢钎敲起一块块的青石，又有两个小石匠用杠子把青石板抬到修石房子的位置，剩余的最后两位小石匠用钢錾一锤一锤地打磨，一条条平行的錾纹像极了扒岩香人穿的竖条花纹衣服。刘石匠在六个小石匠之间来回指挥。因为是现场办公，又是流水线作业，效率自然很高。王培林的五个子女返城的那天，王山民的第一个石房子已经有了模样。

石房子开工后，王山民每天至少要上山两次，早晚各一次是雷打不动的。就像装修房子，即使包工包料给装修公司，也是要时不时地过过眼，做到心中有数，也起到监理的作用。只要王培林家的"灰熊"鬼哭狼嚎地一叫，王培林就会走到窗前，拉开窗帘的一角，王山民的一举一动就都暴露在王培林的眼前。

这天王山民没有去坟山上，而是沿着公路往西边去了。有点反常，王培林迅速出门，也跟着朝西边走去，和王山民距离一百米左右慢了下来，与王山民保持同速。王山民推开了阮家坝阮木匠家的门，王培林心想，莫非这个鬼老者要换家里的家具了不成？继而算计王晓宏春节回家究竟给了王山民多少钱。难道国家工作人员的工资又涨了？王培林想。五个子女今年回家给的钱还是那么多，打工的真就不如正式工作的！王山民在不同场合纠正过扒岩香人的疑问。

王培林家娃儿可以过完正月才回城，而王晓宏正月初七就要上班，还没得王培林家娃娃们安逸。王山民说，正规大学毕业的当然上班也是要正规一些的。没过几分钟，王山民出来了，阮木匠也出来了，他俩又往西走，西边是撒把村，再过去就是麻山。麻山山大林深，野物多，麻山人喜欢打猎。王培林折回身，想，这两人不会是去打猎吧。

　　一连几天，王山民都往西边去。王山民一走，王培林也出了家门，王培林是去坟山上，看小石匠做石房子。王山民一个星期后又开始去坟山了，王山民去坟山，王培林反过来又往西去，他去阮木匠家，一个星期失去对王山民行踪的掌控让他心里老不踏实。阮木匠家院坝里已经多了两截双人合抱粗的木料，走近一看是金丝楠木，一问才知道是王山林买来请阮木匠做"木头方子"的，其实就是棺材。这一带把棺材叫成"木头方子"，把做棺材叫作"给老人打家具"。用柏木树做"木头方子"已经是非常好的了，用金丝楠木做还没有听说过，王培林想，这鬼老者看来是豁出老本了。

　　半年后，王山民的四个石房子修好了，王培林偷偷上去看过，正对公路的这个排场要大一些，石房子前面有石院坝，还做了道院门，院门两边有两只石动物把守，王培林刚开始以为是石狮子，再仔细一看，越看越熟悉，竟然是他家的"灰熊"，只是个头比"灰熊"还大一些。其他三个石房子相对就一般一些，显然这都是做给人看的。只要走在扒岩香的公路上，一眼就能见到王山民的石房子，巍峨地屹立在扒岩香的坟山上，已经成了扒岩香的一道风景线。有人说公路边看到坟堆堆很煞风景，扒岩香人说简直是胡扯。

　　差不多就在四个石房子建好的时候，王山民的"家具"也做好了，看来是精心策划的。"家具"用土漆漆过，头上刻有一条龙，龙身上涂上金色，很是威严。"家具"抬回扒岩香的时候，放了一地的鞭炮，周边寨子没有见过这么好的"家具"，尾随而至，一睹究竟。

远远看去，真像一条龙从阮家坝向扒岩香游来。从这一天开始，王山民一天要做的事是这样的：早上起来，先去坟山上，东南西北走一圈，分别把四个石房子前面的那块石板拿开；然后回家，做饭、吃饭，也睡午觉；午觉后的第一件事是打一盆清水，把毛巾洗净后抹去"木头方子"上面的灰尘，土漆漆的"木头方子"，沾一点点灰尘都很明显，但只要一抹干净，明晃晃地刺眼，这也是土漆比洋漆更贵重的原因；太阳快下山的时候，他再去坟山上，东南西北又走一圈，把早上拿开的石板重新合上。王山民说白天总得给家里通通风，晚上了得关好门窗。

只要听到"灰熊"的咬叫声，王培林就会沿客厅南北向无所事事地走动，到了南面的窗子边，拉开窗帘一角，看到的是王山民家，王山民一般此时走出家门不远。王培林慢慢地踱到客厅的北面，也是到了窗子边，拉开窗帘一角，目光从最近的可视范围慢慢地向坟山移过去，眼光移动的速度正好和一个走向坟山的老者的速度一致。中午王山民睡午觉的时候，王培林会下楼，看半大小孩打台球，或者去娱乐室看扒岩香的中年妇女打麻将。但他对这两样都没有兴趣，往往十来分钟左右，他又回到自己家的客厅里。这个时候，扒岩香最高的两幢楼房，没有一丝声息，显得有些孤寂。

大娃、二娃今年中途回家过一次。大娃、二娃回广东的时候，三娃也回来过一次。三个儿子先后共待了半个月。大娃、二娃是来买屋基，他俩在法那街上买了三百平方的地，两弟兄说娶了媳妇后要将家安在街上。王培林说一步一步地来，言外之意是先搬到街上，离县城不就越来越近，进县城不就是顺理成章的事。大娃、二娃回广东的时候，三娃回来了，三娃也是来买屋基的，三娃比大娃、二娃志存高远，屋基买在县城边上，离刘石匠的石厂很近。就是这半个月，扒岩香人有了惊人的发现，王培林家整年都不拉开的窗帘终于拉开了，玻璃门窗也打开了，人们听到了凉风从王培林家南、北窗子之间穿过的"呼呼"声,人们还发现王培林又喜欢闲逛了,有时还会和打台球的半大小孩甩一竿子,有时会和打麻将的中年妇女开些玩笑,素的荤的都开。以前王培林是不开玩笑的,甚至连话都不爱说,简直不可理喻。

最先发现王培林家的玻璃窗和窗帘又拉上了的是王二喜家屋里的,因为王二喜是现任村主任,他屋里的说话放肆得很。她将"八筒"打在麻将桌上的时候,说,猪咪咪,你们哪个要吃。这句流话是王培林几天前发明的,他把"八筒"叫"猪咪咪",把"二筒"叫"人咪咪"。还别说,真形象。王二喜家屋里的这句话没有引起哄堂大笑,大家才不自觉地把头扬起来,想起来几天没有见王培林来娱乐室了。王二喜家屋里的回家的时候往王培林家这边瞟了一眼,才知道王培林家的窗帘又拉上了,继而知道大娃、二娃、三娃都回城了。

王培林恢复了以前的生活习惯——以客厅南面和北面的玻璃窗为界,来回踱步。一连三天,他都没有听到"灰熊"咬叫,心想"灰熊"是不是被人药死了。下到一楼的小木房去看,虽然也是三天忘了给"灰熊"添狗粮,但"灰熊"依然精神抖擞,眼睛死盯住对面的王山民家不放。顺着"灰熊"的目光,有股异味夹杂在空气中从王山民家那边飘来,若隐若现。王培林恍惚了一下,差点没有站稳。镇静了一下,随即发挥了当初作为扒岩香最有力的村主任竞争人选的办事才能,叫来了王二喜,两人合力推开了王山民家的门。

应该说王山民是死在工作岗位上的。王培林和王二喜推开他家门的时候虽然他已经断气,但他还紧紧地抓住抹布,从"木头方子"上的痕迹可以看出,他是抹完一半后倒下的。

王晓宏回到扒岩香的同时,乡政府的干部也到了扒岩香,他们是来给王晓宏讲道理的。他们说,殡葬改革,功在千秋,利国利民。这是政府的最新规定,子女有正式工作的,老人去世后必须火化。

火化后当然就不需要"木头方子"了，一个小土坛装起来送进了王山民生前修得最豪华的石房子里。火化后，体积自然比原来小得多，王山民住在里面应该宽敞得很。

处理完王山民的后事，王晓宏准备也把他家在扒岩香的家产一并处理掉——主要是他爹修的四层楼房和三个石房子，还有他爹做的金丝楠木"家具"。扒岩香家家户户都有小楼房，四层小楼房暂时是卖不出去了。扒岩香人也还没有到买墓地的时候，三个石房子的钱也打了水漂。只有"木头方子"捡回点本钱，按市场价，金丝楠的"木头方子"价格在四万左右，但在扒岩香有价无市，最后以五折优惠卖给了王培林。王培林的五个子女在听到老爹的迫切愿望后，想起了老爹养育他们的不容易，每人掏了四千块。

"木头方子"从对面的王山林家抬到王培林家，虽然只隔了一条公路，但鞭炮还是放了好长时间的，不过这次人们没有来看稀奇，因为看过了的东西本来就不稀奇。王培林的死法差不多和王山民一样，也是几天后扒岩香人才发现的，"灰熊"到处找垃圾吃，人们奇怪，才知道王培林已经走了。王培林依然没有得到"木头方子"享用，政府又有了新的规定，所有人死后都得火化，乡政府的吉普车在扒岩香来回开动，车上架上喇叭，喇叭里说：破除迷信，移风易俗。王培林家五个子女都和王晓宏一样，是讲道理的人，只是这次，金丝楠的"木头方子"再打五折也没有人愿意买了。王培林最后埋在王山民的旁边，因为死得突然，暂时是个小土堆。

三娃的房子修好了，三娃把金丝楠"木头方子"拉到县城去，改成木板，打了一个衣柜、一张饭桌、一个茶几、八条凳子，然后漆上红漆，家里顿添喜气。识货和不识货的都惊叹不已。

办搬家酒的时候，五兄妹才聚全在一起。王培林死后，几兄妹各忙各的。那时，大娃、二娃在法那街上的房子也差不多建好了。想起三个哥哥有家或者即将有家，大丫突然有了不想再奔波的想法。

她在三娃新房的附近找了间门面，开了美容店，也兼营洗脚、按摩之类。她希望小丫也留下来，两姐妹有个商量，有个照应。小丫对大丫的决定不以为然，对自己的青春还有相当的自信。她对大丫说，世界很大，我还想出去看看。说完一个人独闯天下去了。虽然大丫的门面在城边，但做这种生意是越偏越好。刘石匠的几个小徒弟把每天修完石房子后剩余的力量和多余的钱用在了美容院的姑娘身上，时间长了，大丫就看上了也姓刘的一个小石匠。刘小石匠就是当初给王山民修石房子的师傅之一。结婚后，刘小石匠说，待清明的时候，也该给岳父修个石房子了。

龙凤图

单位改制后,王大海把居住的房屋的门堵了,把临街的墙敲了,住人的房屋就成了做生意的门面。王大海开了间店铺——小于卤肉铺,因为媳妇于瑞娟以前就是卖卤肉的,算是熟门熟路。

于瑞娟和王大海下岗前都在市国营屠宰场工作,说叫屠宰场,其实只是杀猪。经营虽然单一,工种却很齐全。场长、副场长、会计和出纳是管理员,按编制属于干部;屠宰工、洗膛工、剔骨工、搬运工、运输工等工种属于工人,那阵子工人阶级叫得很响,但实际上不是那么回事;屠宰场下面设有三产公司,职责就是将猪头、猪尾、猪耳朵、猪舌头等等卤来卖。于瑞娟负责每天在单位门口卖卤制品。

小于卤肉铺有明确的分工,于瑞娟负责切肉,她肉切得好,薄薄的,一片一片,在砧板上不倒,方是方,正是正,仪表端庄。王大海负责拌,他凉菜拌得好。一把塑料勺把花椒、胡椒、芝麻、酱油、味精往盆里稀里哗啦地一挑,抓一把葱和芹菜,往盆里一丢,再根据顾客的喜好,放上油辣椒或胡辣椒,然后右手往上一抛,很像一位甩炒锅的技术高超的厨师。肉和佐料飞起来了，盆水平端在空中，接住，又往上一抛，肉和佐料又飞起来了，再接住，卤菜就拌好了。看起来好像很随意，其实佐料的分量和拌的程度都恰到好处。这样呢，王大海和于瑞娟卖卤肉也有卖艺的味道，顾客来买卤肉也有看表演的意思。当然，他家的卤肉入味、好吃是不争的事实，买菜的从云峰巷菜市场买完其他的菜，喜欢拐出来十来米买他家的卤肉。

才卖了一个多月，卤肉铺所在的西城路两头被政府堵了。路一堵，生意也堵了。西城路已经纳入旧城改造范围，政府动员了好几次，整条街的店铺都赖着不搬，政府就把路堵了。没有了生意，不用政府动员，自己倒主动找出路去了，现在除了小于卤肉铺，其他的店铺都关了门。

小于卤肉铺为什么就没有想着搬迁呢？这只有王大海和于瑞娟知道个中原因，他俩已经口头协议了，只是手续还没有办。就是因为手续没有办，存在变数，都在等待和观望。协议离婚是于瑞娟提出来的。于瑞娟有天突然就对王大海说，我们离了吧。王大海不知于瑞娟怎么就冒出这句话，结婚二十年了，什么磕磕绊绊没有碰到过？说归说，两口子睡一觉就好了。经验就摆在那儿，晚上王大海挑逗，其实就是翻个身，不经意地压住了于瑞娟，于瑞娟生气了，起床去铺地铺，两人就开始分居了，只是每晚，王大海抢着睡地铺，天亮的时候，他又把地铺收起来，他们不想让儿子看到，就是外面的人，也看不出这两口子有什么不一样。口头协议的内容大致有两条，一是手续需待儿子拿到大学通知书时再办理；二是手续未办之前不离家。两条都是于瑞娟提出来的，王大海多少有些感动，至少说明于瑞娟还是很在乎这个家的。那时候单位还在苟延残喘，婚姻却先亮了红灯，王大海也有些感伤，想这么多年于瑞娟跟着自己是委屈了些。当初进城的时候,完全想不到,城市的生活也不是想象的那么美好。

改制的风声已经放出来了,职工已看到了端倪,三产公司率先撤销,临时工提前辞退。王大海急,于瑞娟也急,男人急的时候总会生出些革命乐观主义,想车到山前必有路。女人急的时候,想得就细得多,油、盐、酱、米、醋,样样都非常具体。因为单位的日子一天不如一天,职工的收入也一天不如一天,家里早已入不敷出,儿子又正在准备高考,都是需要用钱的时候。于瑞娟偷偷地去找场长,找之前于瑞娟不敢和王大海商量,场长是有名的花花肠子,当初屠宰工张名贵家老婆就是找场长要一笼猪肝把自己搭上的。于瑞娟也不是没有掂量过,去的时候想的是,不入虎穴,焉得虎子。场长说不就是要个工作嘛,只要听话,办法总是有的。但什么才叫听话呢?场长动了手脚,他把手搭在于瑞娟的肩上,于瑞娟心一紧,肩自然地耸了那么一下。场长说这不叫听话。说着又用手摸于瑞娟的脸,于瑞娟的心又是一紧,后退了半步。场长说这叫听话?回来的时候,于瑞娟很后悔,责怪自己,明知山有虎,偏向虎山行。

如果只看长相这项指标,于瑞娟嫁给王大海是委屈了些。于瑞娟经常说王大海脱不了农村人的样子,原因是王大海皮肤黑,皮肤一黑就像天天干农活的。于瑞娟刚进屠宰场的时候也不白,上了半年班后,太阳晒得少了,皮肤慢慢就白了。也可以这么说,于瑞娟黑在表面,王大海黑在本质,是黑得脱不了农民样的根深蒂固。但是王大海是招工进的屠宰场,是正式工,于瑞娟是经人介绍进的屠宰场,是临时工,两个指标综合考虑就扯平了。当初于瑞娟来屠宰场当临时工,其实也是为婚姻做铺垫的,进了城,认识的有工作的人就多了,选择面就大了。王大海抓住了于瑞娟的这种心理,趁于瑞娟刚进屠宰场立足未稳,向她展开强有力的攻势,一波接一波,于瑞娟放出话来,接触是可以的,但恋爱的话,得慢慢来,要双方都有足够的了解不是。王大海怕于瑞娟玩游击战术,这种战术的实质是打一枪换一个地方。就像现在的大学毕业生,先随便找个工作稳起,一有招考的机会,就跑了。王大海很快取得了阶段性胜利,他终于和于瑞娟逛马路了,这归功于那天屠宰场停电,王大海邀于瑞娟看电影,这都是很俗套的路数,关键是于瑞娟担心王大海一走,她一个人待在屠宰场有些害怕,屠宰场虽说不是杀人,但一天杀上几十头猪,血腥味还是很浓的。其他住单身宿舍的,一停电,都像放假一样高兴地喝酒去了。电影院离屠宰场有很长的路,走过去用了很长时间,走过来又用了很长时间,话自然说了很多。第二天王大海还是邀于瑞娟逛马路,但是这天没有停电,理由就有些名不正言不顺,于瑞娟就没有爽快地答应,王大海动手拉她,她生气了,说才认识几天就动手动脚的,肯定不是什么好人。

王大海是屠宰场的锅炉工,就是烧水烫猪毛的。王大海心情不好,锅炉里的煤火心情好像也不好,燃得有气无力,那是烟囱堵了,不抽气,他拿起铁勾爬上烟囱,通好烟囱后就坐在烟囱顶端钢筋围成的休息台上。坐在休息台上做什么呢?好像什么也没有做,无所事事,悠闲得很,用铁钩涂涂画画,停停,又画画涂涂。那时已是冬季,寒风呼啦啦的,烟囱上却暖和得很。王大海就是一副不想下来的样子。

于瑞娟每天下班后要把放卤肉的手推车推进单位里,屠宰场的大门在左边,放手推车的位置在右边,这样就必须经过锅炉房。王大海从锅炉房里跑出来,把于瑞娟的手推车撞翻了,一车卤水泼在于瑞娟身上,这些都是王大海算准了的,唯一的差池是自己的大腿与手推车撞得太重,一个星期后都还有一块青。王大海管锅炉房,还管洗澡堂。晚上,王大海把洗澡堂打开,按规定洗澡堂的开放时间是上午十点至下午一点半,这个时候,该杀的猪杀了,该卖的肉卖了,大家正好洗个澡轻轻松松一下。王大海去叫于瑞娟,于瑞娟正在宿舍里抹身子,但怎么抹都有一股卤猪肉味。于瑞娟端起一盆衣服朝澡堂去了,王大海和于瑞娟就和好了。

　　王大海和于瑞娟结婚时火急火燎的,那会儿于瑞娟已经怀上了。因为于瑞娟是临时工,两人就算不上严格意义上的双职工,所以就分不到房子,婚房就是单身宿舍改的,一个进出,两间,里间是卧室,外间是厨房。儿子小的时候和他们一起住里间,读到小学高年级的时候,搬到了外面一间,厨房呢?又是外面那间隔出来的一小间。住房改成门面后,王大海和于瑞娟才在屠宰场对面的小巷里租了60平方米的小套房。

　　王大海百无聊赖地坐在卤肉铺里,看远处的几幢高楼欣欣向荣地向天空攀爬。王大海闲下来的时候总是这样,就连于瑞娟也不知道他在想什么,也许他什么也没有想。于瑞娟在做早饭,卤肉铺生意好的时候她没有时间做早饭,经常是到了下午一两点钟才囫囵地炒两个菜将就。现在生意没有了,但早饭得吃。她先切卤好的猪头肉,放在不锈钢盆里。然后叫了声,大海。按分工,拌菜是王大海的事。见王大海没有应答,于瑞娟又切卤好的猪耳朵,她要炒来吃,然后又切卤好的猪大肠,她要蒸来吃。这些卤菜都是卖剩下的,自己吃总得弄出点新花样。邵奶奶的叫卖声就是这个时候进入王大海的耳朵的。

　　"油炸粑,油炸粑了,最后两个,再不买就没有了。"邵奶奶门牙掉了,不关风,吐字不清,但因为叫卖声抑扬顿挫,像唱歌,非常好听。果然就有人把邵奶奶最后的两个油炸粑买走了。

　　王大海好像从睡梦中突然醒来,站起来说:"同样是卖东西,我们的卤肉铺还没有开张，邵奶奶的露天油炸摊却快收工了。明显是经营思路出问题了。"

邵奶奶每天坐在卤肉铺的对面。一个蜂窝煤炉，一口铁锅，一桶金龙鱼油瓶装的菜油，还有一个塑料袋，里面装了包了豆渣的油炸粑。这是邵奶奶的全部家当。邵奶奶从塑料袋里把油炸粑放入锅里，嗤嗤嗤，邵奶奶把油炸粑翻过来，还是刺刺刺，刺刺刺……刺刺声由强而弱，到若有若无时，邵奶奶用铁钳夹起来，放在铁锅口边的铁丝网上，黄黄的，油炸粑就炸好了。于瑞娟叫王大海的时候，王大海一直盯着对面的邵奶奶看，以前邵奶奶也在这里，只是卤肉铺生意好，没有时间注意罢了。

"我要杀羊子。"王大海突然说。

"你连鸡都不敢杀，还敢杀羊子？"这是于瑞娟吃惊的地方，更吃惊的是王大海怎么突然想到要杀羊子呢？

王大海给于瑞娟的解释过程非常漫长。

他问于瑞娟："我们的卤肉铺以前生意好不？"

于瑞娟说："你又不是不晓得，当然好了。"

王大海说："现在呢？"

于瑞娟说："有什么你就说嘛，何必绕来绕去。"

"以前我们生意好，关键还是紧挨菜场沾了光。"

于瑞娟说："路两头都堵了，还有哪个会来买卤肉？"

王大海对于瑞娟把生意不好完全怪堵路有失偏颇，他把头往马路对面一扬，于瑞娟顺着王大海扬头的方向看过去，邵奶奶正挑着她的家什回家了。邵奶奶家住在王大海家租住房的隔壁，时不时会打上照面，但于瑞娟理不清王大海一系列话语和动作之间的联系。王大海说路堵了邵奶奶的生意影响了没有？问题的关键就在这里，开小吃店和开卤肉铺是不一样的。卤肉毕竟属于菜类，你买菜的时候是不是只买一种？买了红豆是不是还要买酸菜，买了青菜是不是还要买白菜？于瑞娟点点头。所以卖菜得去菜场，品种多，买菜的人也多，因为选择多嘛。于瑞娟说，那么你想把卤肉铺开到菜场上去？王大海说我要杀羊子，把卤肉铺改成羊肉粉馆，你卖粉，我杀羊。像对面邵奶奶那样，路堵了，我们就是独家经营，没准生意会更好。

"你为什么不去杀牛，开个牛肉粉馆？"王大海知道于瑞娟是讽刺他。

"我为什么不杀牛？因为牛是拿来犁地的；我为什么不杀马？因为马是用来驮物的；我为什么不杀狗？因为狗是用来看家的；羊能做什么，就是用来吃的！"王大海是这样回答的，但是开羊肉粉店的灵感却是来自在卤肉铺门口踱步的张名贵。房开商买下屠宰场这块地后，就聘了张名贵守门，张名贵杀了二十多年的猪，练就了一副好身板，门守得很像那么一回事。门卫室是临时搭建的活动板房，热，张名贵喜欢沿值班室左右踱步，也算是巡逻。张名贵的前妻被场长的几笼猪肝收买后，张名贵给她取了个外号，就叫"羊肉粉"，说她是又骚又白。张名贵离婚后就和王大海家一样了，也不能算严格意义的双职工，所以也没有分到单位的房子，又都买不起房，就住单身宿舍，住王大海家隔壁，那时，住单身宿舍的就只有他们两家了。

一只黑山羊在一根棕绳的指引下，走进城市。走的时候，黑山羊头昂着，前腿往前蹬，后腿往后拖，对自己平白无故进城用"咩咩咩"的声音表示抗议。这一点，羊考虑得比人清楚，自己本来就是属于荒山的命，属于野岭的命，最多也就能待在乡村的农舍里，凭什么就跟着一个陌生人进城了呢？牛进城了，马进城了，猪进城了，狗也进城了（必须强调这是农村人养的土狗），它们的命运大抵如此，一刀下去，炖了，肉吧嗒吧嗒就进了人的肚子。

王大海把黑山羊牵上一辆农用车，到了城郊后，农用车掉头走了。农用车不能进城，黑山羊肯定不知道为什么，就连在屠宰场工作了二十年的王大海也未必知道为什么。王大海和黑山羊穿过中华东路、中华西路，过了大十字，又过小十字，一路上，黑山羊都表现得很惊恐，它在乡下的时候，也见过车，拖拉机、大货车，偶尔也见过小轿车，但从来没有这样集中地看过这么多花花绿绿的车辆从身边呼啸而过，更没有见过这么多甩手或背包的同样穿得花花绿绿的人，它以前见到的大都扛着锄头或镰刀，穿着解放鞋和水胶鞋。黑山羊走人行道、穿斑马线、过天桥和地下通道。一路上的行人表现得很吃惊，一只羊子怎么就能大摇大摆走进城了呢。黑山羊因为惊恐，不再和王大海唱反调，因为后面密密麻麻的人群都像是在追赶它，它只好乖乖地跟在王大海后面。人们因为吃惊，像避瘟神一样，给王大海和黑山羊让出了一条通道。尊重和讨厌的结果有时惊人地相似。

他们走到西城路卤肉铺的时候天已擦黑。黑山羊关在卤肉铺里，王大海走出门面，手一拉，脚一踩，卷帘门"哗啦"一下，黑山羊两眼一片黑暗。

从租住房出来，要走两条无名小巷。朝前走五十米，右拐，再走五十米，再右拐，进入屯堡巷，直行，走完小巷，就是邵奶奶每天卖油炸粑的地方。前面就是西城路，穿过马路，就是小于卤肉铺。王大海在这条路线上走了无数次，一路上他在想今天是杀睡羊还是杀跑羊，将羊子放倒在特制的凹形铁椅上杀叫杀睡羊，因为羊子是捆起来的，束手待宰，看不出水平。杀跑羊是最过瘾的，高高地骑在羊背上,一手抓住羊角,一手提刀,手起刀落,拼的都是奥运精神,更高、更快、更强。不管是哪种杀法,都要在刀尖上哈一口气,这是张名贵教的,叫一鼓作气,张名贵以前杀猪,王大海相信杀什么都是相通的。王大海还想是不是要将"小于卤肉铺"的招牌改成"小于羊肉粉",又想,还是算了,主要是对于瑞娟是否能和自己继续走下去没有底。按他对于瑞娟的了解,婚姻的裂缝不至于这么严重。结婚二十年,也吵过,也闹过。但以前不管怎么吵闹,都没有搞口头协议,一协议,好像就正式了。

横穿马路的时候,王大海先看看左边,又看看右边。路堵了,早就没有车过了,但王大海的习惯没有改变。路灯还在亮,能清晰地照到街道两边的商铺。王大海以为错了,转过身,对面就是屯堡巷口,左边是云峰巷,就是以前的西城菜市场,右边是个张名贵的门卫室。张名贵已经起床了,在漱口。

"看哪样看哟,昨晚砌的墙。"见王大海很茫然的样子,张名贵迅速收起牙刷,在漱口缸里攮了几下,然后吸一口,"噗"一声又吐掉,牙膏沫还在嘴角花花白白。

一壁墙把门面堵了,这是事实,但王大海不想承认这个事实,他再次看了看墙,这时天已经大亮了。

卤肉铺的卷帘门与天花板的连接处本来有条缝隙,现在围墙堵了,外面的光线怎么也照不进去,黑山羊从来没有经历过这么长的黑夜,咩咩咩、咩咩咩,不断提醒在外面讲话的王大海。

"既然门堵了,不如杀一盘。"张名贵说,也没有征求王大海意见,说完就把象棋端到已经夏休的火炉盘上。以前在屠宰场,就张名贵和王大海喜欢下象棋,两家都住单身宿舍,没有事的时候,就杀上几盘,说他俩是朋友,还不如说是棋友。

杀羊刀还在王大海手里,在早晨的阳光里发出白光。因为没有杀过活物，他穿过马路的时候一直在杀羊刀上哈气，壮壮胆量。张名贵说，叫你杀棋，又不是叫你杀人。王大海才将杀羊刀放进左手提的提篮里，再把提篮放到门卫室的角落里。提篮里装的都是些铁玩意，砍刀、剔骨刀、刮毛刀、挂钩等等，这些都是为卤肉铺里的黑山羊准备的。

怎么也弄不平展的塑料棋盘与油腻腻的火炉盘门当户对，满是灰尘的象棋子和锈迹斑斑的炉身相得益彰。象棋是方纸盒装的，四个角已绷破。张名贵摆完棋子，竟然差了两颗。王大海说算了，算了，反正棋子也不齐，就不下了。王大海是无心恋战，因为心里装着事。况且，除了那些领着退休金的老同志，哪有大清早下棋的？张名贵拉开大铁门，顺手就抓来两块石子，摆在棋盘上代替，说就差个兵和卒，又不是车马炮，有什么大不了的！

下棋一般最少都要下三盘，三局两胜，主要是为了避免偶然性。张名贵首战告捷。红棋、绿棋重新回到最先的位置上，张名贵说他要出去方便一下，也说叫王大海思考一下下盘棋该怎么走？张名贵赢棋时总是扬扬得意。既然羊子没有杀成，王大海现在最该想的是和于瑞娟下一步该怎么走，反正就是这一两天，儿子的大学通知书就应该来了，和于瑞娟是离还是合？也不知于瑞娟怎么想的。张名贵一出去，王大海提起提篮也跟着出去了，厕所在大铁门里面的一个角落里，也是临时搭建的，原先屠宰场的厕所已经被挖机夷为平地。大铁门半开着，他想是不是和张名贵打声招呼，习惯性地往铁门里一望，就看到了那个高高耸立的烟囱，这是王大海以前最熟悉的地方。

最先看到站在烟囱顶上的王大海的，是那个开塔吊的，他的眼睛跟随臂架转过去，转过来，再转过去，又转过来，然后就看到了王大海，王大海此时正拿起一把尖刀，太阳光经过尖刀的表面后匆匆忙忙地在工地四周飞跑，像极了碉堡里的扫射灯。开塔吊的一声惊呼唤来了工地上的所有人。张名贵已经上完厕所出来了，他和周围的人一起扬起脖子，他说，大海，你爬到烟囱上去干哪样呢？王大海在上面听不见下面的声音。旁边有人问张名贵，你认识他？

所有的信息汇集起来后，得出的一致结论是：房开商把王大海的门面堵了，王大海想不通欲寻短见。

王大海爬上这个烟囱不是一次两次，像这样被众目睽睽肯定是第一次。王大海第一次爬上屠宰场的烟囱是二十年前的一个冬天，那时他刚招工进屠宰场不久，于瑞娟才到屠宰场当临时工没有几天。那天他和于瑞娟闹了矛盾，于瑞娟不理他了，因为他摸了于瑞娟的手，于瑞娟说才认识几天就动手动脚的肯定是个心花的人。王大海坐在烟囱的休息台上，用铁钩在一块砖头上画了张图案。王大海就是冲着这个上去的，都说滴水穿石，王大海想看一下，二十年的风吹雨蚀，那张图成了什么样子？

图案还很清晰，王大海心里的想法内容就丰富了一些，用杀羊刀把刻有图案的砖块撬起来。王大海想再不撬起来，过几天挖机的铁爪抓下去，就什么都没有了。王大海还想，把这张二十年前的图案送给于瑞娟，不知她喜欢不喜欢？

王大海抱着砖块站起来的时候，烟囱周围已经铺上了一层层的充气垫。房开商的反应不可谓不迅速，也许这种事对他们而言已经司空见惯，所以应急预案环环相扣，几乎找不到任何的漏洞。但房开商所有的准备只想到了一个方面，就是王大海一旦跳下来所采取的应急办法，但王大海手里的刀和砖头告诉他们，也许问题比他们想象的要复杂得多。房开商毕竟经验丰富，又打了110和120，因为西城路两头已经修了砖墙，车开不进来，标有110和120的车辆在西城路两端煞有介事地闪着红灯和绿灯，但民警、医生、护士无一例外都站在烟囱下，已经进入临战状态。

地面上的人群在叽叽喳喳地吵闹，烟囱顶上的王大海是一脸的茫然。上下交流在一片吵闹声中已经无法进行。谈判专家是随后到的，他将身体牢牢地捆在臂架上，开塔吊的小心翼翼地将臂架向王大海靠过去，谈判专家其实是很安全的，但观看的人觉得好像在看欧美动作片，继而做出"做什么都不容易"的感慨。房开商给出的底线是王大海提什么要求都先答应了再说，对专家来说，这已经是最没有含金量的谈判了。待走近王大海后，专家从王大海的表情判断其确实不是想寻短见的人，说话就硬了些。专家说，我知道他们把你的门面堵了，方式上欠妥，但你占着国家的房子不搬，也算是钉子户。王大海说你们一大群人跑到这里来，就是为了说我是钉子户？他把杀羊刀扬起来，大吼，都给我滚开，都给我滚开。开塔吊的好像是等着王大海指挥一样，王大海刚一说完，塔吊就好像自动似的又离开了他那么一点点。王大海坐回到休息台上，情绪稳定下来后，塔吊又好像自动似的朝王大海靠近。专家这次说话就软和了许多，说你有什么要求，就尽管提出来，我们也是尽量满足你。王大海的情绪又激动了，站起来，又吼，老子什么都不要，都给我滚开。第一次谈判以失败告终。专家回到地面，松了松身子，再一次爬上塔吊。专家到地面的时候，已经把困难和房开商交流了，他说这人好像对提出的条件不感兴趣，莫非是感情上出了问题。他问王大海家还有什么亲人？张名贵结结巴巴地把王大海家的情况说了，张名贵吓坏了，他不知道王大海和自己下棋下得好好的，怎么就想着寻短见呢？专家第二次靠近王大海，只抛了一句话，这句话是张名贵说给王大海的，专家只是转述："我们就像被人丢弃的卒子，死了没有哪个可惜你，为什么就没有想到过河，当车使用呢！留得青山在不愁没柴烧啊！"经了专家的口，张名贵的话更具感染力，王大海眼泪哗就出来了，他想对专家说点什么，塔吊一个大幅度转弯，转眼专家又到了地面。

按照王大海对于瑞娟说的，早上他杀好羊子后，中午于瑞娟过来炖，明天羊肉粉店就可以开张了。他们虽然已经口头协议了，但许多事情还是能够商量的。王大海认为于瑞娟要和自己离婚的原因是自己太穷了，如果羊肉粉店开得成功些，或许还有回旋余地。

早上王大海走后不久，于瑞娟就去买菜，西城路的路堵了后，菜市场就搬走了，现在买菜得去南城路。买好菜，她去了趟南城路的专家诊所，这段时间每周她得来这里一次。

两个月前，于瑞娟找了场长时被场长动了身子，她不敢对任何人讲，心虚得很。几天后，下身痒痒的，去看专家门诊，医生就说她得了那个病。于瑞娟肠子都悔青了，被场长动了身子后一个多月，单位还是改制了，场长是知道单位的这个结果的，他就是不说。于瑞娟担心这种病医不好，听说和癌症差不多，很难医好的。医生说也不是什么大问题，只是病愈前不能夫妻同房，否则就会传染，对你对他都不好。于瑞娟问要医治多长时间？医生说大概要两个多月。于瑞娟想两口子怎么可能不同房呢，晚上王大海就想那个了，于瑞娟当时已经准备把事情给王大海说了，但话说出口后就成了：我们离了吧。王大海想这么多年来让于瑞娟跟着受穷，也没有底气问为什么。于瑞娟见王大海软在床的另一边，又准备把事情给王大海说了，但话再出口，又是：离了对你对我都好。其实这话是医生给于瑞娟说的。于瑞娟把离婚协议的内容对王大海说了，于瑞娟偷偷算过了，待儿子拿到大学通知书的时候，病肯定好了的。儿子成绩很好，所以对儿子高考的关心，于瑞娟又多了一层不可言说的内容。

于瑞娟很高兴地从诊所出来，医生告诉她，说打完这一针，用完这次药，就完全康复了。于瑞娟问，是不是马上就可以同房了。其实于瑞娟觉得这段时间很对不起王大海。医生说要等三天后，又说多的都坚持了，不在乎这两三天。于瑞娟得了这病后，经常和医生交流，觉得医生讲得在理。

因为心情好，所以于瑞娟没有忙着去做早饭，她要去看看王大海的羊子杀得怎么样了。她想过，过了这三天，她要和王大海好好疯一把，把以前欠王大海的好好补回来。她还想，病好后就把铺子搬出去。单位改制又不是只针对她于瑞娟一家，别人过得去，莫非自己就过不去！自己可不想背个老赖的骂名。

于瑞娟先看到了西城路上一层又一层的人，看到了卤肉铺前的围墙，最后看到了站在烟囱上的王大海，她艰难地拨开人群挤进去，此时王大海也看到了于瑞娟。谈判专家伸伸腰后，再次整装待发，还没有爬上塔吊，王大海就在上面喊开了："都给我走开，我自己下来。"

一把尖刀在空中转了几圈，最后插在一张充气垫上，"噗"一声，充气垫就泄气了。围观的人们对事件的结局表示遗憾，他们想象一个人像那把尖刀一样从空中几个腾空翻后撞在地面上的样子。民警把围观人群赶出工地时，他们还心有不甘，似乎还有人发出了"就这么结束了"的诘问。王大海丢下杀羊刀后，抱着砖头从烟囱上一停一退地下来，房开商、医务人员、民警，尤其是于瑞娟悬着的心落下来，落下来，直到和王大海的双脚一起着地。

于瑞娟的眼泪"哗"一下，掉了下来，她用袖子抹去，风一吹，干了。王大海的眼睛也汪开了，他眨了眨，眼泪退了回去。他俩走出大铁门，旁若无人地穿过之前围观现在又一步一回头看着他们的这群人。这些人像看怪物一样看着他们，有人说，太没有意思了。

回到家，王大海把那块画有图案的砖块递给于瑞娟。二十年前，王大海对于瑞娟说他给她画了张"龙凤图",那时正是王大海和于瑞娟闹完矛盾又好了的时候。于瑞娟要王大海拿给她看,王大海说在烟囱上。于瑞娟说要爬上去看,当然她只是说说,于瑞娟恐高,根本不敢爬。后来,于瑞娟要王大海讲龙凤图的故事,王大海用实际行动解释,他们先抱在一起,接着嘴对着嘴。于瑞娟说一张图怎么会像演电影一样,活灵活现的。

在王大海的老家,年轻人是通过"赶表"来谈恋爱的。赶场天又称为"赶表日",男女青年走在乡场上的一个固定场坝上,男青年有中意人了,就找块石头或者瓦片,画一对男女,称为龙凤图。把龙凤图送给中意的人,对方接受了,表示同意恋爱了。如果对方不接受,表示不同意,男青年必须把画有龙凤图的石块或瓦片放回原来的位置。老人讲,如果不放回原位,就说明是个三心二意的人,将来必定会成为二流子,这种人以后都会被所有女青年唾弃,媳妇肯定是找不到的。

儿子去学校拿通知书去了,家里就王大海和于瑞娟,两人都有拥抱一下的欲望。如果是三天后,也许他们就会像当初王大海给于瑞娟讲的故事那样,先抱在一起,亲嘴,做好久都没有做的事情。现在于瑞娟不能这么做。于瑞娟也看到了砖头上的图案,砖头上画的是两个人,一个留有胡子,一个留着长发,脸型是不规则的,不是圆形,也不是椭圆形,也不是别人经常讲的那种瓜子脸或者苹果脸,图案上的两人没有表情,没有拥抱,也没有接吻。于瑞娟没有接王大海递过来的龙凤图,说,一块烂砖头,脏死了。

大约是黄昏到来的时候。王大海又一次爬到烟囱上。上午的事让房开商吸取教训,他们辞退了张名贵,因为张名贵没有履行好职责,让一个外来人擅自进入工地。新的看门人已经到位,但他没有工作经验,那扇大铁门应该随时上锁的,他忽视了。王大海轻易地爬上了烟囱，他还没有将那块砖块放回原位，开塔吊的又发现他了。开塔吊的准备下班，上午浪费了他半天工，心里窝着气，突然就看到了烟囱上面的人。看清是王大海后，他说，不要再装了，要跳的话，早上就该跳了。夜幕降临下的工地很清静，王大海抬头看着开塔吊的人。那人又说，我说得不对？那你跳下去哈，只要两条腿一迈，你的一生将会一鸣惊人。王大海的腿飘了一下，又飘了一下，和一块被称为"龙凤图"的砖头一起飘了出去。关在黑咕隆咚卤肉铺里的黑山羊被一声巨响吓着了，"咩"一声，又"咩"一声。那时，如血的残阳正好映红西边天，黑山羊不知道，又一个黑夜如期而至。